JN055626

新しい
韓国の
文学

20

This book is published with the support of the Literature
Translation Institute of Korea (LTI Korea).

黒山

キム・フン＝著

戸田郁子＝訳

目次

おぼえ

1　この小説はフィクションである。

2　この小説に登場する丁若鉉、丁若銓、丁若鍾、丁若鏞、黄嗣永、丁命連、黄景漢、張昌大、クベアは18世紀末から19世紀初に実在した人物名だ。しかしその人物にも多くの虚構が絡んでおり、小説の中の人物はだれ一人として完璧な実在人物ではない。

3　その他の登場人物は、すべて作家が作り出した虚構の人物だ。
しかしこの小説の背景となる歴史上の時間と空間を実際に生きた人々の生と死の表情とその断片が、この虚構の人物たちと入り混じっている。多くの実在人物の要素を引き出して、それと併せて一人の虚構の人物を作り出したりもしたが、その人物の虚構性もまた、完璧なものではない。

4　小説の背景としたのは18世紀末から19世紀初だが、
それよりも少し前の時期と少し後の時期の状況も一つの時点としてまとめた。
そのため小説の背景となる時代の正確性も、また完璧ではない。

5　巻末に付記した年代記は小説ではない。年代記は小説と関連した時代の状況を、
記録を通じて再構成したものだ。記録と事実には多くのぶれがある。
そのため数多くの記録から再構成した年代記も、完璧な事実ではないだろう。

ソンビ

初秋の南風が吹いて、黒山島（フクサン）行きの帆船は出航できなかった。務安（ムアン）水軍鎮（基地）の板屋船（軍船）は百里より先の海に出たことはなく、軍船に従う挟船は底が腐り櫓が折れて、船倉につながれていた。務安の港に、ほかに官船はなかった。商い船が一隻、風を待っていた。穀物を乗せて出港し、黒山島の周りの島々をめぐってカンギエイやアカエイ、ワカメを買いつける私船だった。木製の船は長さ四十尺、幅八尋（ひろ）で、黄布の帆を二本立てていた。船が古くて、木の年輪が白っぽく浮き出ていた。船尾の方の甲板は、つなぎ目が合わなくなった部分に鉄の鉤手が打ちこまれ、腐った舳先には青苔がへばりついていた。

漕ぎ手が波よけ岩の後ろに船をつなぎ、船底の割れた部分に竹を接（つ）ぎあて、松脂を塗って焼きごてを当てた。

船主は商い船三隻を持つ魚河岸の仲買だった。船仕事は船頭に任せて、栄山浦（ヨンサンポ）にある二番目の妾の家にしけこんで、海の方など見向きもしなかった。船頭は風向きが変わるのを待つ間、港の売春宿のオンドル部屋で背中をあぶっていた。

務安官衙の下役人が流刑の罪人丁若銓（チョンヤクジョン）を連れて、夕暮れどきに港にやって来た。下役人の旅程は遠かった。下役人は丁若銓を黒山島まで連れてゆき、黒山島水軍鎮の別将*に引き渡し、再び船で来た道を戻らねばならなかった。黒山は羅州牧（ナジュモク）*の管轄なのだが、海路で九百里以上あった。下役人は衙前（がぜん）（地方官衙の下官吏）一人と駅卒（兵士）を二人連れていた。衙前は、春に借りた穀物を秋に返せなかった百姓*の家をあさって穀物や金物を取り立てるために、荏子島（イムジャド）や智島（チド）まで出かけたことはあったが、九百里離れた黒山島は初めてだった。

港からの船便が途絶えると、下役人と衙前は船頭に取り入って、売春宿の小部屋で娼妓と交わった。年老いた娼妓は下腹を絞める力が入らず、行為は空（むな）しかった。夜が明けても風向きは変わらず、下役人と衙前は女を取り替えて挑んだが、さしたる違いはなかった。

下役人は、前職が兵曹佐郎だった正五品の丁若銓を「ソンビ*」と呼んだ。

――おいソンビ、急いだとて良いこともあるまい。ここでゆっくりしていこうや。どうだ、一発やってみないか。

下役人は飯屋の老婆をどやしつけ、丁若銓をその家の入口脇の部屋に押し入れて、食事のたびに飯と汁を運ばせた。船頭は若かったころに船主の家の手伝いをしていた縁で、船を操るだけでなく魚商いの費用や利ざやの管理まで任されていた。

航路が閉ざされて売春宿でごろごろしている間にも、船主は漕ぎ手の賃金の半分を支払ってやらねばならなかった。しかも運の悪いことに、黒山島に流される罪人を連れた下役人たち一行からは船賃ももらえず、ただで船に乗せてやらねばならない。ただ飯を食わせた挙句に女道楽の費用まで払わせられて、船頭は腸（はらわた）が煮えくり返ったが、どんな末端と言えども官吏相手には文句も言えず、船賃も飯代も望めはしなかった。船頭は酒幕（チュマク）*の広間で賭博に興じていた漕ぎ手たちを海辺に追いやって、船底の穴を修理させて賃金の穴埋めをした。

務安の港で、黒山行きの帆船は四日も足止めされた。丁若銓は杖にすがって夕暮れの海辺をぶらついた。下役人は体の不自由な丁若銓が逃げることもできないと知り、監視もしなかった。下役人は青海苔の汁で腹を満たしながら、昼酒をくらって女と交わった。

ソウルの義禁府*で鞭打たれた痛みは体中を蝕んだ。丁若銓はひどく足を引きずった。前に出した足が地面に着く前に、後ろの足が絡まった。体の重みが杖にかかり、腕が震えた。足を動かすたびに長く伸びた影が揺れながら付いてきた。

ソウルで義禁府の刑具につながれ取り調べを受けるとき、棍杖（コンジャン）*（棍棒の鞭）三十発のうち最後の何発かが仙骨を打った。そのとき、真っ暗にねじれ上がった苦痛が脊椎を伝って、脳にまで突き刺さった。痛みは稲妻のように体に刺さり、そして轟（とどろ）いた。この世と再びまみえることのできないほどの苦痛だった。言葉の道と考えの道が、すべてそこで途絶えた。苦痛は、よれてはねじ曲がりして迫ってきた。丁若銓は肉体を持って生まれた命を呪ったが、苦痛は猛烈にも命を証(あか)していた。

人影が暗闇に溶けるころまで、丁若銓は浜をよろめきながら歩いた。へこんだ港の前に近い島々が浮かび、沖は見えず、島と島の間で水平線が途切れていた。日が島の後ろに沈んだ。海は赤く島は暗かった。風が陸地に向かって吹き、寒さが遠い海から押し寄せてくるようだった。遠くまで飛んで行った鳥たちは、暗くなる前に島に戻って来た。冬を越す鳥たちは、激しく素早く突きさすように森に降りてきた。空と海の間が透明だった。寒さで、鳥の鳴き声が遠くまで届いた。

海はこの世のすべての水の果てで、もうそれ以上行くところもないのに、見えないその向こうにあるという黒山島は想像もつかなかった。海は、人間やこの世の争いごととはわずかの関わりもないように見えた。寄せては返す波が永劫の時間を反復したが、永劫のときが流れても、過ぎ去った時間の痕跡はそこには残ってはいなかった。海は溢れ、そしてまた空(から)だった。

……あれが海なのか、あの漠々(ばくばく)たるものが、あの踏むことのできないものが……。

……心は本来空(から)だから外物に反応してもなんの痕跡もないと言うが、海にも人の心が壊れるものなのか。

丁若銓は笠岩を通りすぎて船倉の方に歩いた。夕暮れの寒さに、打たれた仙骨が疼(うず)いて痛んだ。仙骨はその主の身体とは関係なく、一人、寒さに向かって突き出しているようだった。歩むたびに痛みは骨身にしみた。打たれるときの痛みは稲妻のようで、打たれた後の痛みは沼のようだった。

鞭打たれた民が言うには、官衙に出向く半日前に、蜂の巣を砕いて焼酎に混ぜて飲めば、痛みが分散してしのぎやすいとか、乾かした馬糞を大根を塩漬けにした汁に混ぜて飲めば痛みが和らぐとか言うが、鞭打たれた者ごとに、言うことは異なった。

鞭打たれた後は、熱した豆腐を薄く切って広げて打たれた痕に貼るとか、初産の若い女の乳と経血を混ぜて塗れば瘀血（おけつ）が治まり、砕かれた骨に骨髄がまた溜まるという説もあったが、その話もまた、地方ごとに異なった。また、棍杖で数発殴られれば肛門が裂けて便が流れ出るのだが、このときに肛門を絞めようとせず、むしろ広げて糞尿を出し尽くした方が痛くないという説もあった。便が血や肉塊に交じって四方に飛び散れば、鞭打ち役の執杖使令*が汚さに尻込みするので、鞭の距離が遠くなって痛みが弱まるのだと、鞭打たれた民がこれから打たれに行く民に話した。

流刑地の薪智島（シンジド）から再びソウルの義禁府に引っ立てられて行くとき、丁若銓も蜂の巣の粉を混ぜた焼酎を飲んだ。鷺梁（ノリャン）の船着き場から漢江（ハンガン）を渡るとき、譏察*の詰め所の脇のジャガイモ汁の店の老婆が、御咎（おとが）めを受けに行くソンビと知り、蜂の巣の焼酎を注いだどんぶりを差し出した。

――これがなにか役に立つかどうか……。みんなこれを飲んで行くんで……。

老婆の言葉に涙が交じっていた。丁若銓は老婆の差し出した焼酎のどんぶりを断ることはできなかった。なみなみと注がれたどんぶりを捧げ持つように、両手で注意深く焼酎のどんぶりを受け取って飲んだ。老婆は、鞭打たれた者の話だと言って、糞尿の効能も話してくれた。遠い山奥や島の官衙で刑具につながれ、腸（はらわた）から糞尿を噴き出しながら鞭の痛みを鈍らせようとする民の裂けた尻が、丁若銓の目の前に浮かんだ。

『大学』*にも『近思録』（きんしろく）*にも鞭の苦痛は出てこなかった。

刑具につながれる瞬間まで、鞭の痛みはわからなかった。鞭は棍杖が体を打ってこそやっとわかるのだが、その悟りは言葉で表せるものではなかった。本は読んだ者から伝えてもらうことができるし、本と本の間を思念で埋めることもできるが、鞭は言葉では伝えられず、教えられもせず、鞭と鞭の間を文字や考えでつなぐことはできなかった。だから鞭は、本ではなく飯に近かった。

鞭打たれるとき、老婆の教えのとおり糞尿を飛び散らせたかどうかも丁若銓は覚えていなかった。肉片が飛び散り血の臭いが漂ったか糞の臭いがしたか、なにも覚えてはいなかった。共に鞭打たれた弟の丁若鍾（チョンヤクチョン）、末の弟の丁若鏞（チョンヤギョン）、若い姪の婿の黄嗣永（ファンサヨン）がなんと陳述したかも聞こえなかった。鞭と鞭の間で、世界はねじれひん曲がった。

彼らは邪学罪人*だった。

大国の正朔*を授（さず）かりに北京に赴く王使の一行に密偵を忍ばせ、天子の宮廷の前で洋夷と内通し、国で禁じる天主教の書籍をこっそり運び入れた罪だけでも、彼らは生きのびることは難しかった。

先王存命のころから邪学罪人の無父無君*な背倫（はいりん）は全国各地から報告されていた。彼らは自らを天の民と呼び、この世に生をつなぐ暮らしと世の中の倫理を、取るに足りないものと見下した。備辺司*堂上官*（大臣）が国王に、涙ながらに申し立てた。彼らは祖先の位牌を焼き祭祀を行わず、死者が再び生き返って、ここではない場所に、王もおらず先祖もいない国を作るなどと、とんでもない妖言で人々を惑わせている。男女が陰湿な巣窟でもつれ合い、父が授けてくださった名を捨て、夷狄（いてき）の邪号で互いを呼び合い唸っている。その悖逆（はいぎゃく）の心と非道な行いを民間に広め、王をないがしろにし、国基を脅かし綱常（こうじょう）*を汚したということが、彼らの罪状だった。彼らは世の中を壊そうとし、壊れない世の中を捨てようとしたから、彼らの罪はこの世全体の重さとも比例するものだった。

丁若鍾（チョンヤクチョン）は春に西小門（ソソムン）で打ち首になった。老いた大妃（テビ）（前皇の后妃）は、丁若鍾をもっと生かして厳重に取り調べ、周辺の妖凶どもを根絶やしにせよと教示した。老いた大臣たちは、すぐに刑罰を下し、春分まで待たず即刻打ち首にすべしと申し立てた。丁若鍾は刑罰をまるでおいしい食べものでも食べるように受け入れるだろうから、いくら股に差し込んだ棒をねじり上げても吐かないだろうし、訊問の途中で死んでしまって国の正法*を施行できなくなることを堂上官たちは恐れた。若鍾の命あるうちに急ぎ死刑を執行してこそ、国基が正しく保たれるのだと、大臣たちは便殿（王の起居する宮殿）の床に額を打ちつけ訴えた。

丁若鍾は取調官の訊問にはつられなかった。丁若鍾は自身の心と行動を自ら陳述し、それ以外の質問には答えなかった。沈黙は鞭を呼び、また沈黙で鞭に答えた。

……丁若鍾、お前の邪号はなにか。

……アウグスチノだ。邪号ではなく洗礼名だ。

……けしからぬことを。お前の父が付けた本名を捨てたわけはなんだ。

……本名に還ったまでだ。新しく生まれ変わったのだ。

……丁若鍾、お前は両班（ヤンバン）（官僚・支配階級）の息子として生まれ、幼くして『小学*』を学び、正しい人の道を体得したはずだが、なぜそんなたわけたことに現（うつつ）を抜かしておるか。お前はその天主とやらが実在し、この世を動かしていることを証明できるか。

……証明できる。簡単なことだ。幼な子が笑いながら歩み寄るとき、私は天主が実在していることを知る。あなたらが国法の名のもとに民を捕らえ殴るとき、彼らの悲鳴とうめき声が天主を証明している。あなたらの悪行を憎みながらも哀れに思うわが心を通じて、天主は自らの存在を証明されている。

……そやつを吊るせ。吊るしてもっと打て。

羅将*が丁若鍾の腕を後ろにねじり上げて縛り、脇に棍棒を差し込んで梁（はり）に吊るした。刑吏たちは両脇から鞭で丁若鍾の背中を打ちつけた。

……お前たち三兄弟並びに姻戚の者たちはみな、蛇のように絡まり蛆虫のように交わりながら迷信と悖逆（はいぎゃく）にまみれておる。お前たちは腸がくっついて、兄の食べた飯が弟の糞となって出て来るようなありさまだ。お前が兄丁若銓と弟丁若鏞を邪学に引き入れた経緯を申せ。

天井の梁に吊るされた丁若鍾が頭を起こして取調官をにらんだ。

……兄丁若銓と弟丁若鏞（チョンヤギョン）は心根が弱く虚弱で、信仰の根付く器ではない。私の兄弟は天主教を一つの不思議な物語のようにとらえていたのみ、その戒律を守ることはせず、他人を教化したこともない。

おそらく丁若鍾の本心であったろう。その本心に、兄と弟をこの世に何日かだけでも生きのびさせておきたいと願う若鍾の思いが込められていたのかどうか、丁若銓にはわからなかった。丁若銓はその質問に向かって、考えをまとめていくことができなかった。計り知れぬことだが、若鍾のその陳述のおかげで、若銓と若鏞は流刑に減刑され、死を免れることができた。若銓と若鏞は共に流刑地に向かって南下しながら、丁若鍾の死について一言も言葉を交わさなかった。どちらも先にその話をしようとしなかった。どちらも先に言い出せないことを、二人は知っていた。

丁若鍾は刀を受けるとき、天を仰いであお向けになった姿勢で殺してほしいと願った。刑吏はその願いを受け入れた。この世での最後の贅沢だった。

……神よ、さあおいで下さい。

丁若鍾は天を仰ぎ、微笑みながら刀を受けた。都城の方では夕暮れが訪れ、西江(ソガン)の方の空に夕焼けが広がっていた。彼の微笑みは穏やかで、大きな賞を授かった者の喜びに満ちていた。刀を握った首切り役人はその微笑みが恐ろしくて、刀の柄を握りなおした。首切り役人は続けざまに酒をあおって、刀踊りを舞いながらぐるぐると回った。首切り役人は一刀で丁若鍾の首を落とすことができなかった。首切り役人は半分ほど切れた丁若鍾の首を、再び切りつけた。丁若鍾の頭は、二刀で切り落とされた。切られた顔は穏やかだった。

刀を受けるとき、若鍾は兄と弟をこの世にもう少しだけ生きのびさせたかったのだろうか。若鍾のほかには、だれもこの問いに答えを出せない。答えの出ない乱暴な疑問が、若銓の心から離れなかった。

共につながれ鞭を受けるとき、兄弟は互いに鞭打たれる音やうめき声を聞いたが、一言も交わすことはできなかった。丁若鍾は両腕両足を縛りあげられ股を糸鋸で切られながらも、静かな沈黙の中で座っていた。丁若鍾が、隠れている周文謨（チュムンモ）神父と姪婿の黄嗣永の名と隠れ家を言わずに鞭打たれ、沈黙を守っているとき、丁若銓は弟丁若鍾と自分とが別にあることを知った。並んで縛られ鞭打たれても、鞭は一人で受けるものに違いなかった。鞭は共有されるものでも、通じ合えるものでもなかった。すべての鞭はそれぞれの鞭であり、だからこそ鞭はより骨身にこたえた。その真っ暗な断絶は神の不在の証明だったが、再び真っ暗にねじ曲がる痛みが命の証であることは、神の存在証明でもあるようだった。

――おい丁ソンビ、体の具合もよくないんだから、あまり遠くまで行きなさんな。あんたに途中で死なれちゃ、俺が黒山まで行きたくなくてあんたを殺したって疑われて、義禁府に引っ立てられて、こっちの命が危なくなるからよ。

下役人は夕方、浜辺から戻ってきた丁若銓にそう言った。逆風で出航が遅れると船頭は気が気でなくなり、港の巫堂（ムーダン）（占い師）を訪ねて行って吉日を占ってもらったが、下役人は焦ることもなく、ただ酒をあおり昼寝をして、女を抱いた。

丁若銓は船倉の横にある平らな岩に腰かけて、暗くなるまで海を見つめていた。船の往来が途絶えた港では、ほかにすることもなかった。

笑みを浮かべて首を切られた弟丁若鍾の死は何か月も前のことだが、前世の夢のように、遠ざかれば遠ざかるほど鮮明だった。ひとときの恍惚とした考えを捨て、他人を巻き込んで生きながらえた命でこの世にもう少し留まることは、天主に背反することなのか。なぜ背反することでしか生きながらえることができないのか。死んだ若鍾の言ったとおり、自分には初めから信心がなかったから、背反もないということか。そうなのか、違うのか。

海は地上の上で起こるすべての争い事と関係なく、触ることのできない時間の中に広がっており、暗くなる水平線の向こうから、新しく生まれる時間のにおいが迫ってきた。その向こうの見えないどこかが黒山島だった。

……死ななくてよかった……あんなに新しい時間が、山のように押し寄せてきている……。

日暮れの海辺で、丁若銓は唾をのみ込んだ。寒さの中でも額には冷や汗が浮かんだ。

黒山に向かう帆船は潮の引いた泥の上に留まっていた。日が暮れて、帆船は船の残影のように見えた。船頭は漕ぎ手を連れて船に上がった。漕ぎ手はすり減った帆柱の穴に膠(にかわ)を塗り込み、破れた帆をニベの膠で繕った。船頭は五色の糸を垂らした蒸し鳥と魚の干物と濁り酒(マッコリ)を舳先の方に供え、風と波に向かって祈りを捧げた。下役人が衙前を連れて船に上がり、酒と肴をもらって食べた。衙前は箸で拍子を取りながら民謡を歌った。

帆船がつながれている岩の下の方の水溜りに、背嚢(はいのう)を背負った子どもが一人うつ伏せていた。顔は水の中に向いていて見えず、下げ髪がほどけて水の上になびいていた。風が水を揺らし、水の上に浮かんだ髪が長くたなびいた。子どもは死んでいた。下げ髪がほどけているのを見ると、死んで何日かたった死体だった。水は深くはなかった。水に倒れた瞬間、子どもはもう起き上がる気力がなかったのだろう。

求礼(クレ)から務安まで物乞いに歩いて来た乞食の子だった。帆船で働いていた漕ぎ手が昼飯を食べているのを見て、施しを受けようと近づいて来て水溜りにはまったが、漕ぎ手は子どもが近づいて来たのを見ていなかった。

年老いた漕ぎ手が死体の髪の毛を引っ張って、水の外に引きずり出した。漕ぎ手が長い棒で死体の下半身をつつき、股を開いてみてペッと唾を吐いた。死んだ物乞いの子は女だった。船乗りたちは飲み屋の狭い部屋で女と絡んで噛んだり舐めたりしていても、ひとたび船仕事が始まれば、女が船に近寄るのを嫌った。九百里の船旅への出航を待つ船の脇で溺れ死んだ女の子の死体を、漕ぎ手は不吉に思った。

――おい、処女鬼神の霊は総角(チョンガク)（独身男）の一物でも成仏できないって言うがな……。

漕ぎ手が鉤で死体を引っ掛けて、遠くに放った。死体はぐずぐずのぬかるみの上に落ちた。干潟に射していた夕日が割れて、カニがびっくりして逃げ出した。少したつと、目をつき出したカニが死体に群がって、股や脇などの柔らかい肉をつつき始めた。漕ぎ手は死体の方に向かって、麦飯の塊を放り投げた。

死んだ物乞いの子の故郷は、求礼の蟾津江(ソムジンガン)上流にある川辺の村だった。昨年の秋の長雨で求礼、曲城(コクソン)、普城(ポソン)、南原(ナモン)、鎮陽(チニャン)、河東(ハドン)の田畑が流された。雨が五日間も降り続き、貯水池の堤が壊れて川が氾濫した。村は水に浸かり、木の上の方しか見えなかった。国王は菜の数を減らして不徳を悔い、天罰を鎮めてくださるよう宗廟*に祈った。雨は降り続いた。川辺の百姓らは水が早く引いた傾斜地の田の稲をやっと起こして、一軒当たり三、四俵の収獲があったのだが、脱穀が終わる前、米を敷いた筵(むしろ)に再び雨が降り注いだ。米粒は腐った。雨があがって水が引くと、秋は透明だった。遠くの山までくっきりと見え、まっさらな野には鳥たちが高く舞った。

衙前らが春に貸し付けた官穀を取り立てようと、百姓の家をくまなくあさって、隠してある穀物を取り立て、穀物が見つからなければ金物や家畜を取り立てた。若い百姓らは物乞いをするために村を離れ、力のない年寄りたちは村に残った。出ていけない百姓たちは、観察司*にあてて訴状を差し出した。書堂（寺子屋）の先生が文を書き、年寄り十五人が名を連ねた。

我が村は煙の上る煙突が五十に満たない草深い山村で、小人どもは生臭い川辺に伏せる卑しい百姓でございます。水の流れは速く山は険しくて、大雨があると村の前の川が氾濫して村が水に浸かってしまい、裏は山につかえており、どうすることもできません。農土はすべて傾斜地の段々畑で、傾斜がきつくて牛馬さえも後ろ脚を突っ張って登ろうとしません。

この小さな村で、昨年一年の間に縣監*が四度も替わり、三、四か月に一度ずつの守令（地方官吏）の御出ましと見送りで村はすっかり空っぽになり、百姓たちは二本の足で立つこともままなりません。去ってゆく守令の餞別金を集め、石を割り磨いて頌徳碑を建てている間に、新しい守令がまたやって来ます。前官よりも新しい守令の方がもっと恐ろしいのは世の常で、新縣監のために道を整え草を抜き、東軒の屋根を修理し西軒の壁紙床紙を張り替え、山に上ってキジやノロを捕らえ、川に出てはアユを獲って祝いの膳を準備し、穀物を集めてお供えを準備するため、田にはウンカが湧き雑草が生い茂っても、百姓は夏の間中、官衙で労役を務めました。

秋にはまた縣監が替わり、去る人のための頌徳碑を、去る人と来る人を併せて二つ同時に作るため、腹を満たすものすらない村の入口に、頌徳碑が二十も並んでおります。

どのような善政を行ってくれたか、どのような徳を称えるべきか、学のない小人どもは知る術もありませんが、ひもじい子どもらにまで田畑で鳥を追うことを止めさせ、頌徳碑に落ちた鳥の糞を拭かせなければならず、百姓たちが去った村で、新しい官吏様は頌徳碑を相手に守令をなさるおつもりですか。

食べていけずに村を離れた男丁*たちの名簿を軍籍に記し、まだ去っていない隣家に軍布の割り当てを課して取り上げ、穀物を根こそぎ取り立てて行くので、残された者たちもみな、村を去ろうと思案にくれながら、老人と乳飲み子を連れては行けずに仕方なく残っております。

春に借りた官穀を秋に返す道理は小人どももわからなくはありませんが、秋の長雨で稲の束はすべて流され、庭は洗い流したようになにもなく、衙前が金物まで取り立て牛馬を引っ立て、鶏やヤギまで連れて行ってしまっては、煙の立たない煙突ごとにネズミが群れを成し、川の流れの音に慟哭の声が重なるばかりです。

飢えをしのぐには食べるしかなく、食事は幾度あろうとも、今食べる飯だけがこの飢えを満たしてくれます。朝食べた飯が夜の飢えを癒すことはできず、今日食べた飯が明日の分になることができないことは、士農工商も禽獣畜生も同じことであります。糞になって出てしまった飯が腸に戻ってくることもなく、目の前の飢えを満たす飯と、今すぐ喉元を通る飯だけが飯であり、過ぎた食事の飯はもう飯ではなく糞です。
左様のとおり、春の端境期に借りた穀物を返せと、今すぐ食べるための穀物を持って行かれては、今は飢えても過ぎた飯を埋め合わせよとでもおっしゃいますか。守令と官属は畑仕事をしたことがなく、縣庁の社倉*に積まれた官穀もすべて百姓が育てた米なのに、どうしてすぐに食べる飯を取り立て、過ぎた食事の穀物を蓄えようとなさるのですか。望むべくは、百姓のやせ細った手首を摑んで、手に持った飯を奪っていきませぬよう、善政か悪政かは小人どもが口に出すこともできませぬが、新官様が末永くここに留まるようにしてくださいませ。足の裏がすり減り股ぐらが腫れ上がるまで遠い道を歩いて、この文書を奉ります。小人どもが文書を出すことをうるさいと罰せられるのでしたら、枯葉のように乾いた小人どもは、棍杖の一発に砕けてしまうばかりです。

観察司は、求礼の川辺の村の百姓たちの訴状を備辺司(びへんし)に送った。地方の守令を替えるたび、大妃の親族や、宮廷の西側の澄んだ水辺に住む権力者にコネのある党人の下っ端を中心に、備辺司が守令を任命した。観察司が後ろ盾となる者たちは除外された。若官に及第してから三十年が過ぎても正職に任命されず、風流に明け暮れ暇つぶしをしてきた年寄りや、二十回以上も初試に落第して五十の齢になってようやく七品の敷居をまたいだ者が、権力者の推薦で位を一つ上げて地方の守令として赴任し、何か月かするとまた交替した。観察司の推薦では、朝廷まで上がることはできなかった。観察司の耳には、百姓たちのうめき声が備辺司を呪い自分たちの肩を持つ喊声のように聞こえた。

咸鏡道、平安道の山奥や慶尚道の宿場町、全羅道の羅州牧に属す遠い島の百姓たちも、その呻吟と怨声を記して官衙に差し出した。山川や産物は異なれど、呻吟の内容は、島だろうと山奥だろうとたいした違いはなかった。百姓たちの訴状は備辺司のところまで届くこともあったが、大部分は地方郷庁の官衙に積まれたままにされた。備辺司は、その卑しい文書を王に奉ることはできなかった。

咸鏡道六鎮の屯田兵と鴨緑江沿いの七邑の番兵たちは、処暑が過ぎると、綿入れの上着を作ってくれと訴えた。兵馬使*が書状をしたため、番兵たちの寒さを兵曹に伝えた。綿花を育てていた百姓たちは逃げ出し、備辺司は綿を手に入れることはできなかった。備辺司は綿の代わりに、全国の郷庁から紙を集めた。毎年、郷試に落第した者の科挙試験の答案紙が官衙の倉庫にいっぱい積まれており、そこに地方の百姓らが官衙に差し出した訴状も一緒に積まれた。経世済民の経倫と止於至善*の徳を説いた文章や詩歌、飢えてなおむしり取られる百姓たちの呻吟をしたためた紙の束が、荷車や漕運船に積まれて、ソウルの麻浦の渡しの倉庫に運び込まれた。荷車がその紙の束を西北面、東北面の軍営に運んだ。大妃が王位についたばかりの幼い王の詔を伝えた。

朕が百姓の父母でありながら、風の中で霜を被って寝ている者たちに布団を掛けてやることもできないなら、朕の温かい寝床の痛みはお前たちの寒さとなんの代わりがあろう。今や国の困窮は差し迫り、綿入れの衣を授けることもかなわず、保管しておいた紙を集めて送る。何枚か重ねて紙の服を作ったり、細く切って木綿布の間に挟んで縫い合わせて着よ。朕の精一杯の志でお前たちの体を覆おう。王の志で体を覆えば、寒さも耐え忍ぶことができよう。耐えられることこそ人間が禽獣と異なる点だ。耐えれば再び春が来よう。お前たちに紙を送る朕の心をよくよく推し量るべし。

求礼の川べりの村の百姓が書いた訴状も、廃紙となって西北面に運ばれた。川辺の村の百姓は年寄りと乳飲み子を担架に乗せて村を離れた。西南に食べるものがあると聞いて、物乞いする流民たちは務安の方に進路を定め、百姓が去って人気のない村には、別の村から流民たちが入ってきた。飢えた百姓らは歩くのもしんどいのに、必死になって老幼を背負って路頭に出て、千里をさまよう理由が、備辺司には理解できなかった。流民たちは泣きながら付いてくる子を木に縛り付け、振り返り振り返りしながら去って行った。縛られた子が息絶えるころ、子を捨て去った母も溝に倒れ伏して死んだ。いくつもの村の郷庁が日向に穴を掘り、筵を敷いて縄で屋根をつないで、流民たちをその穴蔵に集めた。殻麦で粥を炊いて、朝夕に食べさせた。

故郷を捨て、物乞いしながらさすらう百姓たちに救恤米を出して食べさせれば、まだ故郷から離れていない者までが食糧をあてにして出て行ってしまうでしょうから、すべての村から人がいなくいなり、国は成り立たなくなってしまいます……粥を炊いて施すのなら、官衙のある町でなく百姓たちの郷里で行えば、民心も安定し、さすらう者たちも故郷に戻っていくことでしょう……と備辺司の年老いた堂上官は御前で、地方官衙の分別のない救恤策を戒めた。

郷里に粥の釜を置いたとしても、さすらう百姓たちには故郷に戻る気力も残っておらず、すでに山村も農村もからっぽで、人気のない村で粥を作っていったいだれに食べさせようと言うのかと、地方を回ってきた若い堂下官*は反論した。

年老いた堂上官は……なんと、それは、どうしたら、いいものやら……と口ごもって、答えることができなかった。

聖人曰く、留まるのは本であり施すのが利だと言い、本がしっかりしてこそ利が伴うと言ったのですが、すでに百姓は根本を捨ててさすらっており、どうやって暮らしを立て直させることができましょうか……。

農事は天時に従うものであり、地の気運が人和となる大儀を積み重ねてこそ、利となって返ってくるもの。人が天と地に殉じるのが農事であります……。王が内苑（ないえん）に田んぼを持ち、稲の束をなでて孟春*に教書を出して勧農するは、天地人の道理を明らかにすることであり、すべての生産と教化のもとは、ただ与えられた土地に留まり、その根本を守ることにあるのですから……。

春、ハトが鳴いて畑を耕せと促し、夏にはカッコウが鳴いて草取りの心配をするとき、鳥の鳴き声は王の心掛りとなにが異なりましょうか。

農事を行えばその中で空腹が満たされ、また空腹もあることが天の理知でしょうが、百姓として生まれて土地を捨て、先祖の墓を捨て軍役や労役を逃れて、あの村この村とさすらい物乞いする者は、すべて根本を背反する亡種であり、天を捨てた人種の末子であり、国が捨てた無用之物ですから、王の民ではありません……。あのような下賤の者たちは、生かしておいても人には還りませぬ。官穀を施して食べさせてみても、川に米一握り、山火事に水一杯に過ぎぬこと、穀物ばかり減らして、結局は死ぬでありましょう……。人の皮を被って生まれた者たちを滅ぼすのは王政ではありませぬから、自ら死んでなくなろうとするときに、その枯葉のような命を憐れに思われようとも、心を尽くして助けてやる理由はないと思われます……。

どの言葉もそれらしく、備辺司は夜遅くまで議論が尽きなかった。

乞食の子は遠い道を流れてきて、務安の泥地で死んだ。施しを受け拾って食べながら、子どもはひたすら西に向かった。子どもが西に向かう理由をだれも尋ねはせず、だれも知らなかった。

まだ官職にあったとき、丁若銓は求礼の川辺の村の百姓たちが官衙に差し出した訴状を読んだことがあった。年老いた堂上官はその文を丁若銓に見せた。文章ではなく慟哭だったが、文になっていないからといって、それがまたどうしたと思った。

――農事には豊凶があろうが……。

と、そのとき老いた堂上官は空しく言った。川辺の村の百姓が書いた文を思い起こしたが、死んだ乞食の子がその村の娘だということまでは知らなかった。死体は頭を泥地に埋めて、この世から顔を背けていた。その死体は静かで断固としており、神ですら近寄りがたかったが、その死体を見つめる丁若銓の胸の張り裂けんばかりの苦痛の中に、神は降臨しているかのようだった。丁若銓が義禁府の監獄に囚われていたとき、求礼の川辺の村の百姓たちの訴状は、科挙に落第した答案紙に混じって、西北面の兵卒たちの防寒材となって送られた。

潮が満ちてきて、乞食の子の死体は水に浸かった。体は見えず、髪だけが水面に揺れていた。死んだ乞食は女の体で生まれた子だった。幼くして死んだ女の体だった。長い髪に艶をたたえ、月のものが来れば月経痛を患い、男を受け入れて子を産み、乳を吸わせる体だった。

生きている者はどうして死ぬのか。これも天主の存在の証明なのか。丁若銓はその死体の内に体を埋めたくなる衝動を抑えていた。


船上で酒を飲んでいた下役人が、浜辺の岩に腰かけている丁若銓を見て声をあげた。

――おい丁ソンビ。明日の朝、出航だ。早く休むといい。体も不自由なのになんで……。

丁若銓は杖にすがってよろめきながら、汁飯屋の入口の部屋に戻ってきた。老婆がオンドルを焚いておいたので床は熱かった。丁若銓は疼く腰を床の熱であぶりながら寝返りをうった。波の音につられて、丁若銓の意識は遠い海に漂っていた。丁若銓は呼び寄せられるように眠った。


明け方、黒山行きの帆船が出航した。月末の満ち潮で海は満たされていた。乞食の子の死体が投げられた場所は見えなかった。風が戻り、黄色の帆が膨れ上がった。穏やかな風が波を立てずに船を押した。漕ぎ手は櫓を持ちあげて、風に船を任せた。

船賃を払って乗った布商人と山人参採り(シンマニ)は、近くの島で降りた。船には船頭と漕ぎ手が十名、黒山まで行く穀物商人が三人、そして丁若銓を連れてゆく下役人と衙前、駅卒(兵士)が乗っていた。

船頭は朦朧とした遠い島を山の稜線で見当をつけながら、内海の航路を進んだ。飛禽島(ピグムド)と都草島(トチョド)の間の狭い水路を通り、帆船は日の出のころに沖に出た。都草島のナルプリ岬を回ると、空と海だけだった。船頭は舳先の方にゆでた豚の足を供えて、鉦(かね)を打ちチャルメラを吹いて風の機嫌をとった。舳先の方で、船頭はいつも背中を見せて水平線の方を向いていた。船頭の前では、壊れた風向機が揺れていた。

丁若銓は視線を遠くに向けた。その目にはなんの手掛かりも見えなかった。初めて見る沖だった。海では、目を閉じようと開けようと同じことだった。海と空の間を風が渡っていった。

……これが海なのか。この茫々としたものが……。ここが終わりで、ここがまた始まりなのか。

海には時間の痕跡が残っておらず、その向こうにあるという黒山は見えなかった。

【別将】朝鮮時代に地方の山城や渡し場、港、堡塁や小島などの守備を務めた従九品の武官。
【牧】地方の行政区域で、牧使が管轄した。
【百姓】ここでは農民の意だが、広く、民、庶民、被支配公民の意としても使われる。また庶民に対して、「百官の父兄子弟」の身分を表す言葉としても使われた。

【ソンビ】学識と人徳を兼ね備えた人物の呼称。儒教理念を具現する階層。

【酒幕】旅人に酒や飯を出す店。時に宿の役割も兼ねた。

【義禁府】王の命を受け、重罪人を訊問する役割を担った官衙（官庁）。

【棍杖】朝鮮時代、罪人の尻を打つ刑具。太さによって大棍、中棍、小棍などの区別があった。

【執杖使令】鞭打ち刑を執行する者。使令は官衙の手伝い。

【譏察】言動を監視したり、犯人を逮捕するために探索や臨検すること。またその官員。

【大学】朱子学の聖典である四書（『大学』『中庸』『論語』『孟子』）のうちの一つ。

【近思録】宋の儒学者が編纂した朱子学の教科書と言われる書。

【邪学罪人】邪学を信じる罪人という意味で、「天主（カトリック）教徒」を指す。

【正朔】暦法の一つ。かつて中国では皇帝が新しく国を興すと、新暦を発布した。

【無父無君】父も王も眼中にないような無謀な言動。

【備辺司】朝鮮時代、辺境地方の防備を担った官庁。

【堂上官】昇殿が許された官吏。正三品上より上の位の官吏をこう呼ぶ。

【綱常】儒教の基本徳目である三綱五常。

【正法】罪人を死刑に処する刑罰。正刑とも言う。

【小学】宋の時代に朱子が子どもたちに儒学の基本を教えるために編んだ修身書。

【羅将】朝鮮時代、地方の郡衙に属す使令（下人）。

【宗廟】朝鮮時代、歴代王族の位牌を祀り祭祀を行った祠堂。

【観察司】朝鮮時代、各道の最高の官職。

【縣監】地方の縣に置かれた守令（地方官吏）として、末端の官職。

【男丁】十五歳を過ぎた男。

【社倉】各地域で還穀を貯蔵しておく倉庫。

【兵馬使】高麗と朝鮮時代の地方官職であり、軍隊の指揮官。

【止於至善】『大学』に出て来る言葉で、非常に善なる境地に至り、動きもしないという意味。

【堂下官】昇殿が許されていない官吏。

【孟春】初春、陰暦の一月。

使行

北京に行く使行は毎年秋の初めに出発し、春に戻ってきた。数百年の間、使行は長い隊列を組んで、雪や雨の中を歩いて行った。使行は正二品の正使、正三品の副使、正五品の書状官*を使臣とし、使臣には裨将*と軍官、手綱取りが従った。そこに物資の輸送を司る押物官*と何人かの従事官、通訳官、馬夫、荷物運び、荷馬係、医員、奴隷を併せると、隊列は三百から五百人になった。馬夫や荷物運びに化けてまぎれ込んだ商人もいた。密商は銀や山人参を隠し持って行き、絹織物を買って戻った。

鴨緑江(アムノッカン)を渡り鳳凰城の柵門を過ぎて四、五日歩くと、遼東の入り口に至った。土地は広く視線を遮るものもなく、使臣らは遼東を陸海と呼んだ。遼東の冬は早くて、拠りどころもなかった。陸海の冬はねぐらもないので鳥も飛ばなかった。陸海の風は風向きが定まっていなかった。風の筋が互いにぶつかり絡まり渦巻いて、その渦が互いにぶつかり、もっと大きな竜巻となって地平線を渡っていった。

使行の隊列は吹雪に遭って前も後ろも見えず、旗の信号も付いて来なかった。前を行く書状官が

——後ろが見えない。後ろを探せ。

と裨将に伝えると、裨将が後ろを振り向いておおい、おおい……おおい……口に両手を当てて大声で呼んだ。中ほどを行く押物官の馬夫が、また後ろに向かって叫んだ。一番後ろの荷馬係の叫び声が、今度は逆に隊列の先頭まで伝達された。吹雪の中で、隊列はそんなふうに先頭と後尾を連ねて行った。

雪がやんで晴れると、遼東の寒さは澄んで、突き刺すようだった。使臣たちの鼻の穴から白い息が出て、馬夫、奴隷、荷物運びの鼻の穴からも白い息が出た。寒さで、人も馬も小便をよくしたが、人馬の糞や小便からも白い湯気が上がった。朝鮮の使臣の一行は白く吐く息の隊列を組んで、冬の大陸を渡って行った。使行は中国の民間の村や官衙を拠点にして移動したが、何日も続く無人境では、天幕を張って野宿をした。書状官は馬に棍杖を積んで行き、隊列を離れたり、さぼっている馬夫と奴隷を殴った。

朝鮮の使臣は北京で天子のいる宮廷に向かい、皇帝に謁見して新年の祝いを述べた。使臣らは数十頭の馬に積んでいったカワウソの皮や螺鈿(らでん)漆器、麻織物、銘仙(めいせん)と珍しい土産物を、供物として差し出した。

天子は答礼として、新年の暦を下賜した。立春、雨水、啓蟄（けいちつ）……と太陽の運行時刻を表示した暦だった。朝鮮の使臣は天子の暦を戴き、戻って来て王に奉った。天子が下さる時間は、そうやって朝鮮に伝わり、その時間の中で朝鮮は、世界の秩序に組み込まれていた。

大陸で新しい王朝が古い王朝を滅ぼす風雲の時代に、朝鮮の使行は脅えながら、一歩ずつ息をひそめて歩いて行った。かつての王朝の天子の方に向かって歩きながら、新しい王朝の顔色をうかがっている使行たちは、後頭部がこそばゆかった。清が瀋陽に国を建て、明がまだ北京に残っていた時期、使行は北京と瀋陽にそれぞれ出向いた。そのときの使行の足取りは、遅くて静かだった。

使臣に随行した官員たちは、持って行った銀や人参を北京の瑠璃廠の市場に流して高価な絹織物や毛皮、貴金属、硯、紙を買い入れた。官員らは奴隷と馬夫をせかして荷造りをし、馬夫や荷役らもそれぞれ荷物をまとめた。行きの荷よりも帰りの荷の方がずっと多くて重たかった。

雨が降り地面がぬかるむと、荷を負った馬たちが隊列を乱した。遅れをとる距離がだんだん広がり、先頭から二日も四日も離れた。正使、副使、書状官一行が義州にまず到着して五日待っても、後続の隊列が到着しないことも帰路では珍しくなかった。遅れをとった官員たちは、義州から三、四日も離れた民間の部落で旅装を解いて時間をつぶした。奴隷が官員や軍官たちの足を揉んだ。官員は足の速い下人を義州に送り、疲れた馬が死んで荷が重くなり、馬夫にも負傷者がたくさん出ているので、さらに何日か遅れそうだと知らせた。

書状官は義州から国境を越えて帰国するとき、一行の荷物を検閲して、荷主の身分によって超過分を押収したり、税金を課したりすることになっていた。都に戻って復命することを焦る書状官は、後のことは義州の官衙の地方官に任せ、正使、副使と共に先に出発するしかなかった。

国境を越えるとき、通訳官、軍官、従事官には税金が課されなかったり軽かったりしたが、商いで付いて行った者の税金は重かった。商人は絹や毛皮などの荷を使行官員の荷物に紛れ込ませて税金を逃れた。使行官員は商人の荷物を預かって、商人から金を受け取った。義州の地方官は脱税に目をつぶってやり、商人と使行官員の両方から金を受け取り、商人の荷は税金を払わずに国境を越えた。その利ざやはそれぞれに分配された。まんべんなく利があったため、脱税の収賄はばれることがなかった。馬夫と裨将も官員たちに金を渡して自分の荷を隠し持って来たので、義州府の官属たちも分け前にあやかった。

関門まで派遣された義州の衙前たちの中には、賄賂を出す金のない馬夫と荷役や軍官たちの荷物の半分を横取りする者がいたり、賄賂に使う金を高利で貸し付ける者もいた。

北京から戻って来た者たちからむしり取った金を、北京に出かける者に貸して絹や毛皮を買い付けさせて、それを税金なしに通関させて売りさばいた者は大金を稼いだ。大金を稼いだ者はそれを何度か繰り返した後、急ぎ義州を離れた。北京を行き来して資金力を蓄えた通訳官たちは、義州に到着した絹や毛皮、貴金属を現場ですべて買い取って牛車に積み、倭館に持って行って、日本の商人に売りさばいてさらに大金を稼いだ。品物は日本に運ばれ、金は日本語の通訳官の手から中国語の通訳官の手に渡った。

　北京に出かけたり戻ったりする使行が義州に着くころには、鴨緑江沿いの七つの村の妓生(キーセン)たちや、川向こうの遠い村にいる女真の娼妓たちが義州に集まって来た。平壌(ピョンヤン)の大同江(テドンガン)沿いの娼楼にいた妓生のうち、年とった者たちも義州にやって来た。

　平壌に近づくと、それまで女気なしで使行してきた男たちは、女気なしの遠い旅路が空しくなり下腹が疼いてくるのだが、平壌の妓生は花代が高い上に、それぞれ平壌の権力者の寵愛を受けているので、近寄りがたかった。使行する男たちは義州で交わった。使行たちは平壌から義州まで、はやる思いで駆けて行った。義州では従事官や裨将らが序列も品界もなしに一晩中女を求めたので、妓生たちは一晩に三、四人も男を受け入れた。たくさんの男たちを女気なしの遠い道のりに連れて行かねばならない書状官は、妓生相手の乱痴気騒ぎに目をつぶってやった。男たちは義州で放蕩の限りを尽くした。義州を立つとき、下腹が軽くなった男たちは、これ以上交わってももう一滴も出ない、風しか出ないぞと笑い合った。

　出かける者よりも、数か月ぶりに戻ってきた帰国使行の方が、もっと焦って娼妓をいたぶった。長い間、女色に飢えていたこともあり、鴨緑江を渡ったという安堵感も混じっていた。男たちは猛烈な勢いで女を抑えつけて振り絞った。娼妓らは、出かける男より戻って来た男を受け入れる方が大変で、まるで獣のようだったが、戻った男の方が事は早く終わり、花代も奮発してくれた。娼妓は帰国使行が義州に戻る日を、おおよそ目星をつけていた。

行く者と帰る者の行列が義州で重なったときには、娼妓たちは腰湯を浴びる閑(ひま)もないほど、一晩中、客舎と酒幕を行き来した。鴨緑江の畔の夜、男と女は明け方までせわしなく息切れした。使行が去れば女たちはそれぞれの故郷に戻って行き、義州は白い雪に覆われて静かだった。渤海湾の満ち潮が川に流れ込み、鴨緑江の水音は激しかった。

【書状官】外国に送る使臣の中で、記録を請け負う臨時の官吏。
【裨将】朝鮮時代に監司、留守、兵使、水使、使臣に従い手伝う武官。
【押物官】使臣一行に付き従い、貿易物品の管理を任された官吏。

馬路利

馬路利(マノリ)は平安道定州(チョンジュ)の駅站(えきたん)（宿駅）の馬夫だった。公務のために行き来する地方官の手綱を引き、草を刈って馬に食わせ、体を洗ってくしけずり、ノミを取ってやった。馬路利が近づくと、厩(うまや)の馬たちは頭を突き出して鼻息を荒くした。馬路利は顔が長く、大きな目がくぼんでおり、馬のような顔をしていた。長身で節々がごつく腰が少し曲がっており、手足を地について伏せれば馬のように見えた。馬を引いて歩くことから、村の年寄りたちが彼を馬路利と名づけた。馬路利はその名前がいやではなかった。馬路利がだれの息子なのか、村の老人たちも知らなかった。萬頃江(マンギョンガン)の向こうの南側の、米作りをしていた地で起こった民乱が鎮圧され、追われてきた残党の中の一人が平安道に隠れ住み、村の巫堂(ムーダン)との間に生まれた子だとも言われ、三水甲山*の流刑地に流されていく一人身のソンビが負ぶって来て、道に捨てた子だという説もあった。民乱の末に隠れ住んでいた男は、住民たちの訴えで捕らえられて殴り殺されたし、甲山に流されたソンビは、目的地にたどり着く前に凍え死んだとのことで、馬路利の父がだれかはわからなかったが、駅站にいる卑しい馬夫の出自をいちいち尋ねる者はいなかった。

大水が出て水が溜まり、その水がまた引くと、それまでなかった水溜りが現れて、そこには指ほどの長さのハヤ、フナやカエルが湧いて出るのだが、馬路利は人の命も、ひょっこりと現れた水溜りの中に湧いた小魚や虫の卵が孵（かえ）って生まれたようなものだと思った。春の日に、魚の子が水面で口をパクパクさせ、水草が泡をはらんでいる水溜りを見ながら、馬路利は一人笑った。針の先ほどの魚の子が、新しい命できらりと輝いた。魚には係累もなかった。馬路利はだれかもわからない親を懐かしがったり、知りたがったりもしなかった。馬路利は三十二歳で、まだ婚姻していなかった。

駅站は最下級の地方の官署だった。位が低いだけでなく馬糞の臭いまみれで、京来官*はもちろんのこと、地方官までもが厩を馬鹿にして威張っていた。責任者である定州の察訪*は、文章にも長け風流にも通じており、監事の飲み友達として呼ばれて平壌で戯れ、厩の方には足も向けなかった。鴨緑江の畔の村に赴任したり、任期中の交替でやって来た縣令（地方官）たちが、従六品のくせに駅站の馬を引きずり出して妓生の妾を乗せたり、荷物を積んで手綱を引けと命じたり、戸籍調査に出る衙前たちまで馬を出して乗って行った。地方官吏たちは、妓房に出入りするにも亭（あずまや）に酒を飲みに行くときも馬を引き出し、若くて健康な村の役人が夕食後に水辺に夕涼みに出かけるときも駅卒を呼んで駕籠に乗り、道案内を先に立たせて鈴を鳴らした。京来官が乗って来た黄海道（ファンヘド）の馬は、定州まで来て戻って行った。定州から鴨緑江までの険しい山岳と雪の積もった高原は、平安道の馬の務めだった。平安道の馬は、在来種の山の馬に女真族の胡馬（ろば）を掛け合わせた混血種だった。強靭で優れた馬だった。棘（いばら）を食っても粘っこくて硬い糞を出し、少し食べても遠くまで行った。速く走っても息を荒げることはなく、人見知りもせず人に従った。馬路利は平安道の馬の毛並みさえ見れば馬の健康状態がわかり、足取りを見れば馬蹄を打たれた蹄（ひづめ）が楽かどうかがわかった。馬蹄が割れた馬は座り込んで、痛む蹄を馬路利に差し出した。

　馬路利は鴨緑江沿いに行く地方官と軍官の手綱を引き、草山（チョサン）や江界（カンゲ）のような国境の村に出かけたこともあった。両班の旦那たちは馬に乗れば駆け足で速く行くのではなく、平地でも必ず手綱を引かせた。馬は手綱を持つ者の歩みに合わせて進むので、馬に乗ろうと歩こうと、その速度は変わらなかった。歩くのに慣れた馬は、四つの蹄で地を蹴って走る動作を忘れてしまい、脇腹に拍車を入れても聞かなかった。北京に行く使行も、そんなふうに手綱引きの歩みで大陸を渡った。馬路利は、馬に乗って手綱を引かせる理由がわからなかったが、馬に乗った旦那たちに訊くこともできなかった。

　馬路利は歩くことが寝るのと同じように楽だった。馬路利にとって歩くことは力を使うことではなかった。馬路利は息を吸うように歩いた。馬に乗った人が疲れて、馬も動けなくなる夕方ごろにも、手綱を引く馬路利にはまだ力が残っていた。長く険しい峠を越えれば人の住む村が現れ、風の強い高原を渡れば、再びまた丘を背にした人の住む村があった。村と村の間に道があり、その道を人が歩いて行き来するということが馬路利には不思議でもあり、楽でもあった。この村からあの村へ行くだけでなく、あの村からこの村へも行きながら、道の上で互いに出会ったり、出会った人がそれぞれ別の道を行ってしまえば、道は空いて、だれでもまたそこを歩くことができた。道には行く人と来る人がいて、主はいなかった。

人が人に向かって行くことは、人として生きることの根本であることを、馬路利は道で知った。人が東の村から西の村に行くとき、東の村では行くと言い、西の村では来ると言うが、道の上では行くも来るも同じで、過ぎることと近づくことが別ではないことを、馬路利は手綱を引き歩きながら知った。馬路利は元々口数が少なかったが、馬上の旦那も酒幕まであとどのくらいかとか、小便をしたいとか、休もう、行こう、以外の言葉を卑しい馬夫に掛けはしなかった。道が言葉を掛けてくれれば、道を歩きながら馬路利の心の中で道に答えようとする言葉が湧き上がって来たが、馬路利はなにも言わずに道を歩いた。馬路利は小便を我慢し、馬上の守令が小便をしようと馬を止めると、遠くまで行って後ろを向いて用を足した。

馬路利は敏捷で働き者だったので、馬に乗った官員たちから怒鳴られたり鞭打たれたりはしなかった。馬の小便が風になびいて馬上の官員の上着を濡らすことがあった。官員は路上で服を着替え、馬路利は馬の小便のかかった旦那の服を川で洗って、長い棒に掛けて乾かしながら歩いた。水の勢いが激しい川を渡るとき、馬路利はまず馬を先に向こう岸に引っ張って行き、広い背中に官員をおぶって渡った。

遠くまで行ったときには、官員たちが銅銭（どうせん）をいくつかくれることもあった。馬路利はその金を集めて空名帖（くうめいちょう）*を買って、免賤（めんせん）しようとも考えてみた。免賤して、定州から鴨緑江の方に行く道端の辺りで、馬に食わせる草がたくさん生えている川辺に酒幕を立てて、種の良い馬を育てながら、旅人を食べさせ寝かせ、また馬に乗せて連れて行く商売をやってみたかった。空名帖があれば、虚職ではあるが官職を買うことができ、労役を免れることもでき、下賤な身分から抜け出すこともできた。しかし、八道に下された空名帖はなかなか売れずに価格も下がったが、免賤の空名帖は母牛五頭もの値段なので、もらった金を集めたところでかなうわけはなかった。

道はいつも前に伸びており、過ぎた道は簡単に忘れる。戻るときには過ぎて来た道が前に伸びており、行くときに前に伸びていた道は再び忘れられた。道はいつもその上を歩んで踏んでいく者のもので、行く間だけのものであり、着いてしまえば道の記憶は薄れてしまい、思い出すのも難しかった。遠い道のりから戻り駅站の厩の馬糞を片付け、飼葉を干しているとき、馬路利は清川江（チョンチョンガン）の向こうの山岳と高原の道と、酒幕を構えようと目星を付けておいた定州の郊外の野原の道が、雨雪の中で溶けてなくなってしまったのではないかと気になった。だから馬路利は、再び手綱を引いて出発する日を待った。

　駅站付きの馬夫は管轄区域を出ることが許されなかったが、察訪は義州からソウルまで荷物を運ぶ仕事にも馬路利を使った。使行の馬夫が北京から義州まで運んできた荷駄（にだ）の中で、かなりの数が中間商人の手を経ずにソウルの権力者のところにそのまま送られるものだった。その荷駄は帰国使行の隊列と共にソウルに行くのではなく、義州から荷を別に取り分けて運ばなければならなかった。北京に行って来た馬と馬夫が義州で何日か休む間、義州や定州の馬夫たちがまず、そのやんごとない荷を積んで南の方に向かった。

　清明のころに馬路利は、ソウルに行く荷駄を引いて出発した。察訪は通訳官から賄賂をもらい、馬三頭と馬路利を馬夫として遣わした。馬路利は馬牧場から放たれる旅程に胸が躍った。荷を運ぶ遠出の道には馬に乗る旦那もいないので、もっと嬉しかった。察訪は荷が心配で、駅卒（兵士）をもう一人付けた。ソウルへの道は、初めてではなかった。清川江の荒い流れと大同江（テドンガン）の夕焼け、臨津江（イムジンガン）を渡って交河（キョハ）の三叉路で緑豆のチヂミやネギのチヂミを焼く店の庭の梅の木が、馬路利の心に浮かんだ。馬路利は荷馬三頭を一本の綱で結んで横に並べ、前に立って手綱を引いた。駅卒は後ろから付いて来た。春、地面は融けて土が浮き上がって、馬の蹄が泥にはまった。馬は春の陽に気怠（けだる）くなり、黄色い歯を剝いてあくびをした。

　馬に積まれた荷の主人は何人もいた。馬路利はその荷がどの権力者の家に行くのか知らなかった。高陽(コヤン)を過ぎて母岳峠(ムアクジェ)の麓に着けば、西大門(ソデムン)の中から来た権力者の召使が物票とつき合わせて、荷の行き先を分けた。義州から付いてきた駅卒は母岳峠で帰路についた。馬路利は召使の後についてソウルに荷を引いて入り、荷物を主の家まで運んだ。

都城の中で二か所の家に配達を終え、馬路利は東小門(トンソムン)の外に出て城北洞(ソンブクドン)の方に向かった。そこが最後の配達場所だった。薬屋の横にあるカラタチの生け垣に囲まれた庭に桃の花が咲いており、茶色の犬がつながれている家だと聞き、すぐに探し当てることができた。本棟は三間あり、表門の脇に部屋の付いた小さな瓦屋根の家だった。屋根のたわみが端正で、白い庭に差す陽が美しかった。北京から高価な物を運び入れるほどの権力者の家ではなかった。その家に運んだ物は、重さが十斤ほどの包み一つだった。絹や毛皮でないことは確かだった。

その包みは、この家の主である李漢稙(ハンジク)が北京に出かける通訳官に頼んで購入した書籍だった。義州から先に発った通訳官が人づてに知らせてきたので、李漢稙はそれが到着する日をおおよそ知っていた。通訳官は馬路利という荷役の馬夫の名前まで知らせてきていた。

李漢稙は若い時分に科挙に及第したが、祖父が南人側とつき合っていたために出仕できなかった。李漢稙は早々に仕官を諦めて、医術で糊口をしのいだ。瓦屋根の横にある薬屋を、彼は自ら経営していた。病んだ百姓の病を治してやることはソンビの本分であり、病んだ者が少しずつ快方に向かうのは、木が芽吹くように生命の自生能力によるものであるため、儒医は百姓の病を治療しても金を受け取らないのが道理ではあるが、李漢稙は患者の金を受け取って食いつないでおり、それを自ら恥じていた。

李漢稙は丁若鏞の門下に通いながら、天主教を学んだ。その教理は、遥か遠く模糊(もこ)としたものを手に取るように近くに引き寄せて、新しい世界を開いてくれたが、生きている間を軽く思い、祖先の祭祀を禁じることで、国基を崩すその恐れ知らずの教えを、李漢稙は恐れた。李漢稙は天主教に従いはしなかった。中国人神父である周文謨の密入国がばれた後、捕盗庁*と地方の官衙が隠れている天主教の信者を見つけ出し処刑を始めると、李漢稙は天主教の書籍をすべて燃やしてしまい、祭祀の卓をより大きくしつらえて、供物の食べものを村中に配った。宋時烈(ソンシヨル)*の祠にも足繁く通って香をあげた。使行に出かける通訳官に本を頼むときも、算学と地理書、医学書だけを目録に入れ、天主学の書籍は入れなかった。

李漢稙は天主教に背く姿を近隣に見せようと努力したが、自分の霊魂が天主教の教理の至福の世界の中に組み入れられることを望んでいた。そして李漢稙は、その願いを捨てることのできない自分を恥ずかしく思った。

馬路利は下人の案内で大門の中に入った。李漢稙は麻の単衣の上着を着て、黒い儒巾*を被って板の間に座っていた。痩せて強情そうな顔に、モヤシのような髭が二筋あった。下人が荷を受け取って李漢稙に差し出し、馬路利は踏み石の下の庭に跪(ひざまず)いた。李漢稙は通訳官から聞いていた名前で馬路利を呼んだ。

――そなたが馬路利だな。

どうして名前を知っているのか。馬路利の背中に冷や汗が流れた。

――義州からここまで来たのか。

――左様でございます。

――遠い道のりを来たのだな。顔を上げなさい。

長いこと病人を観察してきた李漢稙は、顔色を見ただけで相手の五臓六腑を探ることができた。どの臓器も力強く動き、平安な調和が馬路利の顔に現れていた。眼には曇りもなく、赤い唇は端がくっきりとしていた。長い道を歩くことで、臓器の働きが力強かった。

……清らかな体だ。曲がったところのない……。

生命はこのように善いものなのかと思い、李漢稙はオホンと咳をして声を整えた。

――いくつになる。

――三十二歳でございます。

――義州が故郷か。

――定州の駅站の馬夫でございます。

――父母が定州におるのか。

馬路利は答えられず、李漢稙は問い詰めなかった。

――腹が減っただろう。飯を食べて行け。

下人が庭に筵を敷いて、膳に食事を準備して出した。山盛りの飯に、塩サバの焼き物とチジミが出た。

――食欲があろう。たくさん食べよ。

李漢稙は板の間に座って、飯を食う馬路利の姿を眺めた。馬路利は気難しそうなソンビの視線が怖くて、慌てて飯をかき込んで立ち上がった。

李漢稙は馬路利が持ってきた荷を解いて眺めた。李漢稙は荷の中から硯（すずり）を一つ取り出して、木綿の布に包んだ。

――これは私のものではない。広橋（クァンギョ）の方に住む若いソンビに持って行ってやれ。大切なものだ。心して扱え。

その若いソンビの名は黄嗣永だった。李漢稙は手紙を書いて包みの中に入れた。

そちの頼んだ硯が届いたので、馬夫を遣わす。馬夫は定州駅站の所属で、名は馬路利だ。見たところ清らかで力のある者だ。馬を使う者だが下賤なことはあろうか。もしやそちの役に立つ人物かと思い、ここに記す。

李漢稙は一文銭を二枚渡し、米三俵を帰途の食糧にと、馬路利に渡した。馬路利は額を地面にすりつけてお辞儀をした。馬路利は馬の手綱を引いて広橋の黄嗣永の家に向かった。日が暮れようとしていた。春風に花粉が舞って、馬がなんどもくしゃみをした。


【三水甲山】三水と甲山は咸鏡道の果てにあり、重罪人の流刑地として知られた。

【京来官】朝廷で任命されて地方に派遣された官吏。

【察訪】各道の宿場の仕事を任された従六品の地方文官。

【空名帖】労役や納税を免じたり、奴隷から良民に身分を替えたりするのに使われた、名前の書かれていない任命状。とくに国難の続いた朝鮮時代後期に乱発された。

【捕盗庁】犯罪者を捕らえたり諫めたりする官衙。漢城と京畿とを左右に分け、左捕盗庁と右捕盗庁を置いた。

【宋時烈】一六〇七～一六八九。朝鮮を儒教の国とした儒学者、政治家。多くの学者を養成した。

【儒巾】黒い布で作った儒生の礼冠。

船頭

船頭はよくチャルメラを吹いた。チャルメラの音は風に流されていった。細くなった音の尾っぽが水平線を渡っていった。船頭はチャルメラを吹いて、標的のない海に向かって話しかけた。海は答えようとはしなかった。チャルメラの音はチャルメラを吹く者にだけ聞こえた。チャルメラの音は音を出す者にだけ答える、慰めのようなものだった。都草島のナルプリ岬を回ると島も山も見えず、船は空と水の間で揺れた。太陽が雲の中に入り、空の色と水の色が同じになると、船は虚空に浮いているようだった。

——俺は文風世（ムンプンセ）だ。海は死に場所で、船は死に場所を行き来する板っ切れだ。船では船頭の言うことを聞かにゃならん。流刑地に向かうソンビも役人もみんな同じだ。

務安から出航するとき、船頭の文風世は船に乗った者たちに言った。だれも口答えなどできなかった。都草島を回って沖に出るとき、文風世はまた言った。

——船では、ここはどこだとか、方角は合っているのかとか、いつ着くのか、風はどうなるのか、なにも聞くな。それが船頭に対する礼儀ってもんだ。

再び、だれも答えはしなかった。

文風世の曽祖父は初試に合格して両班の末端にぶら下がっていたが、農土はなく、風流を好む数寄者だった。祖父は乾いて埃だらけの故郷を捨てて羅州に渡り、魚の商い荷を背負い、父は羅州牧の衙前になった。文風世は魚の仲買の目に止まり、幼いころから羅州の海辺で船を操ったり、魚の売り買いをする商いを習った。

文風世は船を陸につなぐと、漕ぎ手であろうと商売人だろうと構わず、一緒に酒を飲み博打も打ったが、ひとたび船に乗れば別人になった。綱を引いて帆を張ったり、綱を緩めて帆を降ろすとき、帆柱を立てたりたたんだりするとき、波に舳先を向かわせるとき、櫓を操って方向を急に変えるとき、船頭の言葉に従わない漕ぎ手を文風世は鞭で打った。動作のしまいがきちんとできない者を打ち、力を入れず怠けている者を打ち、力を入れすぎて他人の仕事の邪魔をする者を打った。

風と水が穏やかなとき、文風世はいつも船首に立って、遠い海を見つめながら水の流れをうかがった。遠い海の水の流れは見えなかったが、水の上に注ぐ陽光がきらりと光り、連なりを成して水平線を超えて行った。文風世はその光の連なりを見ながら、水と船の方向を見極めたが、夏には水蒸気の中に揺らめく蜃気楼に惑わされたりもした。揺れる波と光を見つめているため、船の上で文風世はいつも目玉がひりひりした。文風世は蓮の葉に宿る露を小さな壺に入れて持ち歩き、痛む目をそれで洗った。

丁若銓は二本の帆柱の間に板を立ててつないだ風よけの後ろで、魚商人の横にうずくまり、下役人と衙前は船尾の方で蓑(みの)を被ってしぶきをよけた。

昼の海は穏やかだった。船はさざ波を一つ一つ超えたが、丁若銓は船が進んでいるのか止まっているのか、見定めることもできなかった。舳先で水平線を見ている船頭は、標的のない水の上でどうやって船を導いていくのか、丁若銓は尋ねることができなかった。丁若銓は恥ずかしさを覚えた。

沖には鳥が飛んでいなかった。海はただ、空とつながった水だった。揺れる水の上に陽が射して、海では新しい時間の粉が、水の上できらりと湧きあがった。天主が実在するならば、きっとあんな姿だろうと丁若銓は考えた。海を見るたびに浮かぶ想念だった。考えは海のように広がり、考えは言葉には至らなかった。沿岸では灰色だった海が、都草島を回ると、近くは青色で遠くが灰色だった。黒い海、赤い海をすべて渡ればその向こうが黒山(フクサン)だと、年老いた漕ぎ手は船べりに寄りかかって寝言のようにつぶやいた。渡ることのできない大きな水と、陸地から離れた距離こそが流刑の刑罰なのだろうが、新しく近づいて来る時間を奪うことができないのなら、刑罰は無きに等しかった。船頭が船に乗った人々に餅を一塊と焼酎を一口ずつ、昼食として分け与えた。

海の真ん中で昼鶏が鳴いた。鶏は喉を三回震わせて、鳴き声を高らかに響き渡らせた。

海で鶏とは……。

昼鶏の鳴く春の日に、土の香が強く漂った。故郷である両水里（ヤンスリ）の、せせらぎも豊かな郷（さと）の春の風景が丁若銓の目の前に広がった。

雄鶏は舳先の横にある籠に閉じ込められており、籠の中に土を入れた広い土器が入れてあった。船尾の方に座っていた下役人と衙前が驚いて雄鶏を見た。赤茶けた毅然とした雄鶏だった。声を上げるとき体を震わせ、喉の羽がピンと立った。

下役人が船尾に近い漕ぎ手に訊いた。

――なんで船に鶏なんか。

漕ぎ手は答えた。

――茫々とした大海原でも鶏が鳴けば怖くはないと、文風世船頭が乗せている鶏なんでさ。

――鶏は船でも平気なのか。

――ヒヨコのころから鍛えられてるから船酔いもしません。

鳴きやんだ鶏は土器の中に入り、羽ばたきしながら土浴びをした。黒山にも声の良い鶏がたくさんいてほしいものだと丁若銓は願った。

夕方、風が起こった。風向旗は西側にはためいたが、風は水と空の間いっぱいに広がって、船に乗った人々には全方位の風だった。船は波の上に乗り上げては落ちた。船べりにぶつかった波が船の中に入ってきた。魚商人が瓢箪（パガジ）で水を掻き出した。鶏は床に伏せていた。立ち向かうことも乗り超えることもできない風だった。文風世は漕ぎ手に命じて帆を閉じた。風と波に船を任せるつもりだった。文風世は縄につなげた石を船の両側に下ろして、縄を長く伸ばした。石は水の中で引きずられながら船を捕えた。

——横に回せ。頭を突っ込め。

左舷の漕ぎ手が船を横にして、波がぶつかってくる方に舳先を向けた。脇で波を受ければ船がひっくり返ってしまうのだ。船は波の前に頭を下げたまま、波を乗り越えながら後ろに押された。舳先が波の方向から反れると、文風世は鞭で漕ぎ手を打った。

日が暮れると、風はもっと強くなった。船に乗った人々は食べたものを吐いた。船がせり上がるとき、人々の口には吐瀉物がいっぱいになって溢れ出た。

下役人は自分の体を衙前と駅卒の体に括り付け、床に転がって泣いた。

——おい船頭、ここはどこだ。

文風世は答えなかった。暗闇の中で襲いかかる波を、文風世は一つずつ超えながら船を操った。

アイゴー、お父さん、お母さん、観世音菩薩様と叫びながら、下役人は泣きわめいた。下役人の泣き声につられて魚商人も泣いた。

――おい船頭、この綱は結んどくのがいいのか、それともほどいた方がいいのか。

下役人は叫んだ。文風世は答えなかった。下役人は揺れる船底を這いながら、どこかに行こうというそぶりを見せたがひっくり返った。魚商人の吐いた吐瀉と糞尿の上に丁若銓は転がった。船がせり上がり落ちるたびに、義禁府の刑具につながれて鞭打たれたときの、真っ白くひっくり返るような苦痛が再び蘇った。再び船が大きく落ちたとき、丁若銓は意識を失った。


日の出の直前に風が去った。暗闇が去った水平線に、遠い島の峰がいくつか浮かんだ。文風世は船が晩材島(マンジェド)のそばまで流されてきたことを知った。文風世は再び帆を上げて櫓を漕ぎ、黒山の方に方向を向けた。日が昇ると風は黒山の方に向かって吹いた。雄鶏が鳴いて朝を告げた。

そこ、そんな想像もつかない、水と空の間に黒山はあった。マサキの藪が島を覆っており、黒山は黒い山だった。遠くから黒々とした藪が吐き出す艶が陽光に輝いた。風に藪の匂いが混ざってきた。

船が黒山の鎮里(チンリ)港の方に近づいた。土の香りを嗅いだからか、雄鶏がまた首の羽を震わせて鳴いた。水辺でワカメを干していた者たちが驚いて、見慣れぬ船を仰ぎ見た。武官の衣をまとった下役人が、衙前と駅卒を率いて船着き場に降りると、百姓たちは干していたワカメをまとめて山へ逃げた。

手を包んだ布

全羅道西望(ソマン)の地は、野原が西に広がり海に至った。日ごとに、地平線と水平線が重なって、夕焼けの中に溶けあって沈むのだが、海はまたその向こうにあった。海に落ちた日が水を覆い、西望の子どもたちは、夕焼けの光と海の水とを見分けることができなかった。半島を貫く山勢が野原の東の果てで息を殺し、山でもなく野でもない地に、山のかけらが続いていた。昔から百姓たちは土を背負って運んで小さな谷間を囲い、水を溜めて池を作り、野原の西側の果てまで用水路をつなげた。日照りの年にも収獲は一年を持ちこたえられるだけあり、海が近いので海産物も豊富だった。海風が内陸の深くまで吹いて、秋には米の熟れた匂いにワカメの香りが混じった。土地の気運が清らかで力強いと言って、霊力の弱った巫堂や鶏龍山(ケリョンサン)でまだ悟りの訪れない術師らが西望に集まり、掘っ立て小屋を建てて物乞いをした。

土地と魚と塩が町から入ってきた金で取引されるようになると、大金を持つ者が土地を買い入れ、万石持ちが何人かで野原を分け合った。元々豊かな土地だから、金で買う郷職官吏の値段が吊り上がった。

　西望の野原の東側の山裾の村で、老いた小作農の妻が、村の寡婦と出戻り女を何人か集めて天主教の経文を唱え、十字架の前で線香を焚いたことが発覚した。小作農の妻呉東姫(オドンヒ)は逃げ出し、朴(パク)氏という寡婦が官衙に引っ張られていった。縣令が朴氏寡婦を吊るし上げて、呉東姫の行方を追及した。寡婦は呉東姫の行方を知らなかった。寡婦が知らないのだから、縣令は聞き出すことができなかった。棍杖で何発か脊椎の下の急所を打たれた寡婦は、刑具につながれたまま死んだ。縣令は呉東姫の二十歳になる娘を引き出して、母の行方を追及した。娘は下賤な身分の子に相応しくなく、肌が白くて髪には艶があった。縣令は縛られて引っ立てられて来た呉東姫の娘をしげしげと眺めた。額は広く目が澄んでいた。白い頬には娘臭さが漂っていた。縣令は刑具をどけて鞭打ちを行わなかった。縣令は呉東姫の娘を都の宮殿の西側にある町に住む吏曹佐郎(りそうさろう)*の娘奴隷として送った。

　縣令が、水も良く土地も広い西望の郷職を得るとき、吏曹佐郎が大妃の方に手を回してくれた。佐郎は娘奴隷を仕事に使うのが惜しくて、婢妾にすることにした。沐浴させて寝床に招こうとしたその夜、娘奴隷は庭の井戸に飛び込んで命を絶った。佐郎は死体を引き上げて屍躯門(シグムン)の外に捨て、井戸を埋めた。西望の縣令は赴任して四か月で交代した。西望の女たちは、ソウルに送った娘奴隷が井戸に落ちて死に、怒った吏曹佐郎が西望の縣令の位を取り上げて、別の人を送ったのだとささやいた。噂では、逃げた呉東姫が娘の連れて行かれた吏曹佐郎の家を探し出し、乞食に化けてその家に物乞いに行って、下人たちに追い返されたと言う。西望の女たちはそんな話を作り出し、自らそれを信じた。

逃げた呉東姫は、祈禱文を直接作って寡婦たちに広めた。呉東姫は自分で作った祈禱文を諺文(オンムン)*で紙に書いて配った。呉東姫が消えた後にも、祈禱文は錦江(クムガン)を渡り忠清(チュンチョン)、京畿(キョンギ)まで広まった。

主よ、鞭打たれて死んだわが父の肉体を、われらの息子が抱(いだ)きます。

主よ、あなたが十字架で死んだとき、あなたの屍を抱いた母の心はいかばかりだったでしょうか。

ならば主よ、われらが鞭打たれないようにしてください。我らが鞭打たれて死なないようにしてください。主よ、われらが飢え死にしないようにしてください。

主よ、母や父や子どもたちが一つところで暮らせるようにしてください。

主よ、おびえているわれらを主の国にお呼びにならずに、われらの村に主の国を建ててください。

主よ、主を裏切る者をすべてお呼びになって、あなたの胸に抱いてください。

主よ、われらの罪を問わずにただお許しください。

主よ、われらを憐れに思ってください。

——顔を見せよ。

少年は顔を上げた。顔からは光が溢れ出た。少年は王の顔と向き合って、王の視線を避けたりしなかった。年老いた承旨(しょうし)*がうろたえて少年を叱った。

——おい進士*、殿下にお目見得するときは、視線は腰の下の方に……。

王が承旨を止めた。

——やがてわかることだ。叱ることはない。

進士と呼ばれた少年は、十六の年で科挙(かきょ)*に及第した黄嗣永(ファンサヨン)だった。赤い頬には薄く笑みを浮かべていた。笑みは体の奥深い所から沸き起こる、喜びと誉(ほま)れのようだった。丁寧にふるまいながらも怖れを知らぬ顔だった。一度も抑えつけられたり曲がったりしたことのない、生まれついたままの姿だった。眼は澄んでおり、唇はきりりとしていた。少年と視線が合った瞬間、王は雷に打たれたように驚いた。王はその驚きの正体がなんだかわからなかった。おそらくその驚きには、王となって玉座に座る運命に対する恐れが、隠されているようだった。

……わが民の中に、あのような子がいたのか。ああ、一生私の前に平伏して権勢を争う者たちとは、どうしてああも違うのか。どうしてああも違うことができるのか。あの子は育っても、あのままだろうか。

王は深く息を吐いた。

——それで、科挙の答案にはどんな文を書いたのか。

少年が自分の視線を王の視線とぶつけながら答えた。

——心はこの世の根本であり、世の動力であり、時間が世を変えることはできず、世が自ら変わらなければ、心の力が世を変えるのだと書きました。

ああ、王は息をひそめた。

——どうしてそれを知ったのか。

——私自身が自分の心を覗いてみました。

——自身が。自身がとは。

——心を覗きながら問うと、心が答えました。

——ほう、そちは何歳じゃ。

——十六歳でございます。

——近(ちこ)う寄れ。

黄嗣永は三歩前に進み、お辞儀をして座った。王が近づいて黄嗣永の手を握った。少年の手は柔らかく温かかった。王は少年の手を引き寄せ、手首の青い血管を見つめた。王国のこれからやって来る時間が、その血管の中に流れている。心か……。良い言葉だな。王は一人つぶやいた。少年は王に手を預けたまま顔を下げた。下げた頭の紗帽に陽が揺らいだ。

——美しい。

遺腹者（忘れ形見）だと聞いた。私がお前の王ではなく、お前の父だったらよかったのに、という言葉を王は飲み込んだ。

——しかしまだ早い。勉強と世事とは異なるものだ。お前が二十歳になれば、お前を呼ぼう。そのときに力を尽くせ。

——畏れ多くございます。

——そのときまでお前の心をよりまっすぐに育てよ。正しく、そして強くなければならぬ。

黄嗣永はお辞儀をして下がった。

王に心の自明を進言した黄嗣永は至福を感じた。己の心と王の心とが解け合って、心の国を人間の心の中に建てることができるはずだった。王の背後に湧き立つ後光を、黄嗣永はだれかに、言葉で伝えることができなかった。

……そのときまで、お前の心をよりまっすぐに育てよ。

王の言葉は黄嗣永の心に深く宿った。黄嗣永は王の手が触れて、王の握力と体温が伝わった自身の右手を赤い絹地で包み、だれにも見せなかった。自身の体に届いた王の体温を通じて、王の心に渡って行けそうな気がした。王の言葉どおり、心がもっと育って、再び王のお召しを受けて取り立てられたとき、その日に手を包んだ絹地をほどいて、王の御手を受けよう。黄嗣永は一人そう誓った。

黄嗣永の妻の実家のあるマジェは、川と川の出会う二つの流れの両水里(ヤンスリ)だった。江原道(カンウォンド)の山峡を巡ってきた北漢江(プッカンガン)と忠州(チュンジュ)、驪州(ヨジュ)、利川(イチョン)の広い野を巡ってきた南漢江(ナマンガン)がマジェで出会った。川は互いに浸みるように合わさり、水しぶきも上げなかった。水は広く深かったが、人の住む村を気遣うように静かに流れて、野に溢れることはなかった。マジェの農耕地は水辺のすぐそばまで達していた。水面と農耕地の間に堤はなく、子どもでも桶で川の水を汲んで畑に撒くことができた。北漢江の水は冷たく南漢江の水は温かく、両水里のマジェには朝ごとに霧がかかった。日が昇って霧が晴れれば、川は突然光って、濡れた山の峰が艶々と輝いた。河南(ハナム)の方にある黔丹山(コムダン)の上から眺めれば、山峡を巡って近づく二つの水の流れが青い帯のように見えた。ソウルの都城の方に向かう大きな流れは、山を回ると見えなくなり、見えない向こうの水の流れの先に、都城は広がっていった。

黄嗣永は妻の実家の村マジェに来るたびに、山の上に登って、長い間川を見つめた。川は流れ流れて一つになり、合わさって大きな水となってさらに進み、都城の野を潤し満たしながら海に至った。川は一つになって新しくなり、新しい野と新しい時間の中に流れて行った。流れる川の水の上で、時間と空間が合わさって前に進み、その川の水が黄嗣永の心の中に流れた。心は川の水のごとく、心がこの世に流れて心でこの世を治めるとき、世は新しく生まれるのだった。それは青い川の流れのように明らかだった。

進士に及第した後、黄嗣永の縁談はいち早く進展した。黄嗣永は妻の実家のある村マジェに行って、義父丁若鉉（チョンヤクヒョン）と会った。婚姻前に新郎が新婦の家に行くのは風習としては正しくなかったが、丁若鉉は人を遣わして幼い婿をマジェに呼んだ。丁若鉉は風習やしきたりに囚われず、風習やしきたりを破りもしなかった。丁若鉉は四十歳に満たない元気旺盛な齢で婿を迎えた。若い頃から彼の心身には、老成した思慮と言動が身についていた。丁氏の家系の老人たちは若い丁若鉉をむしろ敬っており、長子の血筋は争えぬものだと言った。

マジェの水辺の世居地*で、丁若鉉は壮盛な弟の若銓、若鍾、若鏞とその家族たちを養い、家父長としての威厳を家門に知らしめてきた。その威厳は静かで平和なもので、霧雨のように人と村に染みわたった。丁若鉉の家では鶏が庭で餌を争うこともなく、犬も人を攻撃して泥足で飛びかかったり、道行く人に吠えかかったりしなかった。祭祀の日に大勢の家門の子どもたちが集まって遊ぶときも、親等の上下をわきまえて親しく交わり、まるで一つ家の子どもたちのように見えたと、村の人々は言った。下男を大声で呼んだり叱ったりする声が丁若鉉の家の外に聞こえたためしもなかった。

丁若鉉の長女丁命連（チョンミョンリョン）が十七歳になった年、黄嗣永との縁談話が交わされたのだが、そのとき黄嗣永は科挙に及第する前だった。縁談話が進むうちに黄嗣永が及第して、丁若鉉は思いがけなく進士の婿をもらうことになった。丁若鉉は家門の人々に通知を出して、そのことを言外せぬよう口止めした。丁若鉉は十六歳で及第した幼い婿が、世の中の重みや兵乱をどう乗り越えていけるかが気がかりで、痛々しい思いだった。その幼い進士が、王の手の触れた右手を赤い絹地で包んでいるという噂も、丁若鉉の村に届いた。

丁若鉉は、二つの川の流れが出会って大きな水となり流れてゆく水辺の故郷の村が自慢だった。水の出会いと流れは、生の根本と持続を示す山川の経書だった。彼の三人の弟たちも、互いに言葉に出さずともその山川の経書を胸に抱いて、幼年と少年のころを水辺の村で過ごした。丁若鉉は若い婿をマジェの村に呼んで、川が出会って作る新たな流れを見せてやりたかった。丁若鉉はその若い進士が、経書ではなく事物と接して、自ら悟りを得る人間であることを願った。

――少年登高だな。

婿を水辺の村に呼んだところで、丁若鉉はそう言った。

幼い年で高い地位に上ることや、才があって文章を良く書く高才能文が人間の大きな不幸であるという『小学』の教えが、黄嗣永の脳裏を過ぎた。朱熹が『小学』を編みながら、程頤（ていい）*の言葉を写した文章だった。

黄嗣永が顔を上げた。丁若鉉は幼い進士の顔を吸い寄せられるように見つめた。婚姻や及第、出仕や栄達のような世俗の雑事とは、なんの関係もないような顔だった。あの顔で、どうして少年登高ができたのか。少年登高だな……と言ったとき、丁若鉉の語調はそれが不幸だということなのか祝福なのか、計り知れないほど無頓着だった。黄嗣永は言った。

――お言葉の意味、お叱りと覚えます。

丁若鉉は大笑した。

――程頤先生のお言葉は、心が地位に満たされないことを警戒したものだ。叱るものではなかろう。

――そのお言葉こそきっと、お叱りということでしょう。

丁若鉉はまだ婚礼を行っていない婿を、自らの後学であり客としてもてなした。妻と娘の丁命連は舎廊（サラン）（客間）に顔も見せず、年老いた下女が濁り酒とキュウリと干し肉を膳に準備してきた。丁若鉉の舎廊からはほど近い川の水音が聞こえ、川風が新緑の薫りを乗せてきた。黄嗣永は両手を出して、丁若鉉が注ぐ酒を受けた。丁若鉉は赤い絹地で包まれた黃嗣永の右手を見て微笑んだ。

——御手の触れた手だな。聞いておる。

丁若鉉の語調は乾いていた。黃嗣永は顔を赤らめて、左手で右手を隠した。丁若鉉は尋ねた。

——それは目立たせるためなのか。

黃嗣永の言葉がどもった。

——隠す……大切にするためです。

——包みが中身を隠すことができようか。むしろ目立たせている。私の目には、な。

黃嗣永は答えられなかった。丁若鉉は盃を取り、ゆっくりと飲んだ。今度はどんな言葉を掛けてくるのだろうか。黃嗣永は息を殺した。丁若鉉は独り言のように言った。

——少年登高だな。

マジェから戻った夕方、黃嗣永は右手の絹地をほどいてしまった。黃嗣永は人を遣わして近況を記し、手の包みをほどいた顚末を丁若鉉のもとへ送った。丁若鉉は言葉の通じる幼い婿の聡明さに微笑んだ。丁若鉉は娘にも『大学』と『中庸』と医書を教え、息子たちにも農作業や醬油の漬け方を教えた。新婦となる命運は、冬には犬にやる餌を温めてやった。犬に餌を投げてやるのではなく、餌は木の器や欠けた陶磁器ではなく、漆の器に盛ってやった。だれも見ることのない裏庭の甕の置き台にある素焼きの甕（かめ）の蓋を、ひまし油を染みこませた布で拭いて艶を出し、女の洗濯物はその裏の方に掛けた。命連は幼い夫の明るさを愛し、袖の広い夫の服を大切に扱った。愛とは本来そういうものであるように、洗濯して糊をつけるときや、庭を掃いたり茶碗を洗ったりするときに、自然と愛おしさが湧きおこった。夜、幼い夫婦は焦りと驚きとで互いの体をまさぐった。

妻の実家の村での新婚暮らしを終えて、ソウルに所帯を移してからも、黄嗣永はマジェの妻の実家をよく訪ねた。義父である丁若鉉は家のあれこれの用事で婿を呼び、呼ばれることがなくとも妻の実家の大人たちの誕生日を知り、黄嗣永は自ら出向いて挨拶をした。妻の実家に出かけるときには、松坡（ソンパ）の船着き場を通る川辺の道に沿って歩いたり、馬に乗ったりした。戻りには驪州の方から下って来る商い船に乗り、斗尾峡（トゥミヒョプ）から広津（クァンジン）を過ぎて麻浦（マッポ）の渡しで降りた。川の上で、黄嗣永は息を深く吸って川の気運を体いっぱいに取り込んだ。川は黄嗣永の体の深くまで流れて来た。それは重なり流れて古い時間と別れ、別れながら、また巡りくる時間を迎える新しさだった。

忘れ形見として生まれた黄嗣永は、若い義父丁若鉉にときおり父性を感じた。丁若鉉は本を読む姿を他人に見せず、筆をとって文字を書くこともできるだけしなかった。丁若鉉は言葉を尽くして人を教えたりせず、自ら知る自得の道に導き、その導きに付いて来られぬ後学は受け

入れなかった。黄嗣永が
――村の前の川が大きな教えです。

と言ったとき、丁若鉉は笑いながら婿の手を握った。王が握った幼い進士の右手だった。そのときの笑いが、おそらく、丁若鉉の生涯で最も大きな笑いだった。

――お前がこの村の川がわかるはずだとわしは知っていた。心が覚めていなければ経書は塵も同然だ。

黄嗣永は妻の実家で、若い叔父である丁若銓、丁若鍾、丁若鏞と共に過ごす時間を楽しんだ。若い黄嗣永の眼にも、叔父たちの才能と器は義父よりも優れていると思えたが、叔父たちは長兄である丁若鉉の威厳を尊重した。叔父たちは幼い姪婿の少年登高を口には出さず、慶事の気配を隣家にも伝えなかったが、それもまた丁若鉉の威厳によるものだった。

黄嗣永が村の前の川について話したとき、叔父の中で一番年上の丁若銓は、この若い姪婿が事物から直接学んで隠された意味を悟ったのだから、これ以上教えることはない少年だと考えた。

二番目の叔父の丁若鍾は、黄嗣永の心が使い道にそぐわないことを残念に思った。ああ、あの明るさをどうするのか。あれが世の災いを知らずにすむものだろうか。そこに使い道を与えることは、生きている間のこの世では、とうていかなわないことのようにも思えた。

三番目の叔父である丁若鏞は、経典や人倫では埋めることのできない遥か広い地が、その少年の心に羽ばたき広がっていることを知ったが、丁若鏞の視線はいつも世の屈曲の方に向いており、飛ぶ者が羽ばたくその遠くて広い地を、深くは見られなかった。

マジェの水辺の村で、叔父たちが黄嗣永に低い声で天主教の教理を説明してくれた。黄嗣永には、行くことのできない遠い国の暁の川音のようでもあり、また切羽詰まった肉身の渇きのようでもあった。

二番目の叔父である丁若鍾の教えが、最も深くはっきりしていた。この世界には時空を超越し自ら根源となる存在があり、その存在が万物を司るということは、三に四を足せば七になるごとく、証明する必要のないものであり、言い争うことでもなく、人間の理性で知ることができる。だから善と愛は世界を司る者の原理であり、悪と憎悪はその原理から抜け出た者の脱落であるにすぎない。この確かな存在についての感覚が思い浮かぶのは、すべての知と学問の始まりだ、と丁若鍾は教えた。黄嗣永は叔父の言う神とは川のようで、現在をすべて受け入れ流れて、未来の時間に生成される持続性であると考えた。そのとき黄嗣永は文字や言葉を使わずに事物を自身の心で直接理解し、体で受け止めた。

王と朝廷が自らを世界の原理であると掲げ、自らが根源であり秩序の源泉として君臨し、現実を超えた主宰者の神聖を否定するとき、人間世界は単に襤褸（らんる）な王朝でしかなく、槍や剣で武装し、捕らえ殴り奪い奪われる骸骨の谷間だ。そしてこの無知蒙昧が地上にはびこるすべての悪の源泉であること、それもまた三足す四のように自明である。ああ、人々よ。目を見開き、自明なものの自明であることを見よ……。

語る丁若鍾は声を低くし、聞く黄嗣永は怖れに震えた。


【吏曹佐郎】吏曹は文官の任免などを司る部署で、佐郎は実務を行う正五品の官職。

【諺文】漢文に対して「訓民正音」（ハングル）を卑しめて呼んだ言葉。

【承旨】王命を伝達する正三品の堂上官。

【進士】科挙試験で文学的素養を試す進士試に合格した者。

【科挙】新羅時代から取り入れられた官吏登用のための試験。朝鮮時代には文科、武科、雑科（通訳や医術、天文学などの技術）に分かれ、特に文科が重視された。

【世居地】同じ家門の者が集まって住む村。

【程頤】中国北宋中期の儒学者。号は伊川。

朴チャドル

右捕盗大将の李（イ）パンスは裨将の朴（パク）チャドルを棍杖で十発殴り、刑具から解いた。鞭打ちを止めよという命に、刑吏たちは茫然とした。李パンスは官員たちを外に出して、朴チャドルを奥の間に呼んだ。鞭打たれたところから血が流れ、朴チャドルは尻を床につけて座ることができなかった。朴チャドルは床に腕をついて跪いた。李パンスが朴チャドルに藁座布団を放ってやった。

李パンスが言った。

――お前は空名帖で卑賤な身分から脱したが、捕盗庁の裨将だ。お前が官員の身分で天主学に染まったのだから、お前の罪は死にも価（あたい）し、お前の係累にもその影響は及ぶ。わかっておるか。

朴チャドルは捕盗大将が鞭打ちを止めさせたことが信じられなかった。鞭打たれていたのが止まったら、もう二度と鞭を受けることはできそうになかった。鞭打たれることより、打たれていた鞭が止まることの方が恐ろしかった。鞭打ちが止まると、鞭打たれていたときの痛みが絶壁となって襲いかかり、再び鞭に耐える気力はなかった。

——痛いか。

——アイゴ、旦那様……

——鞭は痛い方がいい。

——アイゴ……。

——お前は官服を着てからも、虱（しらみ）の卵のように卑しい心根を捨てられず、悪い奴らとつるんだ。官府がそんなにも不満か。

——何度か行ってみただけで、深く染まったわけではございませぬ。

李パンスは五味子茶（オミジャ）で喉を潤し、朴チャドルをゆっくりと見た。名前がチャドル（石英＝鉱物）とあって、額や脳天は堅そうだった。卑しい奴らだけができる陰惨なことをきっちりとやり通すだろうと、李パンスは見越していた。

——そうか。そうであることを望む。お前は卑しいがもったいない。殺しはしない。しかしただではすまぬ。今日は帰れ。帰って体を休めろ。何日かしてまた呼んだら、鞭打ちを止めた理由を話してやろう。

忠清道海美（ヘミ）で、五回刑問を受け獄につながれていた天主学徒が、担ぎ屋の頭である信者七名の名を明かして放免されたことがあったが、朴チャドルはそのときに目をつけられた。朴チャドルは海美が故郷だったが、幼くして故郷を離れた。二十年前に離れた故郷に今だ悪縁の目と耳が残っており、朴チャドルは捕盗庁の官員の身分で、天主学徒として告発された。

　朴チャドルの父は忠清道海美の小作農だった。土地は痩せ水路も遠く、小作料を除けば食べる分はほとんどなかった。日照りで野火が田を焼いてしまった秋、朴チャドルの父は家族を引き連れて江原道麟蹄（カンウォンドインジェ）の山中に入り、焼き畑を行った。村はくぼんでくびれていた。急な傾斜に取り囲まれた村の名は、ソックリ（ざる）村だった。日は早く沈み、夜は真っ暗で目が遠くなりそうだった。朴チャドルは十歳のころから背負子を背負って、傾斜した畑の石を間引きした。朴チャドルはソックリ村を嫌った。石の畑は、生きることを根本から受け入れてはくれないことを、十歳のときに知った。二十歳を過ぎると、朴チャドルは新婚の妻を連れてそこを離れ、寧越（ヨンウォル）の官衙の衙前になった。年老いた父はソックリ村で腰が曲がり、蛇に咬まれて死んだが、朴チャドルは父の死を知らなかった。寧越の官衙で朴チャドルは守令七名に仕えて過ごした。朴チャドルは衙前を務めて十年で吏房*に昇進し、座首*の座を目前にした。新しく赴任した守令たちは朴チャドルを呼んで、管内の百姓たちの中で土地をたくさん持ち、むしり取れそうなものの多い人々の親族や縁故、財産などの報告を受けた。

朴チャドルは還穀*倉庫の米俵の数を少なくした虚偽の文書を作成し、余った分を仲買に横流しした。甲倉の穀物を乙倉に移し、乙倉の穀物を丙倉に移して、文書を複雑に細工して見分けのつかぬようにし、その間をえぐるようにして私腹を肥やした。観察司の従事官らがやって来て郷倉の倉庫を検査するときは、監営の衙前らが事前に朴チャドルに知らせた。朴チャドルは近隣の村に牛車を送り、米俵を借りてきて物量を合わせ、監査が終われば返した。近隣の村に監査が来れば、朴チャドルが米俵を貸してやった。朴チャドルの筆の先から、倉庫に積まれた穀物が存在しない穀物となって消え、ない穀物がある穀物となって倉庫に積まれた。嘘ばかりが積まれ実物はなかったが、倉庫は空いていても、物量と文書はいつもつじつまが合った。

吏房となって空の還穀を三度行った朴チャドルは、百五十両をかき集めた。

その年に、朝廷が全国の地方に下した空名帖のうち、八割が売れなかった。有司堂上官が空名帖を集めてまた下したが、価格は半分にまで下がった。朴チャドルは縣監に三十両を収めて、空名帖を手に入れてほしいと頼んだ。縣監は監査に手を回して空名帖を手に入れた。朴チャドルは再び三十両を渡して空名帖を買った。三十両の空名帖で朴チャドルは衙前の身分を免れ、郷庁で食べた飯代として、さらに三十両を縣監に差し出して放免された。朴チャドルは五十両で再び空名帖を買い、右捕盗庁の武官職官員となった。空名帖では階級の低い官職であろうと実職を得るのは難しかったのだが、寧越の縣監が監査を通じて兵曹の少し離れたところに渡りをつけてくれた。

朴チャドルは吏房の経歴があり、文字を少し書くことができたので、捕盗庁への赴任では重宝された。朴チャドルは初任のころから羅卒*や執杖*を免れ、軍官として武器を携え、刑問の場では威儀を見せ、ときには書員の役目も果たして罪人の供述を記録した。

刑問はいつも捕盗庁の庭で行われた。捕盗大将は罪人の名前と罪目だけ確認すると退庁し、訊問と刑杖は六品従事官に任された。

朴チャドルは従事官の横に文机を据えて、訊問の内容を記した。文章がうまくつながらなければ、諺文を混ぜて書いた。訊問を記録していると、罪人が知らない罪を従事官がすべて知っているような文脈になった。知るべき人が知らないことを、知らない人が知っているということになるが、その知ると知らないの間で鞭が飛び、血が飛び散り肉片が散った。従事官らは囚われた者の身分が賤(いや)しければ、賤しさが罪のもとだとし、囚われた者が両班(ヤンバン)ならば、文字を知り仁義礼智を知っていることを過重処罰の根拠とした。だから訊問を記録していると、罪の内容は異なれど、罪を問う形式は似ていた。卑しい者たちのもとは虱や蛆虫のようであり、互いに目くばせして語り合う陰凶さはフクロウのようだし、互いに絡み合ってとぐろをまく蛇のようだし、互いに隠し隠されするのはモグラのようだった。祈禱文を覚え読み、入信の道に進んだ者の罪には、国恩と先儒をなきものにしたという、より大きな罪がついてきた。

……自白が遅れた罪は自らが存じております。もうこれ以上、申し上げることはございません。どうかお察しくださり、処決くださいませ。

という罪人の陳述で終わるのだが、法が定める刑罰はそのときから始まった。

この世は初めから、殴る者と殴られる者、追及する者とされる者、罰を与える者と罰を受ける者に運命が決められているのかと、供述を記録しながら朴チャドルは考えた。地方の郷庁で衙前をしていたときも、官衙に引っ張られて鞭打たれる百姓を見るたびに、朴チャドルはこの世が怖くてブルブル震えながら、鞭打たれるようなことはすまいと誓っていた。朴チャドルは官衙の倉庫から横流しした金で空名帖を買って町に出ることもできたが、殴り捕らえる者の世界から抜け出すことはできず、殴り捕らえる者の隣で殴り捕らえることを記録していた。


邪学罪人として引っ張って来られた、三角山の下の焼きもの村の若い炭焼きは、父の巻き添えになっていた。父は焼き物村で三代にわたって炭窯を守っていた。父は天主教徒たちの連絡係だったので、父が捕まれば芋づるは大きいはずだった。

二度目に刑問に引きずり出された炭焼きは、前に殴られた所をさらに十発殴られてから言った。

――父が行った場所は知りませぬが、もし知っているとしても罪人も父子有親なので、どうやって父に会わす顔がありましょうか。

朴チャドルは罪人の言葉を記した。従事官は罪人に言った。

――良い言葉だ。しかし父子有親は父子が罪を償った上で言える言葉だ。国は刑罰をなくすために刑罰を使うのだ。この言葉は難しいか。

炭焼きは炭窯の仕事がないときは、温かい窯の中に味噌玉を入れた。味噌玉に土の香りと火の匂いがしみ込んで、味噌の味は深かった。炭焼き窯の焚口で灰になってなお踊る残り火と乾いた薪の匂い、発情してうろつき回り何日かぶりで戻って来て井戸端で水を飲む雄犬の生臭さ、緑豆のところてんを煮るときの匂い、陽の射す夏の日の田舎の土壁の匂いが、刑具につながれた若い炭焼きの記憶に揺らめいた。肉塊が裂けて飛んだところから、流れ出る血の臭いの中で、記憶の中の村の匂いが蘇った。匂いがなぜ物のように記憶されるのか、過ぎた匂いが血の臭いを押し出して、鼻の穴の中に流れ込んできた。

若い炭焼きは父の行方を追及されないという条件で背教(はいきょう)した。従事官はすでに別のところから、炭焼きの父の隠れ家を把握していた。炭焼きは背教の動機は匂いのせいではないかと自問した。答えは浮かばなかったが、違うとも言えなかった。甕作りの村で天主教の教理に初めて染まったときに感じた遠い天国の匂いも、そこに混じっているようだった。答えはやはり浮かばなかった。

若い炭焼きは背教の担保として、甕作り村の裏山の洞窟に集まる信者たちのことを吐いた。捕卒らが押し入ったが、信者はすべて逃げたあとで、洞窟の中にはなんの物証も残ってはいなかった。人気(ひとけ)が消えて久しかったようで、洞窟の中には蝙蝠(こうもり)が飛んでいた。捕卒が蝙蝠を証拠として捕まえてきて、従事官に差し出した。

――蝙蝠が住んでいるのを見ると、初めから人はいなかったようです。炭焼きのついた嘘か、すでに奴らが逃げたことを知って話したのでしょう。

炭焼きは背教が本心であることを認められなかった。炭焼きは背教を盟約しながら解放されなかった。

朴チャドルは炭焼きの供述を記録しながら、人々を捕らえ殴ったりしない世の中を炭焼きは知っているのではないかと思った。刑具につながれた炭焼きに言葉を掛けることはできず、獄に訪ねて訊くには人目が怖かった。朴チャドルはこの世が怖くなればなるほど、この世から逃げ出したいと思う自分の心が怖かった。匂いは訊問に入っていなかったので、朴チャドルは炭焼きの記憶の中の匂いを知らなかった。炭焼きは背教したが、背教の代価として、生きて獄門から出ることはできないだろうということを、供述を記録しながら朴チャドルは予感した。

炭焼きは刑が定まる前に獄で死んだ。死ぬ前に炭焼きは獄卒に言った。

——耶蘇を犬豚と呼んでやる。耶蘇を悪魔と呼んでやる。俺は耶蘇ではなく炭焼き窯を信じる。俺は生きて獄を出たいのだ。

獄卒が炭焼きの言葉を朴チャドルに伝え、朴チャドルが従事官に伝えた。炭焼きが吐いた洞窟から蝙蝠が出てきたから、炭焼きの背教は認められなかった。羅卒が炭焼きの死体を背負子に乗せて、西小門の外の砂場に捨てた。朴チャドルは炭焼きが鞭打たれて死んだと文書を作成した。朴チャドルは炭焼きの魂がどこに行くのか知らなかったが、炭焼きが信じた天主が本当にいたら、善いところに行くだろうと思った。

炭焼きが死んだ後、朴チャドルは補職が替わり裨将となった。朴チャドルは刑問場を免れて、捕盗の高位職に随行したり手伝いをしたりした。

【吏房】地方官署で人事関係を司る部署、またはそれに従事する官吏。
【座首】朝鮮時代、地方の自治機構である郷庁の筆頭。
【還穀】春に農民に貸し付け、秋に回収した穀物。
【羅卒】地方の官衙に属す使令と、罪人を扱った兵卒。
【執杖】棍杖を持つ人。

島

帆船が接岸した。風が再び吹いた。遠い海で起こった波が入り江の内側を揺らした。流されていた船はやっとのことで方向を変え、横向きに岩に着いた。船頭の文風世(ムンプンセ)が岩のでっぱりに綱を投げて船をつないだ。

黒山水軍鎮の別将呉七九(オチルグ)が船着き場に出て、船から降りる者を検問した。呉七九は使令二人を連れていた。広い官服の袖が風にはためいた。船がナルプリ岬を回って近づいたとき、呉七九は文風世の船であることがわかった。遠くで文風世の鶏が鳴いた。文風世は年に二度ほど黒山を往来し、文風世が来る日は別将のかき入れどきだった。文風世がまず船から降り、呉七九にお辞儀をした。

——お前がそろそろ来るころだと思っていたが、海が荒れただろう。ここも風がひどかった。

——みんな風任せでさあ。ひっくり返れば死にます。海でも陸でも同じでしょう。

文風世は接岸料として、銅貨十両を呉七九に渡した。船が大きいので接岸料も高かった。呉七九の使令が乗客の荷物を探り、故郷と名前、島に来た目的、島に滞在する期間を尋ねた。調べの終わった乗客は入島料として銅銭を何枚か使令に渡した。丁若銓を護送してきた務安の下役人は船尾に座って、降りる順を待っていた。呉七九が文風世に聞いた。

――あやつらはだれだ。

――務安の官員で、流刑の罪人を引いてきました。丁若銓と言って、天主学の信者だそうです。五品だとか……。

呉七九がかっとして叫んだ。

――ああ、くそっ、またか。そんなやつをなんで連れて来た。海に放り投げりゃよかったのに。食べさせるもんでもあると思って、またここに。まったく。

――学識のあるソンビと聞いております。

――そりゃそうだろう。逆族の中で孔孟退栗*を暗唱できぬ奴がおったか。

務安の下役人が船から降りた。風呂敷を持った丁若銓がよろめきながら後に続いた。下役人は呉七九に丁若銓の罪名と来歴を書いた紙を渡した。呉七九が丁若銓の顔を窺い人相書きと照らした。呉七九が言った。

――黒山は初めてだろうな。

言うまでもなく棘のある言葉だった。呉七九は使令に命じて丁若銓の荷物をほどいた。長い上着、短い上着、綿入れのパジ（ズボン）一着に足袋一足、草履五足、硯一つ、筆五本、麦こがし二升、煎り豆三升だった。呉七九がまた聞いた。

――高貴な仙人さんに苦労がとても……とても多いのだな。よく面倒見てやろう。

別将呉七九は丁若銓を沙里（サリ）村の趙（チョ）氏という漁師に押し付けて、色吏*を付けて監視させた。漁師は関節炎がひどくて、悪天候の日には海に出られなかった。一人で暇つぶしに文字を覚え、風憲（ふうけん）*の仕事をした。趙風憲は流刑の罪人である丁若銓を、井戸の脇の別棟に住まわせた。趙風憲は丁若銓の糧食を賄うために村から穀物と魚を集め、別将がそれを許可した。別棟は茅葺屋根の二間と、後ろ板間と焚口、煙突だけだった。土壁に萩の簾を巡らせ、床に筵が敷いてあった。石の垣根が水平線に届き、黒い海と赤い海が庭に押し寄せて来た。村の百姓たちはそのあたりが、地が終わり空が始まる場所だと言った。海を走る水の音が空間いっぱいに広がり、高く飛ぶ鳥の鳴き声が聞こえた。明るく静かな日、水上に浮かんだ月暈（げつうん）が揺れるとき、星がかすめるほど近かった。黒山に入った初日、丁若銓は魂の抜けたように口を開けて、長いこと海を見つめていた。ソウルには黒山がなかったように、黒山にはソウルがなかった。戻るということはあり得ないことだが、戻ろうとする心の滓（おり）が残っていて、海の向こうの方に視線が引き寄せられるのだが、その向こうにはなにも見えなかった。

船頭の文風世は黒山で乗客を降ろすと、船を回して近くの大芚（テドゥン）島と永山（ヨンサン）島に向かった。穀物を下ろしてカンギエイやアカエイを積み、四五日後に再び黒山を経て務安に戻る予定だった。務安の下役人はその四、五日の間、黒山に留まって黒山鎮水軍別将の鎮館に寄食した。務安の下役人は昼間は村を回って越海債を取り立てた。越海債は辟遠の島に出張してきた陸地の官吏が、海を渡って来た労苦の報奨として、島の百姓から取り立てる慰労金であり旅費だった。流刑の罪人を護送した官員の路用は、すべて流刑の罪人や途中の駅参の負担であり、別途の出張費はなかった。島の水軍別将と水軍万戸*は、陸地から来た官吏の越海債の徴収を黙認した。

　文風世の船が近づいて来たとき山に逃げた百姓たちは、夜が更けても村に降りて来なかった。務安の下役人は駅卒を連れて山に入った。下役人は島の山道を知らなかった。葛のつるの中や岩の割れ目に隠れた百姓たちを探し出すことはできなかった。下役人は水軍鎮の別将に頼んで使令を一人付けた。黒山鎮の使令が先頭に立ち、山道を案内した。一日かかっても得るものはなく、務安の下役人は村に降りてきて水辺に干してあるワカメを捕った。だれの家のワカメなのか区別もつかなかった。黒山鎮の使令が別将の命令だと言って、いくつかの部落の風憲を一か所に集めて、越海債を分担させた。水辺で集めたワカメはワカメとして持ち帰り、村に負担させた取り分はまず風憲たちに代納させて、後で百姓から取り立てろということだった。海を渡って来た陸地の官員たちの労苦を少しでも慰労しようというのが、村の長く続いてきた美風良俗であるという別将の言葉を使令が伝えた。

務安の下役人は乾かしたワカメ五束をむしり取り、風憲たちは三十両を集めて来た。下役人は乾かしたワカメを風憲に売って、さらに二十両を受け取った。

文風世の船は約束通り、四日後に黒山鎮の港に帰って来た。文風世は船着き場に出ていた呉七九の使令から、接岸料五両をまた取られた。務安の下役人は帰りの船便で帰任した。船が出るとき、黒山鎮の使令が船着き場まで来て見送った。務安の下役人は別将呉七九に渡してくれと五両を使令に渡し、使令の分として一両を別に渡した。務安の下役人は言った。

——極辺海島に人情があるのは、別将の人徳であろう。本鎮に戻ってそう伝えよう。

船では文風世の鶏が首の羽を逆立てて鳴いた。船が出ると、山に逃げていた百姓たちが村に戻って来た。ワカメ干し場は空っぽだった。暗くなりかけた水辺で母と子が抱き合って泣き、麦簾にくっ付いていたワカメのかけらを集めて家に帰って行った。夜になり朝が来て、煙突からは煙が上った。

黒山の老人たちは、島が空から海に落ちたかけらだと思っていたが、税金と供物は陸地が奪って行き、百姓たちは水軍鎮で労役を課された。水上を吹いてゆく風が春には南から吹き、夏至が過ぎると東の方向に向きを変えた。初冬からは風が反対向きになり、翌春まで北から南に向かって吹いた。冬にはひどい北風が海を覆った。風を避けるために、村は南向きには作れなかった。村は山と丘に寄りかかって、東の水辺に沿って作られ、百姓たちは石垣を高く築いて家を囲んだ。垣の穴ごとに水平線が走っていた。港の方から眺めると、石垣の上に藁ぶき屋根が続いており、村は魚の鱗のようだった。

百姓たちは風と風の合間に海に出た。年寄りは朝ごとに板の間に座って、暁の陽光が広がる海を見つめて空の天気をうかがった。太陽が海の下から湧き起こるとき、燃えるように赤い光が扇の模様をして中天まで広がり、雲の端が紫色に変わると、その日は雨が降った。村ごとに話は少しずつ異なり、雲がかかっても雨の降らないときもあったが、どれもまったくの間違いというわけではなかった。水で幾度も死に目に遭った老人ほど天気を見る目は確かだったが、雨が降る晴れるというのはよく当たっても、突然吹きつける風は見当がつかなかった。

朝には穏やかだった風が、昼間突然ひっくり返って、遠くに出た船の大部分が戻っては来なかった。突然、遠い海から風が吹けば、水平線の方の水の光が沸きたった。そんな日、日が暮れても船は戻って来なかった。村の人々は水辺に出てたき火を燃やし、鉦を鳴らして夜を明かした。春には南風で温まった海の水が湿気をはらんで濃い霧となった。霧が風に押されて来ればば海も空も見えなくて、雲に閉ざされた世界に水の音だけが聞こえた。慌てて戻ろうとした船が道を失い、港を至近距離にしても接岸することができなかった。人々は山に登って鉦を打ち鳴らして船を誘導したが、音だけで水の道を探すのは難しかった。船は一日中水の上に浮かんでおり、霧が晴れてから戻って来たり、霧の中で永久に消えてしまったりした。水に流された船が遠い海で壊れ、水で膨れた死体や木切れが何日もたって水辺に打ち上げられることもあった。夜が明けても船が戻って来ず、また日が沈んでも船が戻って来ない夕暮れの水辺には、待ちわびた人々がそれぞれバラバラに家に戻った。煙突からは夕餉の煙が上らず、村は暗闇の中で静かだった。そうして、一軒からこらえ切れない泣き声が聞こえてくれば、泣き声はこの家あの家へと広がっていった。女たちの泣き声は闇を引き裂き、老人の泣き声は乾いてかさついた。村は一晩中泣き、驚いた犬も吠えたてた。

悲しみは癒される場所もなく、地層のように人々の心の底に積もり、人々は再び海に出て行った。

生き残った人々は、戻らぬ男が使っていた器や匙を大事に持っていて、部屋の横木の上に並べた。巫堂が戻って来ない男の魂を呼び出すとき、水辺にその器を持って出て、匙で器を叩きながら魂を呼んだ。去って間もない魂は、ときには戻って来た。戻った魂は竹の先に憑りついてへっへっと泣き、去って久しい魂は器を叩いても戻っては来なかった。

島の人々は、水辺に押されて岩を抱き砂の浜を引掻く波を、海で死んだ男の魂だと考えた。魂でなければ、そんなふうに遠い海を渡って来て、住み慣れた村の端っこにしがみついて、その水辺を引掻くわけがなかった。魚をたくさん獲って戻った夜には、男たちは船縁を叩いて歌った。

魂よ、魂よ、魂だな
飯よ、飯よ、飯だな
魚よ、魚よ、魚だな
あの波はだれの魂で、あの魚はだれの飯なのか
魂よ、魂よ、魂だな
飯よ、飯よ、飯だな

流刑の罪人丁若銓を任された趙風憲は、海に出て戻って来ない男たちの名前と出航の日にちを暦に記すことを、三十年続けてきた。おおよそ男たちは北風の吹く冬、干満の差が最も大きくなるころによく死んだ。

満月の浮かぶ夜、趙風憲は水辺に出て波に語りかけながら、飯の塊を投げた。

——こいつ、チャンセは来たか。トンスも来たな。トンスの甥はまだだったかな。お前たち寒いだろう。そうそう、わかった。水の中で震えておらんで出て来い。出てきて服を乾かして飯を食べろ。飯を食べて温かいところに行け。

海に出た男たちも、突然の波が船縁を超えて入って来ると、戻ってきた者たちの魂だと考えた。男たちは波にふかしイモを投げて、魂の名前を叫んで呼んだ。

――チャンセ、クマン、お前たち来たのか。魂よ、魂だな。

田んぼがないので魚を採って穀物と替える島に税金と労役がかさんで、土地に這いつくばった百姓たちは飢えていた。島の土地は訓錬都監*の屯田で、黒山鎮が地税を徴収して本監に送った。船とワカメに付加される税金は黒山鎮の本営である右水営（うすいえい）に納められ、魚の税金は牧民の管轄である羅州牧に納められた。島に楮が自生して、百姓は紙を漉いて都監に納めなければならないのだが、割当料の千六百牘に満たないときには金で徴収された。一人ずつの割当が決まっており、子どもにまで紙漉きが課された。麦畑と竹藪には収獲とは関係なく、面積によって税金が課され、右水営が持っていった。麦畑の畔に植えた豆は、苗木の数を数えて税金を課され黒山鎮に納めたのだが、それは本営である右水営も知らぬことで、黒山の別将が定めた税金だった。

　貢物を乗せた船が出るとき、船舶の運航費と船員の手間賃を黒山の百姓が出さなければならず、陸地から渡って来た官員たちは越海債をむしり取った。台風のたびに漂流して流れ着いた上国（中国）の船の船員たちを、食べさせ泊まらせ糧食を与えて後腐れないよう送り出すのも島の百姓たちの仕事だったし、突然やって来た流刑の罪人を受け入れて、いつまで続くかわからない日々を食べさせ世話するのも島の役目だった。漁師だった男が望軍として呼ばれて水辺の岩に登って海を眺めて見張りをし、作隊軍の順番が回ってくれば水軍鎮で労役した。

朝飯抜きの男たちが風を吸いながら船を漕いで海に出て行き、女たちは山に登って葛やツル人参を採るときには、ツル人参を掘って食べる山犬と戦った。

羅州牧は黒山には地方官を送らず、右水営にいる従五品別将が黒山を治めた。別将は武官職だったが、黒山鎮の別将は島の守令と同じだった。従五品の身分で下人を持つ者もいた。堂山の下に鎮館が建てられ、板屋船一隻、狭船二隻に軍官、使令と兵卒、奴隷が配置されていた。黒山は別将の島だった。

満ち潮が襲いかかり波が島を壊す暁のころ、黒山の夫婦らは低く這いつくばって交わった。黒山の女たちはよく身籠り、楽々と出産した。女はいつも腹が膨れていた。臨月の女たちは水瓶を頭に乗せて山を越えて行き来し、岩にへばりついてワカメをむしった。黒山のワカメは、その汁を飲めば子を産んだ女の下腹の傷はすぐに癒えて狭くなり、血がきれいになった。黒山の女たちは産めばまた孕んだ。男たちが家にいるときに女たちは孕み、海に出た男たちが戻って来なくとも、女たちは男を産み続けた。

夫婦が交わるとき、海で死んだ男の魂が女の体の中に入り、また別の男としてこの世に生まれるのだと趙風憲は村の子どもたちに話して、女たちから拳を突きつけられた。


【孔孟退栗】孔子、孟子、朝鮮を代表する儒学者である李退渓、李栗谷。

【色吏】監営や軍衙で穀物の出納を監視する役割を担った下役人。

【風憲】朝鮮時代、留郷所（地方官衙で守令を補佐する機関）で地元の仕事を請け負った者。

【水軍万戸】朝鮮の各道の水軍に属した従四品の地方武官。

【訓錬都監】朝鮮時代の五軍営の一つ。首都の警備と砲手、殺手、射手の三手軍を養成した軍営。

六本指

二十歳になったら呼ぼうと言った王は黄嗣永を忘れたのか、お呼びはなかった。黄嗣永は王の記憶が戻って自分を呼ばないようにと願った。王をだますことなどできず、品階と官職を得たと言っても、登用されていればもっと大きな罪目で死ぬはずだった。何年か後、王は約束を守ることのないまま世を去った。そのとき黄嗣永は、自分の手を握ってくれた王の手で死ななかったことを幸いと思った。

婚姻の後、黄嗣永は妻の実家の村マジェに新所帯を構えた。義父の丁若鉉が水辺の畔のカラタチ林の中に三間の家をあつらえてくれ、糧食を賄(まかな)った。黄嗣永は妻を連れて妻家に行って食事をするのを好んだ。義父の家の奴隷たちは黄嗣永の新所帯の面倒を見て、垣根を手入れし、瓦を直した。義父の家の犬が子を産み、子犬一匹を黄嗣永の家に送った。母犬と子犬は二つの家を行き来しながら遊んだ。

黄嗣永は妻の叔父の丁若鍾から天主の教理を学んだ後、出仕を断念した。義父の丁若鉉は幼い婿に出仕を勧めはしなかった。丁若鉉は、婿にやる家一軒と糧食があることを幸いと思い、婿が水辺の村に落ち着いて静かに老いてゆくのも良いものだと考えた。丁氏の家と、新しく入ってきた黄氏の家が一つ村で末永く暮らし、黄色い土の墓が並ぶ丘の前を青い川が流れる風景を、丁若鉉は心に描いた。

黄嗣永は言葉と文字で形作られる考えの構造を捨て、言葉の形式で存在する仁義礼智から離れた。黄嗣永は流れる川のその先のことを考え、迫り来る新しく生まれる時間を感じた。それを迎えることはとても差し迫ったことで、命とこの世をすべてひっくり返さなければ成し遂げられないことだったが、丁若鉉は若い婿の心の中までは知らなかった。

流れる川の隣で、夜には幼い妻の体を、妻より若い夫が抱いた。男は驚きと怖れで手探りし、命連は肩をすくませて腰を曲げた。男は手を引っ込めようとしたが、もっと深くに届きたい気持ちにぶつかった。ぶつかって焦りながら、どちらが先ともわからないまま、もっと深い所に至った。体に限りはなかった。黄嗣永は命連の脇の下や髪に鼻をうずめた。甘酸っぱい匂いが黄嗣永の体内に流れ込んだ。匂いは黄嗣永の内臓の中にまで染み入ったが、まだ遠く遥かだった。自分の体に入ってきた命連の体の匂いをその手で捕らえることができずに、黄嗣永はもっと鼻をくっつけ、命連は男の頭を抱いた。

命連の体が濡れて開き、その体の喜びで男の喜びを吸い取った。交わりは渇きにも似ていた。

息を整えて命連の顔は笑みを作ったが、その笑みには泣きたい気持ちも混じっていた。

朝早く目を覚ました黄嗣永は、まだ眠っている命連の顔を見つめた。眠っている顔に暁が近づき、髪には艶があった。暁の川の水の生臭さが部屋の中いっぱいに漂った。明け方の命連の息は深く、体の匂いは強かった。次第に明るくなり水霧がかかる中を、投げ網船を漕ぐ音がぎいっとなったとき、命連は眠りから覚めた。先に目覚めた夫の目が自分の顔を見つめていた。命連が目を開けると、目と目がぶつかった。ああ、この人……命連は男を抱きしめた。

人が人を抱くとき、心の喜びと体の喜びが合わさって焦れるのは、花が咲き日が昇り川の水が流れるようなものだと、先に眠った命連の横で黄嗣永は考えた。それは叔父の丁若鍾が教えたとおり天主の証明であり、その証明が人の生きる世に現れることが天主の権能であるはずだった。黄嗣永は山と川からあまねく天主を感じたが、命連から感じる天主は自分の体のように確かだった。黄嗣永はその確かさを命連に伝えることができずに、命連をもっと深く抱いた。

春、黄嗣永はソウルに住まいを移した。丁若鉉は娘夫婦を近くに置きたかったが、婿が妻家の隣に長くいすぎて大人になるのが遅れてはいけないと心配した。丁若鉉はその心配を

——お前の妻が実家のそばにいると、怠け心がつかないか心配だ。

と言った。

黄嗣永は烏安（チョアン）の船着き場から出る賃船に妻と荷物を積んだ。飼っていた犬が付いてきて船に

乗った。船が斗尾峡を過ぎるとき、新緑の山が川面に映った。ソウルは船で一日かかった。

娘夫婦が住まいをソウルに移すとき、丁若鉉は家にいる男下僕の六本指(ユクソンイ)を従わせた。六本指は丁若鉉の父の代に買ってきた買得奴だった。六本指の父は全羅道興陽(フニャン)の千石持ち崔(チェ)氏の家で、三代にわたる伝来奴の息子だった。全羅道が凶作の年、旦那衆は奴隷を売りに出した。食べものがなくて奴隷は売れなかった。糧食の足りない旦那衆は、自分の足で出てゆく奴隷を捕まえなかった。解放された奴隷たちは農土のある家を探して自売をしたが、なかなか売れなかった。そのとき六本指の父は十歳だった。奴隷の値段が下がり、六本指の父は米一俵で売られた。その後の三十年余りに三度転売されて、両水里(ヤンスリ)の川向こうの馬牧場の牧奴として売られた。

鳥安の船着き場の村の呉(オ)氏は一年に五六百石を収獲し、おおらかな旦那だった。呉氏は凶作の年にも奴隷を売りに出さず、逃げた奴隷を訴えたりもしなかった。呉氏の家に嫁が嫁いで来たとき、十七歳の下女が生きた鶏を抱いて輿に付いてきた。そのとき下女の体には子が宿っていたが、まだ腹が膨れていなかったので旦那にはわからなかった。子は娘だった。下女は子を産むと産毒が体に広がって死んだ。娘は育つと、甘い匂いの漂う女になった。呉氏は年をとって筋力も劣え、婢妾を置くこともかなわなかった。呉氏は下女の娘を、川向こうの牧場の牧奴にあてがった。

六本指は父母が一度の交わりで生まれた。右手の小指の隣に小さな指がもう一本付いていたので、名前は自然と六本指になった。

六本指は母のもとにいたが、十二歳のときに隣村の丁（チョン）氏の家に売られた。奴籍は伝来奴から買得奴に代わり、主人は丁若鉉、村はマジェと登録された。丁若鉉は六本指が時々、呉氏の家にいる母や川向こうの馬牧場の父を訪ねることを許した。六本指の父の名は二斗（イドゥ）だった。二斗は馬牧場で年老いて死んだ。二斗が死んだとき、丁若鉉は六本指に十日の休暇と路銭を渡し、父を弔い埋葬させた。六本指は一人で父の墓を掘った。二斗は水辺に埋められた。

六本指は骨身を惜しまず働いた。鋤の背を一踏みすれば、鋤の刃は指尺で二つ分ほども土に食い込み、腰をひねって土を放った。六本指は五感が鋭かった。川向こうにも人の行きかう気配を感じ、遠くで雌鶏が卵を生んでクウクウ鳴く声が六本指の耳には聞こえた。四十を過ぎても、六本指の五感は衰えなかった。

婿夫婦がソウルに住まいを移すとき、丁若鉉は船着き場に出て見送った。船に乗る前、六本指が地面に平伏して、丁若鉉にお辞儀をして泣いた。丁若鉉は婿に言った。

――六本指はその父と母が生んだ息子だ。それを忘れるでない。

ソウルに行く川船で、黄嗣永はその言葉の単純さに驚いた。六本指は漕ぎ手でもないのに櫓を操った。

中国人の神父周文謨（ジュムンモ）が国内に潜入したのはすでに五年前だという事実に、備辺司は驚愕した。五年ではなく六年だという説もあった。驚きよりも怖れが大きかった。全羅道の農業を営む村で『小学』を学び、儒巾を頭に被っていた者たちが邪悪な亡霊に憑りつかれて、祖先の祭祀を怠り位牌を燃やした。その輩をすべて捕らえ鞭打って殺したのは、周文謨が国境を越える何か月か前のことだった。ソウルに引っ立ててねじり上げ焼き殺せば、先王が創建した都城に血の臭いと生臭さが染みて穢（けが）れるし、生きている者は生かせという国王の志にも符合せず、できるだけ郷庁で処断して、その結果だけを文書で報告せよと、朝廷は地方守令たちに言い渡した。ぶら下がった死体を郷里でさらして国禁を見せつけても、それに逆らう輩は次第に増えていった。打たれて死んだ死体が神気を吐き出して、むしろ輩が増えるのだと、守令たちは噂した。大国に向かう王使一行に密偵を忍ばせて、周文謨を国内に誘因して隠し、あちこち連れ回すようなその腹黒い内幕を、朝廷は知る術もなかった。あれらはいったい何者か。あれらはなぜああしているのか。なぜ殺してもまた増えるのか。あれらはどうして命を粗末にして、望んで死地に向かうのか……。王はそれを問うたが、臣僚たちは答えられなかった。答えを得られぬ疑問は怖れとなって広まった。堂上官や堂下官、首都を守る禁衛営の羅将までも、周文謨の名と人相書きを覚えた。捕盗庁がかすかな匂いを嗅ぎつけて近寄れば、周文謨はすぐに行方をくらませた。従う輩は谷間ごとに虱の卵の如くびっしりとはびこり、ミミズクが鳴ければフクロウが答えるごとく、輩同士が目くばせや手くばせで周文謨を隠し回っているのだと、備辺司は王に報告した。捕盗隊長は獲物なしに戻った軍官を鞭打った。

釜山（プサン）の海に西洋の汽船が入ってきて、五日間停泊した。海辺の百姓たちは村を空っぽにして逃げ出した。守令は西洋の船の方に近寄ることもできず、水軍万戸は狭船何隻かを島の後ろに隠した。西洋の船はまるで泰山が浮かんでやって来たかのように見えた。旗がはためき、金属が日の出に輝いた。人は降りて来ず、朝夕にラッパの音が鳴り響いた。五日後に西洋の船は去って行き、百姓は村に戻って来た。

西洋の船が停泊している間に、その船に渡って内部を見学したという者があちこちから現れた。船の脇には水車のような輪がいくつもくっついており、蒸気でその輪を回して、風が強く波の高い日にもあっと言う間に千里を走り、二万斤の大砲が数十門もついており、海岸からぶっ放せば遠い山城まで打ち壊すことができる、ということだった。また船の中には部屋が数十もあり、大きさは宮殿のようで、朝鮮の一年分の穀物を全て積んでも沈むことはないと言う。西洋の船はなんの言葉も発せず、自ら去って行った。西洋の船がやって来た理由について様々な噂が飛んだ。言葉なく脅しをかけて交易をせよということだと言う者もおり、国には元々なんの災禍もないのだから、交易したくてやって来たならば怖がる必要はないという者もいた。

西洋の船が来たわけは、朝鮮を清から引き離して西洋に服属させようとするものだが、大砲は使う必要なしに見せるだけで、まずは脅しをかけたのだと言う者もいた。西洋の船は東洋の国を回りながら天主学を広めているが、その目的はすべての国の百姓を天主学に引き入れて王朝を倒すことにあり、今回来た船がなにも言わずに帰って行ったのには、大砲を撃つよりもっと恐ろしい意味が隠されているのだという話が、主にソウルの南山の方で広まった。

捕盗庁が妖言を広めた者を捕まえて、棍杖で殴り殺した。集まってひそひそ話をしていた者を捕らえ、その言葉を伝えた者と、その者に伝えた者を次々と引っ張って来た。同じ村の広間に集まっていた隣人や親子らが共に刑具につながれたが、最初に妖言を発した者を捕まえることはできなかった。妖言はだれかが作り出したのではなく、風が吹くように自然に湧き起り、山火事のように広がるものだと言いふらした者も引っ張られて、鞭打たれた。釜山の沖だけでなく、忠清道、全羅道の海岸にも西洋の船が現れ、京畿道安山(アンサン)の豊島(プンド)の西方にある遠い海を、まるで山のような船が通り過ぎると、水に泡ができ川のように伸びて、煙が海岸の方に流れてきたと、守令たちが朝廷に報告した。新月の夜に水平線の方に低く垂れ込めた雲を見て、西洋の船だと報告した守令もいた。

王は言った。

——万古になかったことだ。卿たちの考えを申せ。

臣僚たちは額を床につけた。

――私どもの不忠でございます。

領議政（国務総理）は言った。

――王の正心は万華の根源でございます。殿下、より修身にお励みなさって、経書の講義をしげく行ってくださいませ。

讖言（予言）では、天主の息子の耶蘇が辛酉生まれの酉年で、還暦が三十回めぐって再び酉年になった三年後に、大きな船が海を渡って来て江華、仁川、富平、素砂、南陽に停泊し、都城に向かって大砲を撃つため、朝鮮王朝の創始者である李成桂の運は壬戌年に尽きると言われた。

壬戌年に遠い島で真人が生まれ、屈強な軍人を率いて陸地に渡り、箒で掃いて新しい世を建てるが、そのとき卑しい万民の恨みは晴れるだろう。そのとき空から降りてきた辛酉年の鶏が鳴いて、鶏明山川（世の中）が明るくなる。鳥たちが羽ばたいて新しい生命が芽吹き、村を成す。人が生まれ牛馬が生まれ、草木が芽吹き世の中が芽生えるのだ。末世の混乱には心だけが避難場所だから、辛酉年の鶏が鳴くまで心の田を耕しておけ。

田という字の中にある十字架が新しい世の旗となって翻り、田の字の中に隠れていた神様がこの世に降りてきて新しい田を拓くのだから、人々の田は神の庭となろう。

田よ、田よ、田だな。畑よ、畑よ、畑だな。

神様が牛となって善き人の田に降臨なさるから、母牛が子牛を呼ぶ声が神様の声であり、心の田に牛の鳴き声が響けば美しかろう。牛性は天の道であり地の益だから、牛性が野に遊び、牛の鳴き声響く野に生命が芽吹くのだ。畑よ、畑よ、畑だな。

そのとき神様の庭に人の子が生まれ、一年過ぎればあんよを覚え

ふりふりふりでこの世を見まわし
立ち立ち立っちで一人起き上がり
一歩一歩一歩であんよを覚え
人の子らはよちよち歩きで正しい道を行くのだな
一歩一歩一歩に立ち立ち立っちだな
畑よ畑よ畑だな

耶蘇は辛酉年生まれの酉年ではなく、それより四年早い丁巳生まれの巳年だから、大きな船がやってくるのは三年後ではなく来年だという話が、忠清道鶏龍山（ケリョンサン）の麓に広まった。讖言はさ

らに急速に広まった。

捕盗庁の軍官が、こっちの村あっちの村をあさって歩いた。

——大きな船が来ると触れ回る者を出せ。海島真人*を説く者はだれだ。

その追及に、大きな船がやって来るという話はさらに広まった。清国の神父である周文謨は、島国の真人が軍人を率いて陸地に来る前に真人の道を均（なら）しておくために遣わされた中国の将軍だという噂が、忠清道の海辺の村に広まった。


ソウルで、黄嗣永は生業がなかった。黄嗣永は毎日忙しくて、飯の糧に時間を費すことはできなかった。六本指が漢江の船便で両水里のマジェを行き来して、義父の家から糧食を運んで来た。六本指はマジェに行くたびに水辺に埋めた父の墓に参り、呉氏の家の奴隷になっている母を訪ねて、あれこれ手伝いをした。

周文謨は身元と人相書きが広まったまま、ソウルの四大門の中にある信徒の家を隠れ回りながら、聖事を行いミサを捧げた。捕盗庁は軍人を放って、江原道の山奥や全羅道の海辺を探した。黄嗣永夫婦は周文謨に洗礼を受けた。

洗礼を受けた日の夜、黄嗣永夫婦は部屋の灯の前に座り祈った。六本指が家の中をくまなく掃き清め、雑巾がけをした。

日ごとに必ず新しくなる「必日新」、民を新たにする「新民」、至上の善にとどまる「止於至善」。経書にある句は単なる文章ではなく、我が身を打つ棍棒のようにも感じられた。体中の細胞が、一つ一つ目を開いていくような思いだった。急がねばならない道が際限なく続いていた。洗礼は、見えなかったその道を現実に生きてゆくべき地上の道として示し、見えなかった道と地上の道とが出会うところにある恐れを消してくれた。

——妻よ、あなたがマリアとして再び生まれたから、苦しみの末に至福があるだろう。

——洗濯して糊付けする仕事にも、福が満ちています。

讖言が伝える立ち立ち立っち立っちの歌が、黄嗣永の祈りの中に蘇った。

主よ、さあ立ち立ち立っちでひとり立ちし、一歩一歩歩んで主のもとに参ります。主よ、この手を取ってください。

黄嗣永の祈禱の中で、大きな船が東の海を渡ってやって来た。暁の海に旗を翻し、鈍色の大砲が朝日に輝いていた。船は、海を拓きながら近づいて来た。青い煙がたなびいた。船は江華、仁川、富川、安山、南陽の海辺にいっぱいだった。船は砲身を持ち上げた。洗礼を受けた夜、黄嗣永夫婦は深く抱き合った。命運の体の中で、暁が芽生えていた。水霧が立ち上り、木々が青臭く香った。黄嗣永は明け方の霧を深く吸いこんだ。その明け方、妻の実家の前に流れる川の水が、命連の体の中に流れていた。

全羅道西望の寡婦、呉東姫の祈禱文は烏安の渡しまで広まった。祈禱文は紙に諺文で書かれて広まりもしたが、口から口へと伝わり、その中でいくつかの節が歌となって、驪州の方に流れる南漢江の水に沿って広まった。

奴隷たちは主人のいない畑や野で、声を殺して歌った。

主よ、主よ、と歌うとき、奴隷は自分たちが歌うことのできる味方がいるということだけでも涙ぐんだ。

繰り返しには神通力があって、歌えば歌うほど相手にも伝わるような気がした。野原に響く牛の鳴き声も、互いに鳴き互いに歌っていた。主よ、主よ、と呼んでも主は答えはしなかったが、その呼びかけの中には呼ぶ者が用意した答えがあった。

マジェに用事で出かけて来た六本指が、烏安の渡しの呉氏の家の奴隷をしている母から、呉東姫の祈禱文をもらってきた。障子紙に諺文で書いた祈禱文だった。六本指は丁氏の家にいたときに諺文を習った。丁若鉉が川向うの村にいるはしこい管理人を呼んで、奴隷たちに諺文を教えさせた。六本指は書くことはできないが、読むことはできた。

夜中、黄嗣永は門の脇の部屋で、六本指が時々なにかを唱える声を聞いた。声は曲調になっているようでもあった。黄嗣永は直観した。その声は遠いものを呼んでいた。つぶやきが何日か続いた日、黄嗣永は六本指を呼んだ。

——このごろ夜ごとに歌っているようだな。

六本指は四十を超えていた。六本指は幼い主人を崇め畏れていた。六本指は、あまりにも清らかで世事に疎く、重い荷物も持てない幼い主人をこの世に残したまま、先に年老いて死ぬことを心配していた。六本指は主人よりも長生きして、主人の墓を自分の手で作ってやりたかった。命運が服を洗って紐に掛けると、六本指はその白い洗濯物を直視することすらできなかった。

六本指は答えられなかった。黄嗣永は再び聞いた。

——夜中につぶやいているのは、なんの意味か。

六本指は母から祈禱文をもらってきたことを明かし、祈禱文の書いてある障子紙のかけらを差し出した。

——母が、旦那様にはお見せしないようにと言いましたが……。

諺文の文字は画が曲がり、太さもまちまちだった。諺文を習って間もない者が、うち捨てられたちびた筆を拾ってやっと書いた文字だった。

主よ、われらが鞭打たれて死なないようにしてください。
主よ、われらが飢え死にしないようにしてください。
主よ、母や父や子らが一つところで暮らせるようにしてください。
主よ、おびえるわれらを主の国にお呼びにならずに
われらの村に主の国を建ててください。
主よ、主を裏切る者をすべてお呼びになって
かえりみてあなたの胸に抱いてください。
主よ、われらを憐れに思ってください。

あっ、黄嗣永は祈りを捧げる姿勢に座りなおした。六本指が驚いて主人を見つめた。黄嗣永の心の中に、野原や山深いあちこちの風景が広がった。日照りの中、埃の立つ黄土の道を物乞いに歩く百姓たち、白い髭を生やして細い目で世の中を見ている地方の守令たち、垣根が壊れ瓦屋根の落ちた官衙や、頌徳碑が並んだ道の様子が浮かんだ。その野原のどこからか牛の鳴き声が聞こえてくるのだが、牛は見えなかった。
ああ、時間がない……。その野に立ったものはすでに古くて力なく、すぐに崩れてしまうは

ずだと黄嗣永は焦った。

黄嗣永はぐにゃぐにゃ曲がった諺文の文字を再び見つめた。諺文は怖いものだ……。百姓は諺文で泣き、牛も諺文で鳴くのだな。諺文で泣く鳴き声が野原いっぱいに広がって、新しい日を呼ぶのか……。

――この紙を、おまえの母がくれたのか。

黄嗣永の声は涙ぐんでいた。

――そうでございます。

――おまえの母はだれか。

――鳥安の渡しの呉の旦那様のところに来たお嫁様が連れてきた下女の生んだ娘だと聞きました。今もそのお宅で……。

――おまえの母は天主教を信じるのか。

六本指はなんのことかわからなかった。

――私の母は呉の旦那様のところの奴隷です。

――祈禱文を唱えると、どんな気持ちか。

六本指がどもって答えた。

――よ、読むと……いいです。呼ぶと、来るような気がします。私の母もそう言います。

――もうすぐ来るはずだ。遠くはない。

黄嗣永は六本指を連れて来たとき、鳥安の渡しで義父丁若鉉が言った言葉を思い出した。

……六本指はその父母が生んだ息子だ、それを忘れるな……。そのとき、黄嗣永はその言葉の単純さに驚いたが、今はその言葉の深さに驚いていた。

黄嗣永は言った。

――六本指、おまえはいくつになるか。

――四十三でございます。

――長くなったな。苦労が多かった。

――おまえを放そう。免賤して出てゆけ。

跪いた六本指が目を見開いて主人の顔色をうかがった。黄嗣永は言った。

――旦那様、なぜそんな……。

――出て行け、六本指。自売はするな。

――いったいなんのことやら。

――自らを売って奴隷にはなるなということだ。

――旦那様……。

――出て行け。行って初めから生き直せ。来るものを座して待つのではなく、走って行って迎えよ。一か月後に出て行け。それまでひまを出そう。

六本指は一か月後に出て行った。六本指は免賤した後の生きる方策を、黄嗣永に話した。

六本指が幼いころに丁氏の家で一緒に奴隷をしていた老服従に、金介東（キムケドン）という者がいた。金介東は六本指より五歳上だった。目端がよくきき手先も器用で、どんなことも一度見れば真似できた。

木工もできて、漆の器も作ることができた。金介東は免賤して、忠清道堤川（チェチョン）の山奥に甕作りの窯を立て、器を焼いて売っていた。金介東は山奥の寡婦と一緒になって、自分の力で生きていた。六本指はそこに行って、薪を作ったり土を掘ったりする手伝いをして、その代価に甕をもらって、五日市場で売るつもりだった。そうやって金を三十両ほど貯めたら、鳥安の渡しの呉家の旦那のところにいる母を引き上げてやって、共に暮らす日が来ると六本指は考えていた。母がくれた祈禱文にも、「主よ、親子が共に暮らせるようにしてください」という一節があった。

六本指が出て行く日、黄嗣永は銅銭五両と糧食一斗を与えた。六本指は庭に跪いて長い間泣いた。一つの生涯が沸き起こす涙は、深く長かった。黄嗣永はその涙を止めなかった。六本指がようやく泣き止んだとき、黄嗣永が聞いた。

――行くのは忠清道のどこか。

――堤川からくねくねとした山道を三十里ほど入った舟論（ペロン）という村です。土が粘っこく薪も豊富で、甕作りには良いところです。

黄嗣永にはくねくねとした三十里の山道が想像もつかなかった。


【海島真人】朝鮮時代中期以降、予言書として広まった『鄭鑑録』の中に、現世を滅ぼし新しい世を拓く「海島真人」が登場する。朝鮮王朝はこの予言書を禁じたが、民間に広く流布した。巻末の「年代記」参照。

白い海

常緑樹の林で覆われた島は、奥まで見えなかった。山が黒いから名は黒山（フクサン）だった。島を渡る鳥たちは紅島（ホンド）の方に飛んで行って、黒山に降り立った。鳥たちはいつもなにか叫んでいた。海は水辺からもう水深があった。陽光が深くまで届かないため水の色は暗く、遠い海はもっと黒かった。

海が怖い外地の人々は、山ではなく海が黒いから黒山なのだと言った。黒い海を渡って行くには一生かかっても足りないのだが、黒い海が終わると青い海が開け、青い海を渡れば赤い海が開け、赤い海を渡ると白い海が広がっており、白い海は風の国だと、島の老人は子どもたちに教えた。

風は白い海で起こってこの世に吹き荒れ、再び白い海に戻って眠りにつくのだが、風に祈りを捧げるときには鈴の音、ラッパの音がそのたくさんの海をすべて超えて、白い海まで届かなければいけないのだと巫堂は言った。海で死んだ男たちの魂も風に吹かれて、その白い海を彷徨っているのだと、巫堂は信じた。

港から水軍鎮の船倉を過ぎて登り坂まで来ると、石垣の家の庭には洗濯物が翻り、犬が鳴き赤ん坊の泣き声が聞こえる村だった。山が水際で留まって、へこんだ部分にある家は、風の前でへいつくばっていた。家は奥の間と向かい部屋の間に台所があって、一つの竈で二つの部屋を暖めた。

流刑の罪人がまた来たという噂は、瞬く間に島に広まった。島の人々は流刑の罪人の罪の内容がなんなのかは知らず、聞きもしなかった。水軍鎮の別将は知っていたが、島の人々に説明してやる必要はなかった。島の罪ならほかにあるだろうに、陸地の罪人をなぜ島に送るのか、島の人々は知りたがったが、別将に聞くこともできなかった。

丁若銓が水辺を歩けばワカメ採りをしていた女たちは岩陰に隠れ、村の道を行けば家の内側から大門が閉まった。趙風憲は人々が驚くから、当分の間は外出しないようにと言ったのだが、丁若銓は聞く耳持たなかった。人々が自分に慣れるまで、丁若銓はまるで任務のように村と水辺を行き交った
――島に文字の読める者がおらず退屈でしょう。昌大（チャンデ）という子どもが文字を少したしなみますが、丁ソンビの話し相手になるかどうかわかりません。

趙風憲が言った。ここにも文字を読む者がいたのかと思った。島の陽当たりの良い場所には

支石墓（コインドル）があり、山の上にはいつ積まれたのかもわからぬ石城が崩れていた。数万年の間、そこに人が暮らし、陸地から人を連れてきて山の上に城を築いた。丁若銓は島に積まれた歳月の重さに息が詰まった。その島に、文字を読む者がいた。

丁若銓は水辺で昌大と会った。昌大は水辺の岩に座り、水の底を眺めていた。子どもだと言ったが、昌大は十八歳だった。顔に青年の赤味がさしていた。丁若銓が近づくと、昌大は先に立ち上がって挨拶をした。

——ソウルからいらしたソンビ様とお聞きしました。

昌大は大きくて丸い目で相手を深く見つめた。その表情が姪の婿、黄嗣永に似ていて、丁若銓はびくっとした。丁若銓は黄嗣永が捕らわれてからの消息を知らぬまま黒山に向かったが、黄嗣永はきっと生きてはおられぬだろうと想像していた。その姪の婿に似た青年が、遠い島で文字を読んでいた。人は血が交わらなくとも似ることができるのか。清らかさのもとは同じなのだな。おそらく『大学』はそのような教えではなかったか、昌大の顔はそう言っているかのようだった。

——流されて来た罪人だ。趙風憲の家に泊まっておる。風憲から、若者が文字を読むという話を聞いておった。

昌大の顔が赤くなった。

――一人で少しだけ……島の外には出たこともなく……。

教えてほしいという言葉を昌大は口に出せなかった。

――島に本があるか。

――船乗りに頼んで『小学』と『杜詩諺解』を読みました。冊暦は写したものを毎年持ってきてくれます。そのほかにはありません。


昌大の家は祖父のときに入島した。島に来たとき祖父は四十代の壮年で、老母と妻子を引き連れていた。祖父がなぜ家族を率いて黒山に来たのかを、島の人々は知らなかった。ただ、陸地で起こった不運と辛酸を漠然と思いやるのみだった。島の人にとって陸地は、白い海のその向こうにあった。

昌大の祖父は船仕事を知らなかった。他人の船で手伝いをして食べていたが、入島して三年目に海で死んだ。そのとき昌大の父の張八壽(チャンパルス)は十歳だった。張八壽も一家がどうして島に来たのか知らなかった。張八壽は幼いころから他人の船で仕事を習った。延縄(はえなわ)を使ってエイやアカエイを獲り、イワシやイシモチのような群れをなして泳ぐ魚を集めて獲る方法を学んだ。船が出られない日には、張八壽は松を切って船を作る仕事を手伝った。張八壽は春と秋に薬草を採りに島に来る山人参(シムマニ)採りの娘と結婚した。陸地から新婦がやって来た日、島の人々は鶏をひねり犬をつぶしてお祝いした。張八壽は三十五歳で昌大をもうけた。この島あの島を渡る鳥が黒山に巣を作るように、生命が黒山で授けられたと張八壽は考えていた。島の巫堂は昌大の家族を、その昔呼び寄せた魂が白い海を彷徨い、生まれ変わって島に戻ってきたのだと考えた。昌大は船には乗らず、漁船が港に入るとその後始末を手伝った。張八壽は息子が船仕事をする才覚がないことを知り、文句は言わなかった。

昌大は水辺に木の柱を立てて、毎日変わる海の水の高さと時間を測定し、冊暦に記録した。柱の端に木綿の布を結び付けて風の方向を記し、風が南東から北西に変わる秋には、鳥がどちらの方向に飛んでゆくかを観察した。

漁船が港に着くと、積んできた魚の中にはまだ生きてエラを動かしているものもあれば、すでに息絶えたものもあった。生きているものの中にも、飛び跳ねて動くものもあれば、目だけ動かしているものもあった。昌大は魚の性質を記録し、エラを開いてその中の桃色の肉を覗きこんだ。昌大は魚の鱗をはがして陽にかざし、鱗の上に広がる虹を見た。昌大は真夜中に海辺に出て、魚の群れが集まりながら立てる音を聴いた。

昌大は口数が少なかった。魚や木を見ているとき、昌大は長い間静かだった。

島で丁若銓は酒量が増えた。酒が白い海までの距離を隠してくれた。酒を飲めばソウルがむしろ白い海で、島は自分の居場所のように思えた。人よりも先に人の生きる場所が決まっているわけではないはずだった。そうではないはずだ、と丁若銓は一人つぶやいた。

趙風憲が時々、村から粟殻の酒をもらってきて、流刑のソンビにふるまった。趙風憲は糧食が豊かではなかったが、自分の家に寄食する丁若銓を自慢に思っていた。趙風憲は丁若銓の食べものの好みや一日の日課を、隣人たちに話すことを好んだ。

粟殻の酒は一杯で酔いが回り、じいんと沁みた。丁若銓は時々、昌大を呼んだ。板の間に座ると水平線が腰に引っ掛かった。昌大は両手で盃を受け取った。

昌大は島で生まれ島の外に出たことがなかったが、ソウルから来た丁若銓に宮廷や王、権勢と派党について尋ねもせず、町の風俗を知ろうともしなかった。昌大が聞かないので、丁若銓の方から先に言うことは憚られた。昌大は丁若銓が島に来た理由が「邪学罪人」ということは知っていたが、その詳しい内容は聞かなかった。

丁若銓は、尋ねない昌大を気楽に思った。昌大は島の人間だし、ここの人間だった。ソウルや権勢について知らずとも、生きることは可能なはずだった。昌大の顔がそう語っていた。

夜の寂寞はつらくて、向かい合って座った沈黙はもっと気まずかった。丁若銓は言った。

――『小学』はいつも読んでおるのか。

――持っているのはそれだけですので……。

――『小学』はどうだ。

――文字ではなく体のように思います。自らが知っていることのようでした。

――そうだ。そうだろう。

――そうです。水を撒き庭を掃き、呼べば答えることが根本だと言いますが、その明確さを怖く思いました。

――ああ、そうか。そんなに易しい言葉だったか。

――易しくて怖くなりました。

丁若銓は盃を取って深く飲んだ。酒が体を突いた。向かい合って座った昌大の顔にまた、姪の婿の黄嗣永の姿がちらついた。島にも黄嗣永がいたのか。

ソウルの黄嗣永は死んだだろうか。斬首だったか絞首だったか、さらし首か、手足をバラバラにされたか。死体は市中にさらされたか、それとも逃げたか……。妻子も死んだだろうか……。

黄嗣永を振り払うように、丁若銓は酒をあおった。

――いつも魚を見ているのか。

昌大が笑った。

――世間と直接対峙せよと『小学』で習いました。島にはほかに本もなくて……。

清らかな少年だな。黄嗣永だな。黄嗣永のように少年登高はできずとも、根本は同じ人間なのか……。
昌大を呼んだ夜、丁若銓はいつも酔った。

鈴三つ

大妃は三代前の先王の継妃だった。十五歳で召されて宮廷に入った。そのとき王は六十五歳だった。

百姓たちは未熟でか弱くて、どうして朕が先に逝けようか……。老いた朕は夜も眠れない……。こんなに年老いてもまだ上訴文を読まねばならぬのか……。

年老いた王は臣僚らにそう文句を言った。三代前の先王はよく咳をした。長びく咳は音が深かった。腸（はらわた）の震えるような振動音が体内から沸き起こり、吐き出された。咳と咳の間で王の息がつまると、臣僚たちの顔は真っ蒼になった。至密尚宮（寝室付の女官）が唾具を捧げて近づいた。王の咳を文字で記そうと、史官が前籍をひっくり返したが、見つからなかった。

幼い継妃は王の体を受けることはできなかった。継妃は子がおらず、今の帝は先妃の血筋だった。

先王が世を去った後、継妃は大妃の座に上った。上りながら遠くへ押しやられた。大妃は五十年を宮廷で一人暮らした。先王の思い出は、腸がひっくり返るような咳の音だけだったし、宮廷は他人の家だった。世子が咳の病に苦しむ父王の手で死に、世子の息子が王位に就き、自分の父を殺した者たちを退ける歳月に、大妃殿は寂寞としていた。大妃は世子と二人の王の死を見守った。

幼い王が王位に就くと、大妃は王室の大人として摂政を行った。歳月は人を押しやり、自ら変わるものらしかった。大妃は自らが変わる歳月の力を感じた。摂政の座に就くや、大妃の沈黙は言葉と文章に取って代わった。体の中から溢れ出る言葉が権勢に対する欲望であることを、大妃は初め知らなかった。三代前の先王が死んだ後、宮廷の片隅で過ごした五十年の沈黙の歳月に、その欲望が息づいていた。幼い王は大妃の血筋ではなかった。王と血縁でないことから、大妃の欲望は切羽詰まっていた。宮廷の西の清らかな清水のそばに住む外戚らが、大妃の方にコネをつけて集まってきた。

大妃は備辺司と捕盗庁の報告を受けて民情を聞いた。大妃は幼い王に代わって綸言を伝え、大妃自身の慈教（お言葉）を文書で著わさせて、地方の官衙に送った。大妃は自分の言葉通りに聞き書きさせた。文章に落ち着きがなく粗削りだと臣僚らは諌めたが、大妃は聞き入れなかった。世に言葉を発すれば、世はそれに従うものだと大妃は信じた。

ああ、八道の監司や留守*たちよ。北の辺境の兵馬使や南の海辺の水使たちよ。おまえたちはわが心の痛みを自身の痛みと思い、百姓たちの苦しみに心を配り、生きる道を見つけてやれ。百姓を収奪した官庁に文書を送って叱れば、官庁は訴えた百姓を捕えて殴ると聞いたときのわが心の痛みをどうすればよいのか。いくつもの郷庁の衙前たちが書類を偽り、倉庫に積まれた穀物をないものとし、空(から)の倉庫には米がいっぱいあるように見せていることをわれは知っている。衙前が筆先で、ある米をないものとし、ない米をある米として、百姓の殻を剥ぎ油をしぼり血を吸って骨を砕き肌をはがすというのに、郡の官吏が絹の布団に寝そべり、衙前のかき集めてくる財物を貯め込むような仕業をわれが見ていることを、おまえらは知らぬのか。害悪が国中に広まり日常となっているのに、なぜにそれを訴える者もおらず、正そうする者もおらぬのか。毎日届く上訴は昨日と同じで、またその前の前の日とも同じなのに、日新を説かれた聖人の志をどうするものか。

八道の監司と留守官たちよ、兵馬使と水使たちよ。おまえたちがわれの痛みを自分の痛みとするならば、おまえたちの百姓の痛みが自らわかろうものだろう。自らわかれば、自らどのようにすべきかはわかるはずだ。われはこれ以上なにを言おうか。おまえたちは推し量り、また推し量れ。

ああ、食べるものもなくさまよい歩く百姓たちをどうすればよいのか。天は親のない百姓を生まなかったのに、なぜに食べるもののない百姓をわが地に遣わすのか。われが百姓の父母となり、かき抱き洗い食べさせることができず、われは夜も眠れない。

ああ、百姓たちよ。さまよう夫や妻たちよ、その幼な子らよ、おまえたちはわれに従い故郷に戻れ。おまえたちは王の切なる思いを汲んで百姓の素直さを見せよ。戻れ。戻って地にすがって生きよ。大水が来れば夫は畔を掘り水を抜き、日照りのときは水を貯え田畑を潤せ。妻は布を織り老人にかけてやり、夜には子に乳を吸わせれば美しいではないか。太陽と月の動きが穀物を育て、足りなければまた翌年に返すという理知をなぜ知らぬのか。さすらう道は死の道であり、戻って互いに助け合うことこそ生きる道だと知れ。

ああ、八道の駅站らよ、われのこの志を遠き島まで伝えよ。飛ぶような騎撥*（伝令）を送って、夜通し走らせよ。馬には鈴を三つずつ付けて、沿道の百姓らにわかるようにせよ。王の言葉は端厳であるべきだが、百姓が穴蔵にもぐってしまっているのだから、われは幾度も言うしかなかろう。

ああ、八道の郡主らよ、懸令らよ、従八品、従九品らよ、進士らよ、生員らよ。

今、凍え死に飢えて死に鞭打たれて死んだ百姓の死体が重なり満ちて、内臓と骨髄が地にばら撒かれているというのに、おまえたちはどうして王の臣僚と言えよう、おまえたち儒者がどうして社稷(しゃじく)*のソンビと言えよう。

生きて食わせてやれなかったのなら、死んだ白骨を埋めてやるのが正しい政事(まつりごと)の根本だ。おまえたち守令は、砕けて風に舞う骨を集めて、水の入らぬところに深く埋めよ。浅く埋めた死体はもっと深く埋めて、鷲や狐に食われぬようにせよ。犬がわが百姓の骨をくわえているような村で、おまえらが守令の真似をするのか。おまえらは犬の守令か、白骨の守令か。ああ、飛ぶような騎撥に鈴を三つ付けて夜通し走れ。行って、百姓の白骨をきちんと始末せよというわが志を八道に伝えよ。ああ、これがどうして王の言える言葉であろうか。

ああ、その飢えた百姓たちの間で邪学の妖説が野火のように広まって王を凌蔑し、位牌を焼いて祭祀を廃し、虚幻に惑わされて生と死との区別がつかず、狂ったように酔ったように泣きわめき、虱のように卵を産み、蛇のようにとぐろを巻いて、ひたすら死に場所に集まっているのだな。男女が互いに交わう醜さが満ちているのにその汚さを知らずとは、正学は崩れ王化は途絶えた。祖先の生命を引き継いで田畑を耕し、実りを得る地に生まれた者たちが、どうして命を粗末にして、刑罰を受けることを祝いの膳でももらうように行うのか。ああ、王は夜中に声を殺して泣いている。

捕盗庁が押収した証拠物の中で、いわゆる十字架という凶物をわれは見た。裸の罪人が掌と足の甲に大釘を打たれて木に掛けられた形状を掲げて、お辞儀をし泣き胸を掻き叩きするとは、どうしてあさましく恥ずかしくないものか。なぜに端正で美しいものを捨て、辛酸で醜いものに頭（こうべ）を垂れるのか。人が木に打ち付けられているというのに、掌に打たれた釘を外して死体を下ろし、人の手で地に葬ってやろうとする百姓がおらぬのか。王が太陽や月のように明らかで、祖先の根から新しい枝が生える領土において、なぜ死を望み命をわらくずのように扱うのか。あの十字架に吊られた耶蘇という者は腕を広げて千年万年吊るされておるのに、いつになったら釘を抜いて下ろし、地に埋めるというのか。死者が昇って天を開け、また降りてきて世を開くだと、古今にそんな道理があったものか。これが人の口を開けて言う言葉か。

仁義礼知は人間の明らかな道理であり、いつもそうであるのに、人倫の道が満ちるこの世に、どうして鬼の入り込む余地があろうか。

位牌を焼き祭祀を廃した者はすでに叩き殺したが、残った種がまた種を散らし、虱のように谷間ごとにはびこっているとは、われは百姓の父母としてどうして哀痛し憐れに思わずにはいられぬものか。

打ち殺された者が刑具につながれた場で、位牌は木のかけらで祖先ではないとたわけたと聞いた。十字架はなぜ木のかけらでなくて、位牌は木のかけらなのか。孝行者が親の死を受け入れられずに泣きさまよい、木のかけらをようやく心の支えとして掲げ、心を込めて父母の魂が宿っているものだと大切にすることは、美しくまた哀しくはあるまいか。それこそ長い間の美風として、祖先の根本を子孫に引き継ぐ標象となってきたのに、それをなぜ木のかけらだと言うことができようか。人間の本性と道理に照らして、家の和睦と子孫の安泰に照らして、それがどうして間違ったことだと言えるのか。それがどうして、火を付けて埋めるような悪業なのか。それが悪業でありそれが木のかけらならば、あやつらの言う霊魂とはいったいどんなものなのか。

秋に霜が下りれば、土に埋められた父母が寒くはないかと心配して君子の心は悲しくなり、春の日の雨露が大地を濡らし陽炎が上れば、亡くなった父母が戻ってきたようで、君子の心は驚きまた悲しくなると『小学』の明倫章で聖人が説いていらしたが、おまえたちは昔の文も読まなかったのか。読んでもわからぬのか。その悲しみと驚きが堪えきれずに位牌に溢れているのを、おまえたちはなぜわからぬか。

耶蘇の母マリアが父の精なくして息子を産んだと言うが、そんな奇怪で蒙昧な妖言こそすなわち無父無君の根源である。なぜに長き王朝の百姓らが耶蘇の前で悲しみ泣き、耶蘇の母の衣にすがって卒倒し、父母が下さった名を捨て邪号で呼び合うのか。捕盗庁が奪ってきた邪画をわれは見た。どうして耶蘇の母は女として針仕事もせず、縫い目もない布きれで体を包み、足を地につけずに浮かんで人々を惑わすのか。足を地につけてこそ生の厳重さを知ることができるのに、二本の足が浮かんで雲に包まれ、どこに行こうというのか。おおよそ、徳とは当然そうあるべきで作為なきもののはずだが、二本の足が空中に浮かんでいるとはおかしくないのか。教えずに罰するのは王の道理ではないが、われがすでに幼な子を叱るように諭しあやし、また法で禁じても、あやつらは狂い、たぶらかされて聞き分けもせず悟りもできないのだから、もう命を絶って征伐しよう。おおよそ人間のすべての災難は、自らが呼び寄せたものであることを知れ。

おまえたち八道の監司、守令らは五家作統*（連座制度）で百姓をまとめ、社会から抜け出て無父無君なる者と、他人を引き寄せる者と、知っていても訴えない者と、知りながら隠す者をすべて捕らえ、鼻を切り落とし首を切り、刑罰を加えて国に法のあることを知らしめ、その種を撲滅させよ。

われの体に痛みと悲しみが沸き起こり体をよじっておるから、おまえたち監司と守令らは力を尽くしてわが意図に従え。百姓どもが犬豚の道に進んでおるのだから、われは何度も繰り返し話しているではないか。飛ぶ旗撥を全国に送り、わが悲しみの心を知らしめよ。鈴を三つつけて夜通し走らせよ。

臣僚たちは文章がとても荒々しくて、王の教えに密やかな威厳もなく、言葉が煩雑であると言い立て、これではよろしくないと幾度も申し上げたが、大妃は文を変えなかった。大妃は鈴三つをつけた旗撥をさらに強調した。


【留守】朝鮮時代に首都以外の緊要な場所を任されて治める正二品の地方官吏。開城、江華、広州、水原、春川に置いた。

【騎撥】宿場町において重要な文書を交替で辺境まで届ける軍卒。

【社稷】社は土地神、稷は穀神を意味し、国家の根本。王家の祖先を祀る宗廟と並び大切に祀った。

【五家作統】朝鮮時代、犯罪者を探し出したり、税金の徴収、賦役動員などのために五戸を一つの単位とした戸籍制度。

カニの足

鵜は絶壁の先で一人眠り、鷗は水辺の岩に集まって寝た。鵜は絶壁の先から水の上を睨んで、突然水面の上から突き刺さる。鵜は水の中に入って餌を探した。水辺で見ていた昌大は呼吸を整えた。昌大が大きく息を十回吸って吐くと、鵜は水の中から飛び立った。鵜のくちばしでは魚が跳ねていた。鵜は絶壁の頂上に降り立ち、足で魚を抑えて頭の方からつついて食った。魚が体中でもがいた。

鷗は夜中に目を覚ますと、鳴きながら海を飛んだ。大きな群れが村の方に近づくと、羽ばたきの音が村に聞こえた。鷗は明け方まで鳴きながら、明るくなると日の上る赤い海の方に飛んで行った。鷗は漁師の釣り竿に引っ掛かった魚を横取りし、山に行けばネズミを採って食った。

村で明け方に鶏が鳴けば、鷗もつられて鳴いた。島の老婆たちは、鷗は死ぬと鶏に生まれ変わって村に戻り、鶏は死ねば鷗になって海に出るのだと言った。卵から孵るものはすべて行くあてもなくて、鶏は一時、人と関わって再び海に行き、鷗は海がつらくて、しばし鶏になって村に来るのだと、老婆たちは言った。赤い海を渡った向こうの白い海が、鳥たちの魂の出会う場所だった。明け方、海の鳥と村の鳥は互いに呼び合って応答した。

海辺の岩に集まって眠る鷗は、一羽が目覚めて飛び立つと六、七羽がつられて飛び立ち、残りはそのまま眠っていた。一羽で飛び立ち、戻ってこないものもいた。

昌大は明け方、水辺に出て飛んでいる鷗を観察した。岩に集まっているのは、集まってはいるが群れではないと昌大は考えた。集まった中に小さな群れがあるのか、群れではなくそれぞれが一羽ずつで集まっているのか、昌大は丁若銓に尋ねた。

昌大の言葉は質問というより、自分自身のもどかしさを表現する独白のように聞こえた。丁若銓は昌大の視線を避けて顔をそむけた。

——人は鳥ではないから、どうすれば鳥のことがわかるか。

丁若銓は口ごもった。鳥のことを人の言葉にすれば、それは鳥なのか言葉なのか、と丁若銓は昌大に聞き返したかった。それもまた質問というより、自分自身のもどかしさによるものだった。

島は山が深くなく、渓谷が長くはなく、小川は一つに集まらなかった。水の流れはそれぞれ一本ずつ流れて海にたどり着いた。流域は広くはなかったが、真水が海と出会う場所には干潟ができて、潮の満ち引きで湿っていた。その干潟の穴にイソガニやイシガニが集まっており、真水に住むモクズガニが水の流れに沿って干潟まで下りてきたりもした。水の引いた干潟を満月が照らせば、その穴ごとにカニが出てきた。カニの体が夜の光を吸い込んで、新月のカニは黒光りし、満月のカニは赤かった。カニは目を高く突き出して遠くを眺め、ハサミで地面をついて体を浮かせた。体を浮かせたカニは隊列を成して海の方に走って行き、また向きを替えて陸地の方に戻って来た。干潟をいっぱいに埋めたカニは、まるで風の影のように群れをなして動いたが、足音は聞こえなかった。カニたちが行くとき、目玉の先が月光に光った。夜中に村に下りてきて、甕や藁ぶき屋根の上を這うカニもいた。月の光が干潟に差せば、穴の中に隠れていたカニたちはソワソワと穴の外に出て這いまわるのだが、カニが穴から出る道理と女たちが体から経血を流す道理は同じものだと、村の老いた医者が言った。

昌大が、魚とカニと鳥の世界を丁若銓に教えてくれた。満月の出た明け方、丁若銓は水辺に出てカニを観察した。カニは潮の流れの模様に沿って這いまわった。カニの世界を、丁若銓は犯すことはできなかった。再び帰ることはできず、帰る場所もないのだと、カニたちが丁若銓に教えていた。

小川にはハサミに毛の生えた淡水のモクズガニもいた。昌大がモクズガニを何匹か捕まえてきて丁若銓に見せた。

――島でも、真水には真水のものが生きています。場所さえあれば生きるのです。

と昌大は言った。故郷両水里（ヤンスリ）の水辺で見たモクズガニだった。故郷の川ではカニは秋になると下流に行き、春になるとマジェの水辺に上がってきた。マジェのカニが海を越えて黒山まで来るわけはないのだが、ハサミに生えた毛とまあるい甲羅はそっくり同じだった。カニの腹からブクブクと泡が出た。帰ることはできず帰る場所もないのに、帰りたい気持ちが心に残っており、こみあげた。丁若銓は指でカニをつついてみた。カニはハサミを振りかざして足をのばした。故郷のカニがするのと同じだった。

夜、丁若銓はカニについて文を書いた。生まれて初めて書く文のように、文字が不思議に思えた。

島の渓谷にモクズガニがいる。私の故郷、両水里の川でも見ることができた。
足に毛がある。秋に川の流れに沿って下りてゆき、春には遡って来て、田の畔に卵を産む。
……

易しい文だった。文というより事物に近かった。このように簡単な文がどうして涙を誘うのか、丁若銓はわかる気がした。おそらく、再び帰ることはできず、頼るべき場所もなく、ただカニと向き合っているからなのだろうと思った。

カニの中でも珍しいものは、足が落ちたところから木の枝が生えてくるように、新しい足が生えてきた。新しい足は落ちた足よりもっと強くて敏捷だった。昌大は小川に石を積んでカニを囲い、足が生えてくる様子を観察していた。昌大は新しい足の生えたカニを持ってきて丁若銓に見せた。新芽のように明るく白い足がバタついた。

——不思議です。体を開いてみても、足の芽は入っていないのに……。

議禁府の刑具につながれて棒をはさんでねじられた邪学罪人の足が、丁若銓の目の前に浮かんだ。くるぶしを結んで、その間に棒を差し込み両方からねじれば、足が裂けて白い骨が突き出した。足の骨が折れたところに、今ごろ新しい足が生えただろうか。虚しい思いはとらえどころもなく、切実だった。丁若銓はざるに入れたカニを干潟の上に放してやった。カニは新しく生えた足を動かしながら、穴にもぐっていった。

監獄

骨は生えてはこなかった。骨はくっつきもせず芽吹きもしなかった。折れた骨はぶらぶらして、やがて落ちた。骨の落ちた場所からは血膿が流れて監獄の床の筵を濡らした。血膿に蛆虫がわき、ノミがたかった。蛆虫がハエになり、傷口の膿を吸った。

獄吏が米を煮た汁を瓢簞（パガジ）に汲んで、一日二回持ってきた。邪学罪人はその汁を大事に吸い舐めた。腹が減って頭の中は真っ白で、銀河が目の前に広がった。耳の穴ではセミの声のような幻聴が響いた。監獄の床を掘って糞や小便をして土をかけた。米を煮た汁を飲んで出す糞には塊がなく、食うものも出すものも同じようなものだった。ゆるい糞水から悪臭が漂った。南京虫が血を吸い、血を吸われた人が南京虫を捕まえて食った。丸々と太った南京虫を歯で噛めばプチっと音がした。南京虫の中で人の血が破裂した。刑が確定して首切りが刀で首を切り落とすまで、監獄で死なないようにしてくださいと祈る罪人たちもいた。世俗の刀で死んでこそ世俗から抜け出すことができ、刀を受ける前に死んでしまったら、世俗の膿の上に倒れるだけだと彼らは信じた。

捕盗庁は、首切りの刀で頭を切り落として征伐を執行する前に罪人が死んでしまうことをいやがった。その意味で、邪学罪人たちと備辺司の思いに大きな違いはなかった。刀で首を落とすまで生かしておくには、殴ったりねじったりしなければいいのだが、根こそぎ根絶やしにするためには、殴りねじらなければならなかった。そこでは、邪学罪人たちと備辺司の思いは異なった。

刑問を受ける日、監獄の中の邪学罪人たちは捕盗庁に再び引っ張られて行った。背教し仁義礼知に戻るという改悛の情が著しければ減刑にもなったが、その代価として、邪悪な群れの隠れている巣窟を明かしたり、手配者の隠れ家とかくまっている者を吐いたり、邪学を伝染（うつ）した者や邪物と邪画、邪書を作り流布した者の名と行方と、その縁故の者を告げなければならなかった。


――おまえは忠烈の子孫として生まれ『小学』を読み、水を撒き庭を掃き呼べば答える道理を学んだ。おまえは愚かだが徳を備えており、下賤や夷狄とは異なる。おまえは若干の文字を書く才覚と話術とで、過分な恩を受けて品界が従七まで達した。おまえは虱のように卑しく毒蛇のように悪い者たちと交わって妖言を唱え、国禁を犯し、永代の王朝の地を汚し社稷を侮蔑した。おまえの罪は死をもってしても償うことはできないが、おまえを洗礼した者と、その者に洗礼を施した者をすべて自白すれば、生かす者は生かせという王の思し召しにかなうだろう。

——おまえは大根、白菜、貝の塩辛を売る者で、その根本は南京虫のように卑しく蛆虫のように汚い。ねじれ曲がる気運がその体に溢れ、悖逆(はいぎゃく)した群れと交わり巣窟を成した。おまえはその群れとミミズのようにじゃれ合ったから、はっきりと詳細を知っているはずだ。この前おまえが告げたことを別の者の記録と照らしてみると、異なる点が多かった。そのためおまえはまだ邪悪な心を捨てきらず、鞭に耐えかねて嘘を告げたことがわかった。まず棍杖二十発を受けよ。受けてから再び告げよ。鞭がおまえの滋養となることを願う。

——おまえは二十歳で初試に及第したが、物状に暗く実職に使えぬまま、遠い南の山の麓にひれ伏して四十年も儒巾を被って虚しく過ごした。おまえが儒者の端くれとして、生臭いちょんまげに穴の空いた網巾を被って、野原の虫の音にうもれて古今の興亡と兵法史を読みながら年老いてしまい、おまえの兵書と経書に憐れを禁じ得ない。しかしおまえが社稷の野から科挙を受けて国の品界を受け、祖先伝来の地から採れた穀物を食らいながらも、父母の位牌を埋め祭祀を廃した罪は死にも値する。おまえと共に祭祀を廃そうと企んだ者の名をすべて申せ。おまえたちフクロウのような陰惨でミミズのように汚い者が交わりあった巣窟を探す仕事に、おまえは手引きとなれ。まずは棍杖を三十発受けよ。鞭を虚しく受けずに、自ら悟りあるよう努めよ。

それぞれの行く道

別刑房*は訊問で、邪学罪人に二つの要求を出した。自分の罪を自白することと、他人を告発することだ。訊問と訊問の間を鞭が埋めた。鞭を受けずに吐いた陳述が、頭を使ってひねり出した嘘だとしたら、鞭を受けながら吐いた陳述は、鞭に負けて吐いた嘘なのだろう。別刑房はそのように考えた。罪人一人の陳述の中にも、打ちながら得た言葉と打たずに得た言葉には違いがあり、先に引っ張ってきた者の陳述と、後から引っ張ってきた者の陳述は異なった。話の嚙み合わない場で鞭はより厳しくなり、鞭が厳しくなれば話はもっと嚙み合わなかった。血と肉が弾け飛び、打たれる者と打つ者両方がそれをひっ被った。打つ者も打たれる者も、正法に進む道はたやすくなかった。

五十日余りを監獄で耐えながら、正法で致命する日を待っていた者が、監獄に会いに来た老母を見て背教した。老母は監獄の檻に摑まって額を押し付けながら、ただアイゴ、アイゴ……と泣いた。

老母は魔鬼よりも恐ろしく、鞭よりも恐ろしく、地獄よりも恐ろしかった。息子は逃げた者たちの隠れ家を吐いた。捕卒たちが駆けつけて、隠れていた者を引っ立てて来た。背教者は解放された。背教者は棍杖で打たれて尾てい骨が砕け、二本の足で立てなかった。背教者の息子が背負子で父をおぶって故郷に向かって歩いた。銅雀（トンジャク）の渡しで船を待つうちに、背教者は鞭打たれた毒が体に広がって死んだ。背教者が背負子に負われて行った距離は半日の道、二十里だった。息子は父の遺体を背負子に背負って行き、故郷に埋めた。訊問を受けるときに別刑房が言ったとおり、背教者は二十歳で初試に及第したが、世事に疎くて実職には登用されず、遠い南の山の麓に這いつくばって儒巾を被り、四十年を虚しく過ごした者だった。

背教者が川を渡ることもなく死んだという噂が監獄に広まった。背教者は天主を信じて捕まり、世俗の悪刑を受けて耐え忍んだが、母を見て天主を裏切り、天主の罰を受けたのだと、獄中の邪学罪人たちは話した。天主が背教者の命を召して世俗の血縁を断ち切り、傷を癒して天国に導いたのだと言いたかった者たちは、それを口に出せなかった。

監獄で、丁若銓は死んだ背教者の霊魂が天国に行ったことを願った。願ったというより祈った。丁若銓はとにかく、自分は地上から去ることはできないだろうと考えた。監獄に入ってみて、ここと ここではない場所がはっきりと見えた。自身は背教ではなく、棄教だと考えた。生きてこの世に属した者として、この世を棄世することはできないことだった。背教して死んだ者の霊魂を天主に受け入れてほしいと祈るとき、丁若銓は天主の存在を信じていると心で思ったが、信じたというよりもそうあってほしいと願った。

天主の教理を習った幾人かと共に刑具につながれたとき丁若銓は、すべての人がなんの縁もない他人だと感じた。だれも互いの心の内を知らなかった。だれかに罪を被せれば生きることもできた。一人が生きようと覚悟を決めて吐き始めれば、みながその後に続き、陳述は一日中続いた。

……あの者が私に入信を勧めた。私は一時幻惑されたが、祭祀をやめることはせず、昨年春に悔悟文を書いて祠堂に掲げて手を洗った。私の父がその悔悟文を持っている。

……違う。昨年秋にあの者が阿峴洞（アヒョンドン）で教員の集まりに入っているのを私が見た。悔悟文はあの者が捕まってから、父親が息子のために書いたものだ。

……私は洗礼を受けたがなんの感慨もなかった。私はそれを不思議な遊びと思い、そのために祭祀を廃したりはしなかった。

……違う。私があの者に洗礼を授けたとき、あの者は涙を流しながら静かに頭を垂れていた。心悦誠服（しんえつせいふく）した者の端正さと敬虔さがあった。

つながれてじだんだ踏んでいた者たちは、訊問の中に物拠が出たり鞭をすべて受けてから、正刑となった。

丁若鏞が、その地獄を真っすぐに見つめながら通り過ぎていた。刑具につながれて、丁若鏞は陳述した。

――周文謨に洗礼を受けた者の中に黄嗣永がいる。嗣永は私の姪の婿だ。彼を捕えれば、討邪に大きな助けとなろう。

――黄嗣永とその一味は潜伏しており、捕らえるのは難しく、死んでも不変な者たちだ。彼らの周辺でまだあまり染まっていない老僕や学童を捕らえて刑問すれば、主人の行方がもしかしたらわかるかもしれぬ。

春に死んだ丁若鍾と、秋に生き残った丁若鏞は、同じように断固としていた。二人は丁若銓から天主の教理を学び、この世の向こうにあるものを見た。そのとき世の根源はこの世にはなかった。そして自分の行く道を行った。丁若鍾はその向こうに行き、丁若鏞は世に戻っていった。彼らは戻れない道を戻りはしなかった。刑具につながれ、二人の弟と姪の婿である黄嗣永の明るい顔を考えながら、丁若銓は精も根も使い果たした。

二人の弟が互いに見えず、互いに呼んでも聞こえない遠いところに分かれてほしいと、丁若銓は願った。その願いの中には、二人の弟が先の見えないところを遠く回って再び出会うという幻影が隠れているようでもあった。

丁若鍾は邪学の罪を抱いて先に死んだので、若鏞は早晩解かれることだろう。若鏞はそれを知っていた。若鏞は、自分が若鍾の死に支えられていることを知っていた。知りたいと思ったわけではないが、自然にそうとわかった。丁若銓は若鏞の背教に力を得て、共に解かれるだろうことを知っていた。丁若銓も知りたいと思ったわけではないが、自然にそうとわかった。丁若銓は若鍾と若鏞から離れて立っていた。丁若銓と丁若鏞は、死んだ丁若鍾と黄嗣永のことを生涯口にしなかった。彼らは刑具で離ればなれになった。丁若鍾は斬首され、黄嗣永は手足をバラバラに切断された。執行はゆっくりと行われた。丁若鍾の死体は二つに切断され、黄嗣永は六つに切断された。

【別刑房】重罪人を訊問する時に参席する捜査官。

白い桔梗

臨津江(イムジンガン)の流域で、奴隷の種は川の流れに沿って下流の方に広まった。村の守令らは官奴を交わらせて種を付け、私奴は渡しや畑の畔で目ぼしを付けて体を合わせ、奴隷を孕んだ。交わりが度重なり、だれの種かもよくわからず、主人たちもそれを問いはしなかった。奴隷たちは股を広げて体と体を掘りあって種を植え付けたが、種が広まる様は痕跡もなく儀式もないため、まるで風にそよいで受粉したように見えた。児利(アリ)は京畿道交河(キョハ)の官奴だった。

交河で、川は交わり流れが尽きた。重なった水は海に届く前から海を受け入れ、満ち引きしながら西海を目指した。坡州(パジュ)、金浦(キムポ)、海豊(ヘプン)、江華(カンファ)、長湍(チャンダン)が、広い水の方に岬を伸ばして向かい合った。

川辺の村の守令と察房、陣将たちは、官奴同士を交わらせて、奴隷の子を生産した。たいていは臨津江を間に挟んで、種のよい男従と畑の良い女従をやり取りしたり、江南の方で畑仕事の上手な女従と江北の村でカニ捕りのうまい男従とを交換したりする方法だった。取引がうまくいかない場合には、年取った男従一人に馬一頭かヤギ二頭をつけて、若い女従一人と交換したりもした。若い女従は、売られてきたらすぐに交わらせて、孕ませた。

子を産んで乳の良く出る女従や見目の良い女従は、年寄りの男従三、四人と取り換えた。乳の良く出る女従は、売られた家の主人の子どもが二歳を過ぎて乳離れをすると、その価値が半分に下がり、前の主人のところにまた売り戻されたりもした。

児利の母は坡州縣庁の官奴で、父は臨津江の渡し付きの鎮奴（じんど）だった。児利の母は、児利を生むと乳の出がよかった。江北の長湍村（チャンダン）の進士のチョンシルが次男を生んだが、乳が出なかった。長湍の進士が、児利の母を男下僕二人と交換して連れて行った。長湍の進士の息子は二歳になって乳離れしたが、児利の母の乳は涸れることがなかった。

進士の妾が息子を生んで死んだ。長湍の進士は、児利の母の乳を妾の息子に吸わせた。長湍の村で児利の母は乳の出の良い女従として有名で、あっちの家こっちの家に売られながら乳を吸わせた。乳が涸れると、主人は児利の母をまた男従と交わらせて孕ませ、子を産ませては乳を吸わせた。児利の母は乳房に乳がいっぱいに詰まってしっかりと張り、乳首が大きくて、吸う力の弱い赤ん坊も、口から乳を垂れ流しながら吸うほどだった。

旦那の家の息子に乳を吸わせるとき、児利の母は胸に抱いた子が自分の子のような錯覚に陥った。児利の母は、その錯覚が錯覚であることを知らず、胸の子は自分の子と同じだった。子どもが乳を吸うとき、児利の母は、自分の血と肉が子どもの体に入ってゆくのを感じた。乳首をくわえて口をすぼめる子どもの唇と舌は、温かくて力強かった。寝そべって乳を吸わせていた子が、喉につっかえて乳を吐いて咳込んだことがあった。それ以来児利の母は、きちんと座って子の頭を掌で支えて乳を吸わせた。左の乳を吸わせるときは、子の手が右の乳首をいじれるよう、児利の母は胸をはだけてやった。

　子を産んでも乳の出ない女たちは、夜中に清水の湧くところに来て水を汲み、三神婆さん（サムシンハルモニ）*に乳が出るように祈ったが、乳はそれでも出なかった。長湍の乳の出ない女たちは、児利の母が三神婆さんの生まれ変わりだと噂した。児利の母が乳を飲ませるときの姿が端正で、顔つきも穏やかなので、三神婆さんの生まれ変わりに違いないと女たちは言った。乳は男の精気で生まれるものではなく、三神婆さんが子を産んだ女の体に植え付ける泉なのだから、女従の乳を旦那の子に飲ませても、賤しい気運はその子には伝染ら（うつら）ないのだという話を、乳の出ない旦那の女たちは作りあげた。

　乳を吸っていた子が乳離れをしてご飯を食べるようになっても、児利の母は乳が涸れることなく、児利の母は別の家に売られて行った。長湍では、児利の母はいくつもの村に売られ歩きながら、七、八人の子に乳を吸わせて育てた。長湍の奴隷たちは、児利の母の乳を吸って育った子どもたちを乳姉とか乳弟などと呼んだが、旦那らはそんな言葉は使うなと叱った。

児利の母は臨津江を渡ることはできず、長湍で乳を吸わせ長湍で死んだ。児利の母は四十五歳で死んだ。臨津江の渡しの鎮奴たちは、児利の母を川辺の丘に埋めた。藁草履を脱がせて腰ひもを切り、体を楽にしてやった。髪をほどいて肩の上に落とし、手足は縛らず、胸の上に置いた。体の穴に詰め物なしで埋めたのだが、児利の母の死体からは乳が流れ出て木綿の上着の前を濡らし、乳房が透けて見えたと、墓穴を掘った鎮奴が言った。児利の母の墓の上には白い桔梗が咲いた。児利の母の乳を吸って咲いたから、花の色は乳色だという噂が臨津江を渡っていった。

母が売られて行ってから、児利は交河の官衙の入り口脇の部屋で、女従たちが与える重湯を飲んで百日を過ぎた。生後十か月になった冬に高熱が出て、その後体が冷たくなり、息を吐く音がしないので、死んだと思われ藁を被せて板の間に置かれたが、死にはしなかった。

児利は水辺で働いた。老僕が川に出て捕らえた魚の内臓を取って乾かしたり、鍋物用にさばいて官衙に持って行った。官属らの衣服や妻妾の月経帯を洗って乾かした。満ち潮のときには水がそばまで来て川の水が溢れ、その水の上に風が吹けば、遠い海の潮の香が感じられた。引き潮のときには、川がくねった向こう岸にある土が見えて、海鳥がそこまで飛んできた。

二十歳になると児利は、ときおり自分の体の中が満ち潮の水のように膨れるのを感じた。魚をさばきながら川の水を見ていると、腰を下ろした足の間に川の水が流れ込むような気がした。

児利は両手で下腹を覆った。喜びか哀しみかわからぬ流れが、体の中に溢れた。そうやって膨らんでいっぱいになったものが、再び虚しい欠乏となり、児利は一人で足をこすり合わせながら、どうすることもできなかった。

川向うの渡しの鎮奴たちが、甕や炭を積んで川を渡って来た。児利はその鎮奴たちから、ときおり母の消息を聞いた。児利は母を覚えてはいなかったが、母は鎮奴に頼んで児利の消息を尋ねた。川向こうに母がいるのだ。女が股ぐらから人を産むということが、児利にとっては最も残酷な悲しみだった。川向こうで、母はいつもこの世に乳を吸わせているということだったが、川幅が広くて川向こうの村は見えず、朝夕に煙が立ち上った。煙の立つ川向こうを見ながら、児利はせり上がった自分の胸を両手で包んだ。

漢江の河口に入り、ソウル麻浦（マッポ）の渡しに行く柴船（しせん）*は、日が暮れて川の水が引く気配を見ると、交河に船を停めて満ち潮を待った。臨津江が流れて交河に至り、漢江と重なり、合わさった水が統津（トンジン）を過ぎて再び禮成江（イェソンガン）と重なり、江華を過ぎて海に至るのだが、海は底も果てもない遥かな水で、日がその下で起こりまたその下に沈むのだと、川を遡ってきた漕ぎ手は話した。児利は海を思い浮かべることができず、たぶん死んだら行くところだろうと思った。こことそこ とが水の流れでつながっており、流れて行けばそこに着くことができ、太陽や月と共に流れていくのだということが、児利にはまるで夢の中のように感じられたが、川は夢ではなく、目の前の野を流れていた。統津、江華、金浦、禮成江……見知らぬ村と川の名に、児利は目を細めて川の流れの下流の方を見つめた。

官員や旦那たちは、よく奴僕らを鞭打った。馬が足を引きずったと言って手綱引きを殴り、女従の娘が旦那の娘に虱をうつしたと言って、その母を殴った。鞭打たれた者が逃げれば、奴僕をすべて集めて殴りつけ、逃げた者の行方を追い、縁故の者を追求し、逃げた者の母や子をもっとひどく鞭打った。

官長が奴僕を引っ立てて鞭打つとき、水辺で魚をさばいていた児利は、木の幹を抱いて声を殺して泣いた。殴る音と悲鳴の声が水辺にまで聞こえた。鞭打ちが続けば、悲鳴は小さくなっていった。小さな声の方がもっと恐ろしくて、児利は小便をちびりながら泣いた。満ち潮と引き潮を繰り返しながら、川の水は速く流れた。泣きながら、川の流れに沿って流れて行けば着くという、海を思い浮かべた。川の水に体を任せたら、川の水が自分を乗せて、ここではないところに連れて行ってくれるのだろうかと考えながら、児利は涙をぬぐった。鞭打たれる者の悲鳴の合間に、昼を告げる鶏が声をあげて雄たけびを上げた。涙をぬぐえば、悲しみの治まった場所に、川の水がまた溢れてきた。

秋に馬の飼葉を積んで川を渡って来た鎮奴たちが児利に近づき、春におまえの母が死んだと告げた。川向こうの丘に埋めたが、死んでも乳が流れて、墓には白い桔梗の花が咲いたと鎮奴は言った。

児利は母が埋められたという川向こうを見つめた。川幅が広くて村は見えず、暗くなる森に鳥が帰って行った。

人が人の子として人の体から生まれた命ではなければ、母と私は奴隷に生まれたりはしなかっただろうという思いに、児利は泣き声を押し殺して泣いた。

児利は母を一度も見たことがなかったが、そのとき母の姿は、白い桔梗の花として浮かび上がった。桔梗の花は星となり、空いっぱいに広がり、花は川の水を覆って流れながら、ついておいでついておいでと手招きした。川の水について流れて行けば、ここではない世界が開けるのだと、桔梗の花が手招きしていた。

初夏に続いた長雨で、川が溢れた。川を遡っていたモクズガニとメフグが、力尽きて喘いだ。死んだカニが水辺に浮かび、生きたカニも卵がたくさんついてはいなかった。奴僕たちは夜中にもたいまつをかざしてカニを採ったが、収穫は多くはなかった。交河の縣監が司饔院*(しおういん)に進呈する、カニの醬油漬けが腐った。漬けるとき、だいぶ前に死んだカニが何匹か混じったせいで、甕一つ全部が傷んでしまった。カニの醬油漬けが宮廷に運ばれた。離宮の内人が甕の蓋を開けて匂いを嗅ぎ、提調尚宮*に訴えた。

交河の縣監と御衙たち、司饔院の従七品の官員たちが、捕庁に引っ張られて行った。司饔院の官員は大棍で十発殴られ、御衙たちは大棍で二十発殴られた後、察房の駅奴として追われて行った。交河の縣監は中棍で二十発殴られて罷免された。四代前の祖先の遠縁に忠臣がおり、大妃殿につてがあったため、懸監の嫌疑は大きくはならなかった。

――老いて聡気が衰えたか。情けなくも恥じ入るべきことよ。どうして牧民を任せられようか。官職を捨てさせ、郷里で生涯を終えさせよ。

と大妃がおっしゃったと、尚宮は伝えた。

罷免されるとき、交河の縣監は児利がその春、川でカニを採ろうと深みにはまって死んだと文書を偽装して官職から外し、私奴とした。懸監は児利の前の主人と住まい、父母すべて嘘を書いて、二十両で買った買得奴として文書を作った。

交河の縣監の家は高陽(コヤン)の幸州(ヘンジュ)の渡しの奥の方にあった。罷免後、懸監は蟄居して高陽に移り住み、児利もそのとき高陽について行った。高陽は交河よりも上流にあって、ソウルに近いということを、児利は船頭に聞いて知っていた。

――正月の満月じゃ。沐浴をして月を迎えよ。

懸監が言ったが、その言葉の意味が児利はわからなかった。夜になって月が上り、舎廊房のオンドルに薪を焚いた児利に、縣監が水を持ってこいと呼び寄せた。縣監は下着姿で布団の上に座り、老人臭さを放っていた。児利が水を入れたどんぶりを枕元に置いて、膝で這って下がろうとしたとき、縣監は児利の首筋を摑んで引き倒し、服を引き裂いた。

——静かにしろ。下が開けば病もない。

縣監が児利に覆いかぶさり、膝で児利の太ももを押して足を開かせた。児利が体をねじって肘で縣監のみぞおちを打った。縣監は突然起き上がって児利の髪を引っ張り、拳で顔を殴った。

——こやつ、従女がなにをしでかす。

児利は鼻血を流して倒れた。児利はもがけなかった。縣監は血が出ている児利の鼻を手巾で覆い、下を広げた。満月が部屋の中を深く照らした。縣監はよだれを垂らしてはあはあ言った。児利はかぶりを振った。大きく荒々しい柱が体に突き刺さり、体中が引き裂かれて暗い底に落ちた。

ああ、児利は呻いた。児利は母が死んで咲いたという白い桔梗の花を思い浮かべた。白い桔梗の花は、川の水の上いっぱいに浮かんで流れていった。

——次はおとなしくせよ。怖れを捨てれば良くなる。

縣監が腰を休めながらそう言った。

縣監の息子が結婚して本家の隣に新婚所帯を設けた。児利が息子の家に魚の干物を持っていったとき、息子の妻は実家に帰っていなかった。

真昼間、縣監の息子は児利を寝室で押し倒した。服を脱がされる前に児利は、父親がすでに自分を姦淫したことを息子に告げた。児利はその言葉をどのように話したか、思い出すことができなかった。

——旦那様のお父様がすでに私を……どうしてこんなことを、親子の間で……。

おそらく、そんな言葉だったろう。息子は児利の言った意味がわかった。息子は突然立ち上がり、児利を殴った。

——こやつ、わが家を滅ぼす女か。股ぐらを引き裂いて殺してやろうか。

息子は鞭打たれてのびてしまった児利を、別の下僕に命じて庭に引きずり出した。

西海から麻浦の渡しに向かう柴船は祖江(チョガン)の渡しで留まった後、江華を過ぎて二山浦(イサンポ)の渡しから坡州(パジュ)を過ぎ、幸州(ヘンジュ)の渡しに至った。幸州の渡しから麻浦の渡しまでは、水の頃合いが良く風が穏やかなら、半日の距離だった。船頭は幸州の渡しでゆっくりと休んだ。柴船は魚や塩辛、塩と島で採れる薬草を積んでいた。柴船が渡しに着くと、幸州の渡しの奥の村の人々は、穀物や鶏、ヤギを連れて出て、海産物と交換した。

船が着くと、児利は支配人に着き従い、穀物を頭に載せて渡しに出た。帆を上げた船が船倉につながれており、壮健な男たちが汁飯屋で酒を飲んでいた。

船は遠い道のりをやって来て、帆はぼろぼろだったが、破れて曲がった帆には、もっと遠くまで行く力が残っていた。児利は白い桔梗の花が流れてゆく遠い下流を思った。船頭に、船に乗せてくれと言いたかったが、言えなかった。船頭が旦那に言いつけたりしてひどく鞭打たれることが怖かったし、乗せてくれたとしても、男たちが怖かった。

幸州からソウルは遠くはなく、船に乗れば半日だが、歩けば一昼夜だということを、児利は船乗りたちから聞いた。幸州から碧蹄(ピョクジェ)を過ぎて礡石峠(パクソク)を越えて行くこともできるし、三角山の辺りを回って北の道から行くこともできると、船乗りは教えてくれた。

児利は米三石を集め、藁草履五足を作った。その間、縣監の息子はせっせと児利を姦淫した。寒食の日、祖先の墓参りをすませた旦那たちは、酒を飲んで眠りこけた。明け方の川の水はなみなみと溢れ、霧がかかっていた。児利は旦那の家を出てソウルに向かった。犬が吠えたてた。


【三神婆さん】子宝を授けてくれる産神のことを民間でこう呼び、祈った。

【柴船】元々は薪を積む船だったが、漁業に使われ、大型船から漁獲物を運ぶ運搬船の意味になった。

【司饔院】宮中で飲食を司る官庁。

【提調尚宮】王の命によって内殿のすべての財産を総括して担う女官。

アミの塩辛屋

朴チャドルは従事官の妻の言いつけで、麻浦の渡しの塩辛問屋までキムチ漬け用のアミの塩辛を買いに行き、天主教に染まった。アミの塩辛屋は従事官の妻のお得意先だったが、従事官は塩辛屋の主人の姜詞女（カンサニョ）が天主教の信者であることを知らなかった。姜詞女は四十くらいの女だったが、寡婦なのか老いた未婚者なのか、家出したのか夫に疎んじられたのか、知る者はなかった。姜詞女は延坪島（ヨンピョンド）、徳智島（トクチド）の方からやって来る船に渡りをつけて、大振りで新鮮なイシモチの塩辛やコウナゴの塩辛、ワタリガニの醤油漬けなどを食べごろに仕入れて漬け込み、味にうるさい西大門（ソデムン）の内側に住む両班の家に売った。島で採れた海産物を主に扱っていたので、姜詞女の故郷は島だという噂もあったが、はっきりとはしなかった。姜詞女は金を貯めて、麻浦の渡しに十坪ほどの塩辛倉庫を五棟持っており、人を雇って、牛の臓物を焼いて食わせる店も経営していた。

姜詞女は口が固くて人当たりが良く、遣いで塩辛を買いに来る両班の家の下人だけでなく、川を遡ってくる柴船の漕ぎ手や、船賃を払って川を渡る牛追いや荷夫などが、姜詞女の店に集まった。姜詞女は気前が良く、いつも大盛りでよそりつけ、汁には肉や野菜をたっぷりと入れた。牛の頭の汁（ソモリクッ）や牛の血を固めた汁（ソンジヘジャンクッ）は、塩気の多いのと少ないのを別に作り、客の好みに合わせて盛り付け、塩辛の匂いに飽き飽きしている船頭や漕ぎ手には、塩辛を使わない白キムチやセリを入れた大根と白菜の水キムチを出した。何日も川を遡ってきた船乗りたちは、麻浦の渡しで荷を下ろすと、ぐったりと休んだ。川深く遡り、帰りの道も遠いのだが、引き潮に乗れば櫓を漕ぐのもつらくはなかった。遠くからやって来た船乗りたちは、麻浦の渡しでは魚臭いものよりも、荏胡麻の油で香ばしく焼いた卵焼きのような温かい味を好んだ。姜詞女は塩辛倉庫の裏庭で鶏を育てた。魚の内臓を食べさせた雌鶏は、大きな卵を産んだ。

　姜詞女は気前よく盛り付けながらも口数は少なく、目端が利いたが、それを気取られなかった。

——今日は水がせわしくて、船をやるには大変でしょう。

——汁が冷めたかね。つぎ足しましょうか。

——おなか空いたでしょう。ゆっくりめしあがれ。

——延坪島から来ましたか。

——江華から来ましたか。

そんな短い言葉で、姜詞女は客に声をかけた。

川の上流からも炭や薬草、野菜や甕、木材、紙を積んだ船が下ってきて、麻浦の渡しで荷を解いた。島からやって来た船と、山奥から下りてきた船が集まり、また出て行く場所で、汁飯を売り塩辛を売る仕事をしていることを、姜詞女は幸せだと思っていた。姜詞女はその幸せを言葉で表したりはしなかったが、おなかが空いたでしょう、と客に掛ける声の中に、その幸せが籠っていた。船のギイっという音や、川向こうからやって来て久しぶりに会った船乗り同士が大声で呼び合う声も、姜詞女の心には幸せと感じた。人はみな手足と目、耳が二つずつ、鼻が一つで、互いにその言葉を聞き取り、大声で呼び合いながら、船で川を下ったり上ったりすることが、姜詞女にはありがたかった。

姜詞女の塩辛屋は、川を行き交って通じ合う天主教徒たちの拠点だった。船が集まり去ってゆく場所で、天主教の拠点の役割を果たすことが、姜詞女にとっては川の流れの道理のごとく自然なことに思われた。姜詞女にとって天主の教理は、客の冷めた汁に熱い汁をつぎ足すように、当然のごとくにすべきことであった。それははっきりと、疑う余地もないことだった。

……隣人を愛せよ。

隣人は川の上に満ち、上り下り近づき、また去って行った。

姜詞女の塩辛屋に来たとき、朴チャドルは平服で空の背負子を背負っていた。

――捕盗庁の従事官の家から来ました。塩辛を買いに……。

姜詞女は朴チャドルが従事官の私奴なのか捕盗庁の官員なのか知らなかったが、それを尋ねたりもしなかった。姜詞女は甕に塩辛を入れて、朴チャドルを中に招き入れて汁飯を出した。汁飯を食べて以来、朴チャドルは従事官の遣いでなくとも、時々姜詞女の店に来て食事をして行ったが、どのようにして姜詞女の天主教に染まったのか、朴チャドル自身もよくわからなかった。

後に捕まって刑問を受けるときも、

――欲とはなにかを知らず、君父を軽んじたりもせず、ただ降る雨に服が濡れるように染まりました。

と言ったが、聞き入れられなかった。背教したものの、背教を認められず死んだ炭焼きの魂が、朴チャドルを姜詞女のもとに追いやったようでもあったが、朴チャドルはそう陳述することもできなかった。死んだ炭焼きも自分のように、そんな単純で明確なことがあまりにもはっきりしていて驚いたのだろうか。しかし天主を背反することはできたが、どうしてその背反が地上では認められなかったのか。刑具につながれたとき、朴チャドルは自分が炭焼きの後を追うような予感がして、鞭が怖かった。

姜詞女の五棟の塩辛倉庫のうち、右端の倉庫が空いていた。入り口の板は釘を打って閉め、後ろの小さな穴にかかった筵を上げて出入りした。床を掘って炭を敷いて湿気を取り、その上に蒲の筵を敷いた。奥の壁には木で作った十字架が掛けてあり、その隣に女性を描いた絵があった。初めてその倉庫に入ったとき、朴チャドルは息を殺してその絵を見つめた。

絵の中の女は若くも見えたが、年のころはわからなかった。鼻がすっと高く、目玉は深くについており、どこを見ているのか、視線の焦点は定まらなかった。髪はまとめず長いまま伸ばし、襟も袖もない布を体に掛けていた。女は赤ん坊を抱いているが、子どもを抱いて天に上ろうとしているのか、二本の足は地から浮かび、顔は深い悲しみに満ちていた。朴チャドルの目には、女がこの世ではないところに行こうとしているようで、そこはその単純でわかりやすい言葉のあるところのようで、死んだ炭焼きの魂も行った場所のように思えた。

朴チャドルは、姜詞女の倉庫に何度か出かけて教理の説明を聞いたが、教徒たちとはしげく付き合わなかった。朴チャドルはいつも平服で倉庫に行った。朴チャドルは従六品従事官の遠い親戚の家の従僕のふりをした。塩辛屋に遣いに来て、倉庫に入ったのだと言った。忠清道海美が故郷の朴チャドルの顔を知る者は、麻浦の渡しにはいなかった。だれも朴チャドルが捕盗庁の裨将だということを知らなかった。

朴チャドルの目には、天主教は流れる川に沿って下り、また遡っているかのようだった。麻浦の渡しの塩辛屋では、川の水に乗って上り下りするその単純でわかりやすい言葉と、その意味の流れが見えた。南漢江と北漢江の流れが重なる遠い上流の、両水里の村の丁家の家に留まっていた知らせが、漢江のいくつもの渡しを経て、西海の遠い島まで届き、また柴船の便で遡って行った。その消息は水の流れに沿って下ってきて、船の帆先に引っ掛かった風に押されて遡っていた。麻浦の渡しの塩辛屋の倉庫では、そのように見えた。

両水里の丁若鉉の奴隷から免賤された金介東（ケドン）と、丁若鉉の家の世襲奴として丁若鉉の婿となった黄嗣永に付き従い免賤された六本指も、麻浦の渡しの姜の倉庫で朴チャドルとすれ違った。金介東と六本指は同じ主人に仕えていたため、互いを知る間柄だと思われたが、年は金介東の方が五、六歳上のようだった。

金介東と六本指は、免賤された直後に麻浦の渡しの姜詞女の倉庫に出入りしたが、彼らの交わす言葉からすると、二人は麻浦の渡しに来る前に、主人から天主教を学んでいたことは確かだった。二人は免賤後、これといった行き先も仕事も定めていないようだったが、麻浦の渡しのそばに長くいる者でもなかった。教徒たちは倉庫に集まっても、深く信頼しない人の行方については、聞きもせず教えもしなかった。

金介東は痩せていて、髭が顎の真ん中に集中していた。手首は縄で赤くなり、右の耳の下に小豆ほどのかさぶたがあって、その下に白い毛が刺さっていた。

六本指はその名のとおり、右の小指の脇に生えかかりの小さな指がもう一本あり、その指にもひん曲がった爪の跡が埋まっていた。六本指は肩幅が広く、髭はなく、目じりが下がっていてイタチのような顔だった。

朴チャドルは金介東と六本指の顔つきが、人相書きのように自分の目の中に刻まれたわけがわからなかった。わかりようもないことだった。しかし、自分が衙前を長く勤め、今は捕盗庁の裨将だからそうなのだろうと思ったが、それも漠然とした思いだった。何か月か後、朴チャドルが刑具から解かれて金介東と六本指を捕えに行くとき、彼らの人相書きはまるで神札のように、朴チャドルの記憶に刻まれていた。

朴チャドルが麻浦の渡しの姜詞女の倉庫に通いながら邪学に染まったという噂が、チャドルが幼いころに離れた故郷の海美に知れ渡った。麻浦の渡しから忠清道の海辺の海美まで、どうやってその噂が伝わったのか。おそらく麻浦の渡しを行きかう船に乗って、船に乗ってきた耳目によって、川の水と風に乗って西海を流れて、忠清道海美まで届いたのだろうと朴チャドルは想像した。川の遠い上流から噂が流れてきたのだから、朴チャドルの想像は間違っているわけではなかった。

右捕盗大将の李パンスが、再び朴チャドルを部屋に呼んだ。李パンスは従事官一人を連れていた。朴チャドルは跪き、頭を垂れた。

――打たれた傷はどうじゃ。

――アイゴ、旦那様……アイゴ……。

李パンスが従事官に目配せをした。従事官は言った。

――おまえが捕庁の官員として邪学に染まり、官府をないがしろにした罪は死に値する。それは繰り返さない。

――アイゴ、旦那様……アイゴ……。

――おまえが寧越（ヨンウォル）の衙前にいたとき、空名帖を買った金の出所を、御事大（ぎょじだい）が明らかにした。おまえは筆先を使ってある米をないものとし、ない米をあるものとした。ある米も奪い取り、ない米も奪い取った。おまえの罪は深く、おまえをどう殺すかは大明律にも出ておらぬ。

――アイゴ、旦那様……アイゴ……。

――しかし、大将様がおまえを生かしておけとおっしゃる意味を、わしが話そう。

朴チャドルが邪学罪人として刑具につながれた日、姜詞女は麻浦の渡しを捨てて逃げた。捕盗庁内部の間者が姜詞女に、朴チャドルが発覚したことを告げた。朴チャドルは姜詞女のことを吐いた。捕卒が押し入ったとき、倉庫も店ももぬけの殻だった。

朴チャドルは最初の刑問で、姜詞女の倉庫で会った者のうち、金介東と六本指の名と出身を吐いた。金介東と六本指が丁家の世襲奴だったという点に、李パンスの耳がぴくりと動いた。

賤しい者たちではあるが、丁家の世襲奴だったなら、士大夫の間を遣いに歩いたはずだし、また六本指が黄嗣永の私奴であったことから、彼らを捕まえれば、逃げた黄嗣永と周文謨の隠れ家を突き止めることができるはずだし、士大夫の間に邪学の広まった脈を掴むことができるはずだった。

朴チャドルは吏房勤めが長く、世の中の道理も知らぬではなく、すでに天主教に染まり天主教徒の身振りや言動を身につけていたので、邪学の群れに交じりやすいだろうし、またソウルに縁故がないため、身分が見破られないはずだった。

李パンスは朴チャドルを天主教徒の間に放って黄嗣永と周文謨を捕まえ、そして邪学の群れを芋づる式に引っこ抜いてやるつもりだった。朴チャドルはその名のとおり、額とこめかみが固く見えた。李パンスが言った。

――チャドルよ、生きる道があるのだから、死ぬ道を行くな。

李パンスの従事官が空名帖を買った金の出所を話したとき、朴チャドルはこの世に逃れる道はないことを悟った。悟ったというより、ずいぶん昔からそのことを知っていたように思った。死んだ炭焼きを背教させた刑問場が、朴チャドルの記憶に蘇った。自分は死んだ炭焼きの後を追っているのか。従事官は言った。

――どうだ。できるか。おまえを生かそうというのだ。おまえは生きることができる。

——アイゴ、旦那様……アイゴ……。

李パンスが言った。

——やってみろ。だが結果が良くなければならぬ。まず金介東と六本指を探せ。そして黄嗣永と周文謨を捕えよ。士大夫の奴隷たちに接近して、その中を探ってみよ。賤しい者たちを一人ずつ告げるのではなく、群れを作るようほおっておいて、一度に捕まえよ。つるは一度に引っ張り上げねばならぬ。手柄がなければ、おまえは死ぬのだ。

朴チャドルの記憶の中に、金介東と六本指の顔つきと人相書きがはっきりと刻まれていた。

馬夫

馬路利（マノリ）は黄嗣永の家をすぐに見つけた。部屋の三つある瓦屋根で、草の扉の隣には小さな部屋が付いていた。黄嗣永の家はソウルの真ん中にあったが、町は煩雑ではなかった。切妻屋根には瓦がまっすぐに並んでおり、軒先の垂木は軽やかだった。白い砂の敷かれた庭が陽に輝いた。馬路利は庭に跪いて、李漢稙が送った硯と手紙を差し出した。黄嗣永は硯を向こうに押しやって、まず手紙を読んだ。馬路利は上目遣いに若いソンビの姿をうかがった。額は明るく澄んでおり、糊のきいた衣の裾が少し寒そうに見えた。

……馬を引く者がどうして下賤なものか。もしかしたらおまえに必要な者ではないかと思い、ここに記した。

李漢稙の意図は遥かで深かったが、黄嗣永はその深さを推し量ることができた。李漢稙は自身が背を向けた天主の世を、だれかが代わりに担ってくれることを願っていた。

――おまえが馬路利か。

——定州の駅站付きの馬夫です。

踏み石の内側に跪いている馬路利は、肩幅が広くて腰が長かった。埃のついた下げ髪に油性のフケが光っていた。黄嗣永の目に馬路利は、馬の骨格を持つ人間のように見えた。人と馬の区別を超えて、強烈な生命が踏み石の内側に座って、鼻息を出していた。鼻の穴がひくひくと動いて、十里も向こうにある水と飼葉の匂いを嗅ぐ馬の力を、馬路利は人の体で体現していた。

黄嗣永は包みをほどいて硯を見やり、引き出しの中に入れた。義父丁若鉉は生涯、硯を四、五個使って壮年に至ったが、今使っている硯は底石がすり減って穴が空きそうになっていた。鑑識眼の高い駅官が北京の瑠璃廠の店から買ってきた清国の硯を、黄嗣永は義父の誕生日の贈り物にするつもりだった。義父の誕生日にマジェの妻の実家で、妻の叔父である丁若銓、丁若鍾兄弟とその息子や娘たちと過ごす日のことを、黄嗣永は一年中待ち焦がれていた。妻の叔父兄弟はいつも、新しい時間と新しい世間を目前の現実のように語った。当面している世の中と新しい世の間が遠く遥かであるほど、その兄弟の話はより切迫していた。そしてマジェの妻の実家の村には、重なり流れる川の水があり、村のそばではちゃぷんという川の水音が聞こえた。妻の実家の村を流れる川の水は、農耕地と高さを同じくして流れ、野原からは牛の鳴き声が聞こえた。マジェの牛は二歳を過ぎれば仕事を覚え、とても素直で、畑に出て半月もたてば追い立てずとも鋤を引っ張った。川の水が夕焼けに染まるころ、野に出ていた牛たちは家を目指して鳴き、牛小屋につながれた子牛たちは野の方を向いて鳴いた。牛の鳴き声は低い山々をなでるようにして超えて行き、村から村へと広がっていった。妻の実家は流れる川辺の牛の鳴く村で、そこは新しい時間が芽生える村だった。

兄弟が一堂に会したとき、丁若鉉は及第して出仕した弟たちの話に口を挟まず、時折うなずきながら、聞くことに専念した。丁若鉉は家の子どもたちを教えることについてはたまに話に加わり

——無理に育てようとせず、自分で育つようにしてやらねばいけない。育ててやることは自らできるようになることに及ばない。

と話した。黄嗣永は義父の心にどんな考えがあるのかはわからなかったが、義父はいつも厳格で温かかった。大人の誕生日で、父母のもとを離れて暮らす幼い従兄同士が一年ぶりに会っても、まるで昨日別れた友のように親しく交わり遊んだ。年上の子は血族の上下関係を尊重し、世代が上の子は歳の差を尊重し、隔たりのない中にも自然に上下関係の秩序が保たれていた。黄嗣永は、その子たちの遊びや睦まじい美しさがすべて、義父のもとで花開いたものであると感じた。

馬路利の持ってきた硯が、黄嗣永の目の前に義父と妻の実家の村の光景を思い起こさせた。北京から来た硯は、義父に差し上げるためのものだった。

馬路利が頭を下げて言った。

――日が暮れてまいりまして……。

――なぜだ、帰ろうというのか。

――はい。

――定州まで帰るのか。遠い道のりだが。

――仕事は馬夫なので……。

免賤して解放した六本指の姿が馬路利と重なるような幻影を、黄嗣永は感じた。たぶん、馬路利と六本指は遠い昔に、一人の祖先から生まれたのではないか。祖先ではないとしても、同じ魂の血筋なのではないだろうか。六本指は忠清道堤川(チェチョン)の山奥の金介東の甕焼きのところに行くと言った。堤川の村からぐねぐねとした山道を三十里も入ったところにある甕焼きの村だと言った。黄嗣永はそのぐねぐねとした山道が思い浮かばなかった。黄嗣永の幻影の中で、馬路利は馬を引き、六本指は背負子を背負い、互いに道連れとなって、そのぐねぐねとした山道を歩いていた。牛の鳴き声を出す牛性と、遠い道を行く馬性を兼ね合わせたのが、馬路利と六本指の似たところだった。だから洗礼を受けずとも、馬路利と六本指はこの世に生まれた天の人に違いなかった。跪いた馬路利の肩が、この者は天主の百姓だと語る声が黄嗣永には聞こえた。

馬路利を摑まえてここに泊まらせようと思い、黄嗣永は余計なことを聞いていた。

――定州までは遠いだろう。何里ほどあるのか。

――三百里余りですが、山道が険しくて、川も幾度か渡らないといけません。

漢江の向こうの北側にある山や川に、黄嗣永は一度も出かけたことがなかった。

――そんな遠い道をどうやって行くのだ。

馬路利が言葉に詰まった。

――行けば……ずっと行けば……道が人を連れて……いくつもの村を通って行けば……。

――一番遠くには、どこまで行ったことがあるか。

――使臣のお供で北京まで何度か行ってきました。耕馬も荷馬も引きました。夏にも行き、冬にも行きました。

――疲れなかったか。

――道の途中で死んだ馬夫や荷負夫たちは、道端に埋めました。馬が死ねば、死んだ馬の荷を生きた馬に乗せ、生きた馬もよろめいて死にました。

――そうだろう。おまえは生きて戻ってきたのだな……。

――もともと賤の生まれなもので……。

――ああ、立派だ。おまえは。

日が暮れるというのに、若いソンビがずっと話を続けるので、馬路利は焦っていた。暗くなる前に西大門の外に出て礴石峠を越えなければ、寝場所を見つけるのが難しくなる。馬路利は頭を上げて言った。

——日が暮れますもので、ここで……。

馬路利の目の向こうで、若いソンビがにっこりと笑っていた。体の中にある光が顔に広がったような笑いだった。

——馬路利、馬路利よ。

自分の名を呼ぶ若いソンビの声に、馬路利はびっくりして頭を垂れた。響きが揺れて遠くに届いたような声だった。声が名を呼んで近づき、そして引っ張った。馬路利は自分の名を呼ぶ声を、初めて聞いたような気がした。ああ、自分が馬路利なのか。あのソンビが私の名を、私を呼んでいるのか。

……はい、ソンビ様。私が馬路利でございます……と馬路利は答えることができなかった。

黄嗣永は再び馬路利を呼んだ。

——馬路利よ、馬のマ、路(みち)のノ、良い名だ。今夜はどこで泊まりたいか。

——礴石峠を越えると古ぼけた酒幕があります。

——そうではなく、この家に泊まれ。おまえから、北京に行ってきた話を聞きたい。馬は庭につなげ。

馬路利は若いソンビの言葉に、拒絶できない惹かれるものを感じた。馬路利は門の外につないでおいた馬を中庭につないだ。平安道の胡馬だった。体は茶色く鬣（たてがみ）は銀色だった。馬路利は馬に水を与え、馬の背にあった干し草を食わせた。馬は後ろ脚をちょっと引きずり、目やにがついていた。馬路利は馬の瞼を押し上げて目の中を見て、口を開かせて喉の奥を調べた。馬は馬路利に頭を押し付けて従順に従った。馬路利は馬の四本の足の蹄に鼻を近づけて匂いを嗅いだ。馬路利が言った。

──もし古い味噌があれば、少し……。

──なにに使うのか。

──馬が疲れているので、薬として飲ませたく思います。

命連が離れから、カスの浮いた味噌をすくって持ってきた。馬路利は味噌を薄く水に溶いて、馬の口を開けさせてそこに流し込んだ。馬は吐き出しもせずに味噌の水を飲んだ。馬路利は折れた真鍮の箸を背嚢から取り出して砥石で研いだ。鋭くなった箸で、馬の腰と尻を深く刺した。

──なにをしておる。

──鍼（はり）を打って疲れを取り、よく眠れるようにしております。

黄嗣永は馬の面倒を見る馬路利の手つきを、驚いた目で見つめた。黄嗣永の家には厩はなかった。馬路利は馬を脇の部屋の軒先につないだ。その夜から二日間、馬路利は黄嗣永の家に泊まった。

黄嗣永は馬路利を板の間の上に呼びよせ、夜遅くまで話をし、夜には門脇の部屋に寝床を作ってやった。命連が犬足飾りの付いた膳に酒と肴を乗せて運んできた。命連は夫の横に座り、まるで人を初めて見るような顔つきで馬路利を見つめた。馬路利は両班の身分を持つ人と膳を囲んで座るのは初めてだった。馬路利は両班の若い妻に見られるのが恥ずかしくて、顔を庭の方にそむけていた。両班からは、糊をつけたばかりの麻の上着の匂いが香り立つようだった。馬路利は鼻の穴を広げて両班の匂いを嗅いだ。自分の体に染み着いた馬糞の臭いが両班の鼻の穴に届くだろう、と馬路利は考えた。遠い道の匂い、陽射しに焼ける土の匂いを黄嗣永は嗅いでいた。

黄嗣永は酒を三、四杯以上は飲まず、馬路利の盃に幾度も酒を注いだ。馬路利は遠い道を来たのに疲れた様子もなく、両班と差し向かいで緊張しており、酔いもしなかった。

——馬路利よ、義州(ウィジュ)から北京までは何日かかる。

——行く道と戻る道を合わせて五か月かかりますが、天気によってもだいぶ違いがあります。

——遼東を歩いて渡るのか。

黄嗣永はその質問の馬鹿馬鹿しさに、自ら笑った。

――遼東だけでなく……泥の道や山道が続いて、荷車も使えません。

――夜はどこで寝るのか。

――村のない荒野では野宿をします。薪を焚いて笛を吹き、虎を追い払います。

行ったことのない遠い大陸の道と、遠い海の道が、黄嗣永の脳裏に広がった。その道を行けば、新しい天地の消息と出会えるはずだった。黄嗣永はその消息の船が、青い煙を吐く艦隊を成してこちらに向かってくる幻影を心に描いた。近づいてきているそれは、幻影ではなく目前の現実だった。

――すばらしい、馬路利。北京では天主教会に行ってみたか。

――書状官一行が天主堂に行くとき、耕馬を引いてついて行きましたが、中には入れず外で待っていました。

――天主堂はどんな様子だったか。

――すっと鋭くそびえて不思議でした。家がどんどん上に伸びているようでした。昼間、その高いてっぺんで鐘を叩く音が聞こえました。

そこに渡りをつけて、消息を訊かねばならぬのだ、馬路利はそこまで行けるのだ。

――今年の秋にも行くのか。

――定州の察訪で私を義州府に貸し出して、秋の冬至使の荷馬を引いて行けとおっしゃいました。

——馬路利よ、おまえは遠くまで行って、また帰ってくることができる。おまえは運ぶ者であり、伝える者だ。おまえの貴さを自らが悟れ。

馬路利は驚いて黄嗣永の顔を見つめた。笑いと涙が混じったような顔だった。

——次に行くときには、必ず天主堂の中に入れ。入って、髭が雲のような西洋の大人に会え。おまえが来たことを天主堂の中に伝えれば、おそらくその大人はおまえに会ってくれるだろう。その方がおまえの貴さを知り、慈愛を下さることだろう。

馬路利は若いソンビがなにを言っているのか、だいぶたってからようやく気づいた。


黄嗣永の家に泊まった二日の間、馬路利は黄嗣永から天主の教理を聞いた。黄嗣永は十字架や復活を語らず、「隣人を愛せ」「罪を悟れ」のような教えについて説明した。暗い板の間で、馬路利は馬のような目をしばたたきながら、黄嗣永の言葉を聞いた。

この世には根本がある。それは善というものだ。この世には王よりもっと気高い審判者がいる。だから行いを善くしなければならず、善ならざる行いは今すぐ滅ぼさねばならぬ。おまえの隣人を愛せ。罪を悟れ。正しい悟りで生を清くせよ。気高い審判者の前で人間はだれもが尊く、だれもが賤しくなどない。だから人を叩いたり、その命を粗末にしたりするな。ときが来れば、多くの船が海を渡って来て、審判者の志を立てるだろう。

初めて聞く言葉だったが、馬路利にはその意味がはっきりと手につかめるように確かだった。馬路利はその明解さに驚いた。黄嗣永の言葉を聞く前から、馬路利はその言葉を知っていたような気がした。知ってはいたが、そのことを外には表せず、体の奥底に埋まっていたかのようだった。それは、渇いた者が自然に水を探し、人を好きになる心が人の心の中に自然に芽生えて、人が人を求めるように明らかだった。馬路利はそれを、自分も知らないうちに知っていたことに驚き、不思議だった。

――ソウルに来たら必ず寄れ。もしも私が隠れることがあれば、人づてに知らせよう。馬路利よ、馬夫は尊い人だ。忘れるな。

馬路利が発つとき、黄嗣永はそう言った。黄嗣永は出かける馬路利に道での糧食として米を一升と銅貨を五銭渡した。力を取り戻した馬は鼻が冷たく、鬣(たてがみ)が光っていた。

土の餅

順毎(スンメ)は十日か半月ごとに趙風憲の家に出かけた。

順毎は鎮里の水軍鎮の下の村で、鎮の手伝い仕事や魚をさばいて暮らしていた。包丁で魚の腹を割くと、紅色のエラが動き内臓が輝いた。魚ごとにその中身は異なり、ボラは内臓が脂っこいし、カンギエイの内臓は一握りにもならなかった。こんな小さな臓物と針の先ほどの肝やエラで深い海の中を泳ぎまわることができるとは、順毎には信じがたかった。

――ああ、こんな小さなもので……。

順毎は魚をさばくたびに驚いた。捕まえたばかりの魚は切り刻んでも動き、鷗が寄ってきて、人の手にある魚の切れ端を奪っていった。

順毎は島がこの世のすべてだと思って育ち、人が死ねば水平線を越えて行くのだろうと思っていた。この世はいつも風と波で揺れていた。生まれて死んでゆくことは、雪や雨が降り日が昇り沈むことと同じだった。

順毎は十八で結婚したが、船仕事を覚え始めたばかりの夫はエイを捕りに遠い海に出かけて死んだ。夫の乗った船は日が過ぎても帰って来ず、冬の海には風が吹きつけた。視界は開けており、海の遠くまで見渡せた。水辺で水平線を眺めていた人々の目には、戻ってくる船の幻覚が見えた。

——来た、わあ、来たぞ。

と老人たちは空と水の間に向かって大声を上げた。船は遠洋で砕け、木片が波の上に散らばった。戻った船が、砕けた船の帆の切れ端と船縁のかけらを拾ってきて人々に見せた。死はいつも季節風に乗って遠い海から迫ってきた。人々は泣き、それからまた海に出た。夫が死んでから、順毎は魚をさばくたびにその小さな内臓の力が信じられなかった。その小さな血まみれのかけらがびくびく動いて、魚を海の中で泳がせているのだろうか。戻って来ない夫の体も海の底で破裂してしまっただろうに、夫の内臓もそんなふうだったのかと思った。

順毎は趙風憲の母方のまた従兄の姪くらいの関係だったが、趙風憲の先代が早くに亡くなり、順毎の家には海の死霊が憑りついたと噂され、その家の娘と結婚した男は、海で死んだ者たちに魂を引き寄せられると噂されて以来、家の行き来をしなくなっていた。そうやって十数年がたち、血筋とも言えないほど他人同士のようだったが、夫が死に、また父を亡くして、順毎は趙風憲を血族の長老と考えて、その家に通うようになっていた。

鎮里から商い船が時折やってくると、陸地の米が流通し、金が回った。順毎は仕事の駄賃として受け取った魚やワカメを米と取り換え、趙風憲の家に持って行った。鎮里から趙風憲の家までは山道を歩いて半日かかったが、雨や雪が降れば一日で往来するのは難しかった。

趙風憲は海辺に住んでいたが、年をとってから漁はしなかった。趙風憲は海を嫌っていた。人間の前途を塞いでいる、あんなにも広くて不安定な空間が、趙風憲にはいまいましかった。趙風憲は自分の魂が陸地に根付いていると信じた。趙風憲は傾斜地の畑に麦や豆を植え、薬草を採って売って生計を立てたが、六十を過ぎると人を雇って畑仕事をさせた。麦や豆を収穫するために働き手に飯を食わせれば、残りはたいしてなかったが、畑をほおっておくことはできず、だれかに貸して小作料を取ったとて、それも大差なかった。穀物を収穫するには穀物を食わねばならず、収獲が終われればまた撒かねばならなかったが、収獲するときも種まきのときも、穀物を食べるのは一緒だった。流刑の丁若銓が加わって、趙風憲は一人分の食い扶持がまた増えた。水軍鎮は流刑の罪人の食糧と居所を島の住民に任せていた。順毎はソウルを思い浮かべることはできなかったが、なぜかソウルから来たというソンビは、好き嫌いが激しいような気がした。

雨が降って、順毎が家に帰れずに泊まった日、趙風憲は丁若銓に言った。

——あの娘は私の母方の姪だ。遠い親戚なもので、血のつながりもほとんどないようなものだが、それでも血族だということで往来するのは悪いことではない。三十で若後家になって、八字（パルチャ）（運命）の険しい娘だ……。

　順毎は、かつて黒山に来た流刑の罪人の血筋だった。順毎の三代前の張一清（チャンイルチョン）は、慶尚道智異山（チリサン）の麓の村の郷庁の守令だった。讖言書（予言書）を持ち歩いた人物だが、逆謀の片隅に引っかかり、死刑をようやく免れて黒山に流されて来た。張一清が黒山に引っ張られてきたとき、郷庁の衙前一人が刑を受けて共に流されてきた。張一清は黒山で八年を過ごした後に流刑が解かれて戻ったが、衙前は島に残った。黒山で張一清は、島の一人身の女を妾にして息子をもうけた。張一清は流刑が解かれると、妾と息子を島に残して去った。島に残った衙前は海の寡婦を抱いて娘を生み、島で死んだ。張一清の息子と衙前の娘が結婚して生まれたのが順毎の父だということを、島の老人たちは先代の話を聞いて知っていた。

　何世代も前の逆謀事件ならば、それに連座した血筋には跡が残っており世人の口にも上ろうものだが、張一清の関わったという逆謀事件を丁若銓は知らなかった。張一清が従六品官長の身分で讖言書に溺れていたというから、社稷を狙った逆謀というよりも、虚妄の言説で世の重みを軽く見たことによる妖言事件程度であろうと丁若銓は想像した。妖言は白昼夢とも同じように呻きや呪いに過ぎないが、そこに逆謀の影がないとも言えない。張一清が死刑を免れ島に送られた八年後に、さしたる名分なしに罪を解かれたことを見ても、彼のいわゆる逆謀とは、白昼夢に過ぎない言葉の綾だったということを、朝廷の権力者たちも知っていたことは確かだ。

張一清は天文、医術、占卜、園芸や養蚕の本をたくさん読んでおり、黒山にいる間は島の人々の病気を治し四柱を占い、潮目と風向きを占った。張一清はまた墓の場所決めも行い、島の住民の間に明堂(ミョンダン)（風水で縁起のよい墓所）争いの起こることはなかった。

張一清は島を東西に渡る山道のどこかに、食べられる土があるという記録を残したという。記録はなくなり口伝だけが残ったが、張一清は信望が篤かったため、島の人々は彼の言った食べられる土の存在を疑いながらも、その土を探し求めた。

張一清が言うには、その土は色だけ見ればただの土と同じだが、手で触ってみると粒子が細かく粘り気があり、手にくっついてくるという。食べられる土は山の麓で鉱脈を成しており、その入り口は山の中腹の陽当たりのよい場所の岩の間に隠れており、そこから岩を取り除き坑木を立てて掘り進めば、鉱脈に沿って掘ることができると、張一清が記録に残したという。その土を水で洗って土の匂いを取り去り、土七割に麦粉三割を塩で味付けしてよく練り、蓬(よもぎ)を敷いて蒸せば、香りよく粘り気のある餅になるのだという。張一清はこの餅の名を土春(トチュン)と付けた。土は元々性質が温かく、水と火を受け入れて満たし、人の体を作るもとであり、土春は体質や年齢に関係なく、だれが食べても消化がよいと張一清は記録した。海で死んだ者の魂は土を忘れることができず、土の香りが懐かしくて、慟哭しながら真っ暗な水の下をさまよっているので、祭祀のときにこの土春を捧げれば、魂が水の中から駆け寄り、夢中になって食らうのだという。だから土春は人にも死霊にも喜ばれた。

張一清の記録はなくなり、口づてに伝わった。土春はさらに人々の心を浮き立たせた。張一清が島にいたとき、土を掘ってきて餅を蒸して一緒に食べたが、味は香ばしく消化も良く、便もたっぷり出たと話す老人もいた。その後、台風のときに山崩れが起きて葛のつるが絡まり、食べられる土の鉱脈の入り口がわからなくなってしまったということだった。

波が高くて海に出られない日、島の人々は鉱脈の入口を探そうと、長い杖でつるをどけながら山をさまよった。歳月が過ぎると、張一清の言葉の信頼度は次第に下がっていったが、それでもまだ山探しをする人々は、張一清の子孫である順毎に道案内させて山に登るのだと、趙風憲は話した。

――そんなのはきっと嘘だろう。人の糞は飯が腐ったものだから犬も食うが、人がどうして土を食べて消化して糞にすることができようか。張一清は陸地でもそんな嘘を言って、ここまで流されて来たのだろうよ。

趙風憲が張一清をけなす言葉が、逆に丁若銓を突いた。丁若銓の心に、ふと姪の婿である黄嗣永の顔が浮かんだ。清く明るく、この世に属していないような顔だった。その顔に泥水をかけるようなことはできないはずだった。黄嗣永は隠れていた周文謨に洗礼を受け、邪学の巨凶として手配され、捕庁と郷庁の官員たちが縁故の筋を探し回っていた。黄嗣永は、生きてこの人の世に戻ってくることはできないはずだった。最後まで隠れとおすか、出てきて死ぬかのどちらかだった。黄嗣永の入信は世に対する背反であり、黄嗣永は背教したとしても、この世に生きて戻ることはできないはずだった。彼が隠れて生きているのか隠れて死んだのか、それとも捕まって死んだのか、丁若銓にはわからなかった。そのどの場合でも、黄嗣永の顔は明るく笑っていた。丁若銓は頭を振って、嗣永の幻影を振り払った。

門脇の部屋の板の間で趙風憲が丁若銓と向かい合って座り、張一清の土春の話をしている間、順毎は井戸端で米を研ぎ野菜を洗った。小雨が降り、風に雨脚が吹き飛ばされた。順毎は雨に濡れてもかまわずに、井戸端にしゃがんで仕事をしていた。順毎は雨風に当たることに慣れた野の動物のように見えた。濡れた髪がうなじにくっついて、上着の下がめくれて肌が見えていた。順毎は裸足だった。かかとの皮膚は硬くなり、割れた皺には垢がたまっていた。

その日雨が降って、順毎は鎮里に戻ることができなかった。丁若銓は門脇の部屋で、趙風憲は中の寝室で、順毎は向かいの部屋で眠った。近い風は眠り、遠い波の音が聞こえた。暗闇の中で人の目が大きく見開かれた。丁若銓の暗闇の中で、張一清と黄嗣永が重なり合って揺れた。波の音が順毎の暗闇の中で、海となって広がった。順毎は、遠い海で群れを成して泳ぐ魚たちのエラと内臓を思った。内臓は小さく、ぐねぐねしていた。

トビウオ

夕暮れの光が水平線に落ちた。水平線は目の中での線であり水の上にできた線ではないということが、水辺では信じがたかった。視野の果てに水と空が接する虚像が広がっており、接している場所では水と空の間が開いており、水平線は線でもなく、その向こうにまた別の水平線があった。

光はさらに遠くの水平線の方に引き寄せられて、海は暗くなった。月のない夜には、見えない水音だけが聞こえた。遠い暗闇の中を走る水音が島の沿岸に近づいた。時間の風が水をこすり、水と時間が混じり合い、その音にはなんの意味も含まれてはいなかった。耳を澄まさなくとも水音は丁若銓の体を満たし、丁若銓はその音を解読することができなかった。その水音の向こうにある海からは言葉は生まれて来ず、文字が定着する場所もなかった。言語が支配する世界と言語が生まれない世界とでは、どちらが怖いのだろうか。水音の向こうから、人間の意味を付与して作られた言葉ではなく、生命と事物の中で自ら紡がれた言葉が新しく芽生えることはあるのだろうか。その言葉を探して、人間の暮らしの中に拾い集めることができるのか。暗闇の中で丁若銓の考えは行きどころがなかった。

　趙風憲の門脇の部屋の壁は薄くて隙間風がひどく、秋の初めごろから、夜には温突(オンドル)の薪を焚かなければならなかった。秋が深まれば、明け方もう一度薪をくべなければ寝つかれなかった。丁若銓はいつも自分で薪をくべた。風が煙突を吸い取り、薪は早く燃えてゆき、床はゆっくりと温まっていった。火をくべて部屋に戻って横になっても、丁若銓は水音から逃れられなかった。丁若銓は水音に乗せられるように眠った。

　丁若銓と昌大は神堂の丘に座って、半日ずつ海を見張った。昌大は海の色の変化と水の模様の揺れを見つめ、その下にどんな魚の群れが通り過ぎて行くのかを説明した。昌大は、鳥が一方向に飛んで行くとき、その理由を考えて丁若銓に話した。おそらくこういうことです。前にもそうでした。それが昌大の話し方だった。丁若銓は質問せずにただ聞いた。昌大の言葉は明確で、尋ねることもなかった。わからないことを話すときも、昌大のわからなさははっきりしていた。貝の殻に四十本の筋があるとしたら、なぜ四十本なのかと訊くことができないのと同じだった。昌大は訊くことのできることと訊くことのできないこと、答えられることと答えられないことを混ぜこぜにはしなかった。昌大は島で生まれ、本を数冊読んだだけだったが、静かに物事を見つめ、事物の中まで知る者だった。

夏の初めには、トビウオの群れが海の上を飛んだ。トビウオは尻尾で水面を叩いて体を空中に浮かせ、胸びれを羽のように羽ばたいて水の上を飛んだ。数千匹が一度に飛べば、隊列を成した青い背中に陽が波のように揺らめいた。トビウオの群れが霧の中を飛ぶときは、鳥たちが水の中を飛んでいるように見えた。トビウオは大人の背丈よりも高く飛びあがり、数十歩先まで飛んだ。一つの群れが飛んで水の上に着水すれば、別の群れが湧くように飛んだ。トビウオの群れは長い水の模様を描きながら、海を渡って行った。トビウオの群れが船の脇を通りすぎれば、胸びれが風を切る音が聞こえると、漁師たちは言った。水辺を飛ぶトビウオの中でも、力溢れて恐れを知らぬものは陸地にまで飛んで来て、屋根や庭先に落ちてばたばたもがいた。丁若銓の目に、トビウオは言葉と文字が生まれない、遠い水平線の向こうから飛んで来ていた。

——トビウオはなぜ飛ぶのだろう。なにか良いことでもあるのか。

そう訊いて、丁若銓はなんだか決まり悪くなった。昌大が答えた。

——それはわかりません。おそらく水の下に奴らを食おうとするものがいるのでしょう。ただ、なにか良いことがあるかどうかは、トビウオでなければ……。

――鳥になりたいのだろうか。

――胸びれを羽のように開いて空中に留まりますが、羽ばたきはしません。鳥とは違いますが、長い間そうしていれば、鳥になるかもしれません。

――どのくらいかかるだろう。

――ああ、それは……鳥にはなれないかもしれません。

問いにならない問いを丁若銓は問うていた。丁若銓は、昌大の前で次第に愚鈍になってゆく自分を感じていた。飛びたくて、飛んで上りたくて、上ってこの地の束縛から逃れたいという望みは、魚にもあるらしかった。その望みが数万年の間、トビウオの群れを突き動かしているのかもしれない。

昌大はまた、干潟に住む巻貝が山にもいるという話を聞かせてくれた。大きいのは長さが二、三尺ほどもあり、てっぺんを切り落としてラッパに使うという法螺貝だ。巻貝がなぜ干潟を捨てて山に行くのか。足もなく羽もなく、鱗もなくて腹這いで進むこともできない巻貝が、どうやって山に登るのか。巻貝の群れが山にたどり着くまで、どれほど長い時間がかかるのか、丁若銓は想像もつかなかった。

――法螺貝は山の中でラッパの音を出すと言われます。それを聞いたという人の話を聞いたのですが、四方から音が聞こえてきて、見つけることができなかったそうです。

と昌大は言った。丁若銓は、自分もその法螺貝を探して山をさまようような予感がした。山の中で鳴く法螺貝は、その螺旋形の殻の中に鳴き声を溜めているのだろうか。その音はいったいなにを呼ぶ音で、なにを表す音なのだろうか。鳥になろうとするトビウオと山に行く法螺貝が、互いに呼び合う音だろうか。

昌大は答えられないことには答えず、ただじっと見つめていた。

昌大の父の張八壽(チャンパルス)が船で沖に出て延縄漁をしているときも、昌大は神堂の丘に座って海を見つめた。丁若銓は時折、その隣に座っていた。張八壽の船は波の間で揺れていた。

船が戻ってくると、昌大は水辺に出て後始末を手伝い、順毎は漁具を片付ける仕事を手伝った。踵の硬くなった順毎の生涯が、丁若銓の目に見えた。昌大は父が捕まえてきた魚をさばいて干すときも、エラと鱗をじっと観察した。エラを開いてその筋を数えたりもした。

――あいつはダメだ。あいつの手じゃあ、櫓をちゃんと摑むこともできまい。船乗りにはなれん。

張八壽は息子の悪口を言いながら、息子が船に乗らないことを幸いだと思った。

サバ

初夏の夜、松脂のたいまつを灯した船が海に出てサバを獲った。夜には水と空の区別がつかず、船は波に揺られて、星と船が混ざり合った。遠い船は星の間を流れた。サバはすばしこいし気難しくて、網では獲れないと昌大は言った。群れを成して船縁まで来ても、わずかな人の気配、かすかな人の匂いがしただけで、突然数万匹が方向を変えて消えてしまう。夜の空に乾いた雷が鳴れば、遠くから来ていたサバの群れが一斉に水の底に隠れたり、その場で動かなくなる。サバの群れが方向を変えるとき、水面には波の畝が起こり、年老いた漁師はその畝の方向を見極めて、サバの動く方向を見定めた。サバの波は船を遠くまで流して行き、黒山の漁師は群れの中で隊列を離脱したものを、一匹ずつ釣り上げた。サバは餌の好き嫌いがあり、漁師の投げた餌を飲みこむことはまれで、たいていは釣り針の横を素早く泳ぎながら、わき腹が針に引っかかった。遠洋を泳いで来たサバは、釣り針に引っ掛かった不運に耐えきれず、釣り上げたときにはすでに死んでいた。サバは背が青く腹が銀色で、背から腹にかけて黒い波模様が揺らいでいた。漁師はサバが海を速い速度で泳ぐために、波の模様が体に付いたのだと言った。丁若銓はその言葉がもっともだと思った。漁師たちはサバが遠い南の海から上って来ると信じていたが、五、六年の間、黒山の海に現れないこともあり、漁師はサバを当てにすることはできなかった。漁師は一晩で十数匹捕まえた。サバはすぐ死にすぐ傷むので、漁師は捕まえるとすぐに塩をふった。サバの青い背に、海の中のすべての動きを感知する官能があるようだったが、官能はそれを求める者だけのものだった。昌大は知らないことを答えられないとき、いつも緊張していた。漁師の言葉どおり、サバは青い海を背中で押して進むために、背中に青い水が映ったのかもしれなかった。

ニシンはサバよりも先に、初春にやって来た。島に朝鮮ツツジ(チンダルレ)が咲くと、漁師たちはニシンを待った。ニシンの群れは海を覆って島の海岸に近づいた。水辺でメスが卵を産み、雄が精液をかけた。ニシンは再び遠洋に去って行った。ニシンは父も母もなく、卵と精液だけではこの世に縁を結ぶこともままならなかった。卵が孵化して稚魚が生まれるころ、島のすべての鳥が海岸に集まって、ニシンの稚魚で腹を満たして首を伸ばした。島の中でも獰猛な種族は、遠くからニシンの群れが近づくと、先に海岸の方に飛んで来て待っているのだと漁師たちは言った。ニシンの群れも、一度やってくると、その後何年も現れなかった。朝鮮ツツジは毎年必ず咲いたが、ツツジの咲くころに来るニシンは、毎年は来なかった。

慶尚道のニシンは背骨が七十四個に分かれており、全羅道のニシンは背骨が五十三個だと昌大は言った。

――どうしてそれがわかるのか。ニシンに故郷があるとでも。

――遠くから来た漁師に聞きました。

――漁師はそれを知っていたのか。

――知らずにいたので、故郷に帰って調べてみるよう言いました。次に来たとき、漁師は自分の故郷で獲れた魚を塩漬けにして、何匹か持ってきました。それで私が数えました。

丁若銓は驚いて昌大の顔を見た。昌大はいつものように静かに笑っていた。

黒山鎮の水軍別将の呉七九（オチルグ）がサバ税とニシン税を新たに定め、豆税は畑の面積による田税に替えた。船税は漁船の数と大きさを基準にして取り立ててきたが、呉七九は船税はそのまま維持しながら、魚種別に収獲量に応じて、別途税金を徴収した。漁船が獲ってきたサバとニシンがおよそ何匹かを量り、別途に税金を課す方式だった。

島の人々は麦を刈り入れると、空いた畑に豆を植えた。道端やわずかな空き地にも豆を植えた。麦畑には田税を課し、空き地に植えた豆の束を数えて豆税を課した。呉七九は麦畑に植える豆については、畑を二度使うという理由で田税を五割上げ、空き地の豆については、束ごとに課す税金をそのまま適応した。

　呉七九は村の風憲たちを水軍鎮に集めて、徴税制度を替えるのは道監(どうかん)と右水営(うすいえい)の指示であると言った。陸地から船が来てから三か月も過ぎており、その間、道監や右水営の伝令がいつ届いたものか、風憲らはわからなかった。風憲たちはなにも言わずに別れて、村に帰って行った。夕方になり夜になり、松脂のたいまつを灯した船が海に浮かんだ。明け方、船はサバを十数匹ずつ捕まえて戻ってきた。

　黒山の水軍鎮は国禁として松の伐採を取り締まり、松を育てる責任を島の人々に押し付けた。公山に自然に生えた松でも、個人の家の庭に植えた松でも、松を切ることは許されなかった。公山の松の木は本数を数えて番号を付け、木の近くの民家に監理責任を負わせた。松が虫に喰われたり病気になって枯れたり、台風で倒れたりしたら、木の代金を払わせた。島の人々は不幸があっても棺を作ることができずに草葬*を行い、家の梁が腐っても雑木で当て木をして繕った。家には木の柱を立てることができず、石と土だけで燕(つばめ)の巣のように家を作ったりした。すべての松の木は水軍鎮のものであり、何年かに一度、松の木の徴発令が下ると、島の人々は松の木を切って筏を作る労役に動員された。黒山の水軍鎮は松の木を監視する監官を別に置いて、島ごとに回りながら山と村とを観察した。松の木を切った者は水軍鎮に引っ張られて鞭打たれ、監獄に入れられ、罰金を払って釈放された。

水軍鎮の監獄は、鎮館の前の海に浮かんだ岩の塊だった。歩けば五百歩ほどだったが、水深があって水の流れも速く、泳いでは渡れなかった。水軍鎮付きの監獄だったが、水軍の官員であれ島の住民であれ、人を捕らえたり放したりする権限は別将にあった。島に流された罪人のうち、家柄が良くなかったり目つきの不逞な者は、岩の監獄に何日か捕らえておいて、気を萎えさせてから本島に連れて行った。島の人々は岩の監獄を獄島と呼んだ。獄島には洞窟があり、罪人たちはその中に入って雨風をしのいだ。水軍の官吏は罪人を船に乗せて獄島に連れて行き、戻り際に釣竿を一本投げてやった。罪人は釣り竿で魚を獲ったり海藻を採って食い、延命した。獄島に囚われた最初の夜、罪人たちは水軍鎮に向かって

——アイゴ、アイゴ、アイゴ。

と悲鳴を上げた。距離が近いので悲鳴は水軍鎮に届いた。悲鳴は次第に静かになった。

塩サバを焼いて食べれば、サバの青い背は白い腹よりも脂っこくて身が硬かった。青い背の肉は波が連なるように長くつながって割けた。サバは青い背で海全体を感知し、夜の海で方向を定めるのだろうか。

丁若銓と昌大がサバの青い背を見つめながら、わからないことをもどかしがった日、昌大の父の張八壽が獄島に囚われた。

張八壽は夜の海に出て夜通しサバを獲り、朝戻った。船が港に着くや色吏が船に上がって来て漁獲量を調査した。張八壽は二十匹だと報告し、五匹を魚倉の下に隠した。魚倉の床を二重に作り、その間に隠しておいたサバ五匹を色吏が探し当てた。色吏は魚倉を壊してさらに調べたが、それ以上は出てこなかった。漁獲量が少なく外に売るほどではないので、税金として申告するほどでもないと張八壽は抗弁したが、通じなかった。色吏は張八壽が獲ってきた二十五匹をすべて押収した。張八壽はサバを獲るとすぐに塩をした。

色吏は張八壽を水軍鎮に引っ張って行った。呉七九はこれまで隠してきた漁獲量をすべて話せと張八壽を追及した。張八壽はすでに六十歳を超え、住民たちの間にも人望が篤かった。呉七九は張八壽を縛り上げて鞭打ちはしなかったが、獄島に送った。丁若銓は張八壽が獄島につながれたという話を昌大から聞いた。

――父が獄島に……五匹のせいで……。

――サバのせいなのか。サバの……。

サバの青い背の官能を明らかにすることよりも、もっと急を要する事態が村で起こっていた。丁若銓は水軍鎮に呉七九を訪ねて行った。丁若銓は呉七九が武官職だと言うが牧民を兼ねており、ソウルから来た儒学者を追い返しはしないだろうと期待した。呉七九は鎮館の板の間に座って、来客の知らせを色吏から報告を受けた。丁若銓が板の間の方に近づいた。呉七九は庭に下りては来なかった。

――船の客人が官衙に出入りされるとは。

――獄島に囚われた張八壽のことで申し上げたいことがあります。張八壽は漁獲が零細で、取りたてて追及するほどのことでもないようですが。

――ああ、流刑されて来て、島を治めようとでも。

――別将にお願いしております。張八壽は年もとり、お許しくだされればと。

――なぜだ、張八壽を連れ帰って、天主教を教えようとでも言うのか。

丁若銓はそれ以上なにも言えなかった。丁若銓が水軍鎮から出て来ると、門の外で昌大が待っていた。丁若銓は呉七九に言われたことを、昌大には話せなかった。二人はなにも言わずに海辺を歩き、家に帰った。村の風憲たちがワカメを少しずつ集めて売りさばいて金を集め、昌大が近所から借りた金と合わせて、張八壽の罰金を払った。張八壽は五日ぶりに獄島から解放された。

風が吹いて海に出られない日、張八壽は家の近所の野山を歩きまわって、芽吹き始めた若い松の木を抜いてしまった。松の木が育てば恐ろしいことが待っているからだった。張八壽だけでなく他の漁師たちも、船仕事のない日は、若い松の木を根っこから掘り起こして竈にくべた。人々はそのことを口には出さなかったが、だれもがみな、知っていた。

【草葬】死体をわらで包み臨時に埋葬すること。またはそのような葬儀。

ここで

水軍鎮で別将呉七九に侮辱されて戻ってきた丁若銓は、夜更けまで酒を飲んだ。家の主人である趙風憲は、丁若銓の身分が高いことを不便に感じていた。趙風憲は、丁若銓がいつの日か流刑が解けてソウルに戻り、権威ある地位に就くことを望んでもいたが、それよりももっと深い心の底で、丁若銓が最後まで島に留まることを望んでいた。趙風憲は本を読んだことがなく、書堂(ソダン)の庭にも入ったことがなかったが、丁若銓の顔を見れば、勉強とはなにかがわかるような気がした、丁若銓は穏やかでまた厳しく見えたが、その時々でどちらか一方の性格が現れるのではなく、同時に共に現れるように見えた。趙風憲から見たら、丁若銓は過ぎた世界とこれから迎える世界の理知をすべて知っており、魚を獲って生きる小さな島の向こうを見越している人だった。丁若銓の罪目が「邪学」であることは知っていたが、その内容はわからなかった。趙風憲は丁若銓の流刑がこの世を超えたものを見越した罪と関連しているのだろうと、漠然と考えていた。趙風憲は丁若銓に酒を届けてやるだけで、一緒に飲むことはしなかった。丁若銓は島で酒量が増えた。本を読まず、本を読む者たちを相手にしないので酒量が増えたのだろうと、丁若銓は考えていた。水と海の間の空間を本や酒で満たすことはできないだろうが、食べるものもろくにない島に酒があることは幸いだった。島の人々は雑穀を搗き、麦殻は茹でて豚の餌とし、粟の殻で酒を仕込んだ。とろりとして、強くて酔いの回りが早かった。趙風憲は家で酒を仕込むことはできず、順毎がときどき酒の甕を頭に乗せて、山を越えてやって来た。

張八壽がサバ五匹を隠して獄島に囚われたという噂は、半日で島中に広まった。丁若銓が水軍鎮に出向いて張八壽を助けようとしたが、呉七九に追い立てられたという噂も広まった。その夜も、サバ漁の船が四、五隻、夜の海に浮かんだ。丁若銓の板の間から見ると、夜の海のサバ漁の船は光の点として瞬いていた。サバは何年かに一度、島の遠くを迂回して北の方に上っていったが、島の人々はサバが上ってゆく気配を逃すことはなかった。朝鮮ツツジの咲くころ、遠い水面で一筋長く湧きあがりながら輝く光の隊列が北上して行き、その上を鳥の隊列が従って海をつついていれば、サバの群れが来たということだ。海に出てその光の隊列を見た者が、急いで船を漕いで村に戻ってその消息を知らせた。

……来たぞ。来た。俺が見た。チョクパク島の方でぴちぴちと跳ねとった……。

その夜、たいまつを灯した船が海に出て行った。丁若銓はサバの青い背とサバの回遊を昌大から聞いて知った。獄島に囚われた昌大の父張八壽が水軍鎮の方に向かって、アイゴ、アイゴと叫ぶ声が、船の浮かんだ海から聞こえる気がしたが、今の時間帯なら張八壽はすでに気力も尽きて、悲鳴を上げることもできないはずだった。

――今度の酒はちょっと強いと、順毎が言っておりました。

趙風憲は魚の内臓の和えものを肴に出して引き下がった。酔いは深く染み入ってすぐにこみ上げた。水と空の間の空間にサバ漁の船の光がいっぱいに広がってせめぎ合い、その向こうからアイゴ、アイゴ……獄島の悲鳴の声が聞こえてくるようだった。丁若銓は痛飲し、口の中の滓を吐き出した。

……なぜだ、張八壽を連れて帰って天主教を教えようとでも言うのか。

と言った呉七九の嘲りも思い浮かんだ。丁若銓は続けざまに飲んだ。サバ漁の船の光と獄島の悲鳴と、呉七九の嘲る声が混ざり合って、酔いの中で沸き立った。

……ここで暮らそう。ここで暮らすしかない。サバと共に。呉七九と共に、昌大と張八壽と共に、ここに住もう。島で暮らそう。

泣き声のような言葉が、言葉にならないままに丁若銓の心の中で湧き起こりこだました。

張八壽を連れて帰って天主教を教えようとでも言うのかという呉七九の嘲りが、斬首刑で死んだ弟丁若鍾の姿を思い起こさせた。実は、丁若鍾に天主教を教えたのは丁若銓自身だった。漢文に翻訳された西洋の書籍が北京の使行から国内に搬入されたのだが、丁若銓はその本で読んだ教理に自分の考えを足して、弟丁若鍾の前で披露し、丁若鍾が自らその中に体と魂を投げ入れたのだった。

天の善なる意思は権力の作用ではなく、人間の実践を通じて日常の地の上に実現できるもので、その実践の方法は愛だ。だからおまえの隣人を愛し罪を悔い、悔悟の真心の上に新しい日を迎えよう。大きく畏れ多い日が近づいてくる。

喉の渇いた者が自然に水を求めるように、丁若鍾に新しい日は、自然に染みとおった。丁若銓が立ち止まり背教し世俗に還るときも、丁若鍾は初めに丁若銓から導かれたその道を最後まで歩いて、西小門の死刑場に向かった。北京から搬入された『幾何原本』という西洋の数理書を、丁若銓は若鍾に説明したことがある。

二つの点を結ぶ直線は唯一無二である。

直線の外の一点を通るその直線に並行した直線は、唯一無二である。

丁若鍾はこの単純で明瞭な言語を喜んだ。言語ではなく、存在するものの中に隠されている姿だった。すべてが明らかだが、人の目には見えないものだった。目に見えてはいても、その内側を見ることはできないものだった。それは人間の言葉で証明することのできないものだったが、言葉で証明する必要もなく、人の考えとして、もとからそうであることが分かっていることだった。そしてその単純明瞭な公理いくつかが混じって、円と三角形と立体の秘密の体制を成していた。

丁若銓が『幾何原本』を説明したとき、丁若鍾の顔には静かな笑みが広がった。背教して戻ったころ、丁若銓は『幾何原本』に喜んだ丁若鍾の笑みには、その単純明瞭な発見から実態を見た者の確信が潜んでいたのではないかと思った。確かではないがおそらくそうだったのだと、丁若鍾が死んだ後も、丁若銓はいつもそう考えていた。

いつの年だったか、兄弟がみな若かったとき、両水里マジェの長兄丁若鉉の家で祭祀（チェサ）を終えて、三人兄弟が船に乗ってソウルに戻るとき、船の上で兄弟は『幾何原本』と宇宙の根本と、体と心が生きそして死ぬことの理知を語り、驚き合った。兄弟は兄と弟の悟りが自分の悟りと同じであることを喜んだ。そのとき船の上でも丁若銓が主に話をし、丁若鍾は聞く方だった。若鍾の顔に浮かんだ笑みが深くまた明るく、丁若銓はより上機嫌で話をした。

そのときが四月だった。春爛漫で風は薫り、川の水は豊かだった。川の流れに従ってくる青い山の稜線が水の上に映った。両水里の速い水の流れを過ぎ、船が京江に近づくと、川幅が広くなり山は遠くなった。水に続いて野が遥かに広がり、渡しにつながれた船の帆布が輝いた。都城はその下流の方にあり、楊花（ヤンファ）、幸州（ヘンジュ）、二山浦（イサンポ）、金浦（キンポ）、江華（カンファ）を過ぎれば海が開けるはずだった。両水里で出会った水は新しい流れを開き、広い世界に向かっていた。若い兄弟は目を遠くに向けて、近づいてくる野や水を眺めた。そのときが四月だった。マジェの山の峰から遠い野原と山岳を巡ってきた川が重なり合う姿が、まるで掌の筋のように見下ろせた。

丁若銓の酔いの中で、故郷の川は四月で、河口に向けて引き潮が合わさり海に向かっていた。ここで生きよう。ここで生きるしかない……。

明方、サバ漁の船が港に戻ってきた。丁若銓の酔いの中で、港に近づく光が、島で生きよと語りかけていた。焚口に再び薪を入れて、丁若銓は横になった。海に向かう朝の鳥たちが高く鳴いた。

讖言

備辺司が偵察してきた漢江の讖言はすべてがひどいものだったが、中でも極悪なものは、もうすぐ時が来て西洋の大きな船が無数に海を渡り来て、仁川(インチョン)、富平(プピョン)、安山(アンサン)、南陽(ナミャン)に停泊しながら朝廷を脅して、新しい世界を開くであろうという妖妄たる話だった。その船には泰山を切り崩し長江の流れを断つほどの大砲と、家を持ちあげ城を根こそぎにしてしまう機械と、叩いたり吹いたりしなくとも音の出る楽器と、ありとあらゆる金銀宝石がいっぱい積まれており、朝鮮の運命を変え、文物制度を新たにするということだった。ソウルに潜入した清国人神父の周文謨は、じきにやって来る西洋の船を導き入れるために、事前にやって来た道案内兼先発隊であり、黄嗣永が彼を助けて道を拓いているという噂も、南の方で広まった。

耶蘇が生まれて三十回目の甲年（還暦）となる聖歳にその船が来ることになっているのだが、耶蘇は庚申年生まれの申年(さるどし)であるという説と辛酉年生まれの酉年(とりどし)であるという説と、丁巳年生まれの巳年(みどし)だという説がごっちゃになっていた。申年だと信じる者は庚申年の間中、西海の水平線の方を睨んでいたが、小雪、大雪が過ぎても船の気配がないことを悲しみ不思議に思いながら、次なる甲年を待ち望んでいた。

台風が過ぎて海が静かな日、西洋の船が沿岸の水路を偵察したり、上陸して望遠鏡で村の方を眺めて去って行った。西洋の船が水辺に来ると、人々は山に上って船を見物した。青い煙がたなびき銅色の大砲が光っていた。もうじき無数の船舶が海を覆い尽くして襲い来るのだという予言は、まるで待ちわびた知らせのように伝わった。

妖言は村々にはびこった。集まって噂する者や聞いて伝える者を探し出して捕まえることはできても、最初に言い出した者を捕まえることはできなかった。言い出した者が他にいたわけではなく、腐った肉に蛆が湧くように自然に生まれて広まったのだと、備辺司の年老いた正六品が民心をうかがい戻ってきて大妃殿にそう報告した。堂上官たちは互いに顔を見合わせて頭をふった。妖言を広めた者を捕らえて殴れば、その者が受ける鞭は妖言の真実を証明する物証となった。鞭は妖言を煽った。堂上官たちは鞭と妖言の関係を知っていたが、それを口にはできなかった。

開国以来、国基がこれほど崩れたことはなかったが、その理由の一つは、飢えて施しを受けるために放浪する百姓の讖言であり、二つ目は民を偽る妖言の猖獗だった。妖言の根本は飢えにあり、この二つは実は一つだった。妖言が腐った肉に湧いた蛆虫のようなものだと言ったとき、その腐った肉はつまり飢えであり、だから妖言は理由もなく、自然に生まれたのではないということを堂上官たちはだれもが知っていたが、だれもそれを口にすることはできなかった。社稷（しゃじく）の土台は百姓であり、百姓の実情は飢えであったが、社稷の屋根のもとでは雨風の吹く日もあろうと、堂上官衙らは考えた。言葉には出さなかったが、互いの考えは同じであることをみなが知っていた。

――大妃様、国王の心性はまさに国基でございます。殿下はまだ幼くあられますが、心根は穢れなく、百姓の興福でございます。

――卿の言葉は美しい。われがそのようにお伝えしよう。経筵（けいえん）（経書の講義）をもっと催して、殿下をお呼びするようにしよう。

――君臣が共に学ぶのは聖賢の志も同じくいたします。大妃様、たとえ今は困窮していても、百姓と共に新しく事を始めてくださいませ。

――良い言葉だ。ならば前と同じような上訴をやたらと申し立てたりするな。卿らは下がって修身に努めよ。

大妃殿での朝見は、だいたいこのように終わった。大妃は自身の言葉の情け深さで世を正すことができ、百姓を食わせることができると信じているようだった。臣僚らはそう感じだ。大妃の言葉は懇々と差し迫っていた。大妃は自身のその差し迫った言葉と情け深い意図が成し遂げられない現実が、理解できないようだった。臣僚は大妃が下した慈教を読みながら涙ぐんだ。

ああ、あの食べるものもない百姓らをどうやって治めたらよいのか、われは夜も眠れない。われは百姓を幼な子のように胸に抱き乳房をくわえさせようとするのに、百姓たちは目をつぶり井戸の中へ入ろうとするのか。ああ、物乞いをしながら流浪する百姓たちよ、穴を掘って筵を敷いて寝、草を編んで掛けただけではどうやって寒さをしのげるだろう。救恤所でもらう粥は窯一つに米一椀を入れ、草の葉を混ぜて炊いたのだから、どうやって飢えをしのぐことができよう。犬の尾のような服では陰部を隠すこともままならず、穴蔵の中で互いに縦になり横になりして寝て、凍え死んだらカラスが腸をつつき狐が骨を喰らうのか。子どもの肉を食った者を捕えて訊問すれば、子を殺して食べたのではなく、死んだ子を拾って焼いて食べたと抗弁するとは、ああなんと聞くに堪えない言葉であろうか。どうやったら罪を悟らせることができようか、どうすれば罪を問わずにいられようか。窯ごとにアンコウのように大口を開け、水っぽい粥を一椀もらってもやがては死ぬのに、死んだ者とまだ脈があり息のある者を共に積んで門外に放れば、まだ死んでいない者らがまた群がって服を剝がしてゆくのだから、われは生きる者と死んだ者のうち、どちらの味方をすればよいのか。おまえたちすべてを胸に抱き、洗い清め介抱してやることもできぬわれの母たるは、いったいなんたることか。おまえたちが穴蔵の中で寝返りをうつとき、われはこの幾重にも連なる軒下で夜も眠れない。

ああ、散り散りになりさすらう百姓たちよ。われを信じて故郷に戻り、生きる道を探せ。妻が不徳でも追い出さず、夫が怠け者でも捨てず、互いに支え合って暮らし、年寄りを大事にせよ。ああ、家ごとに煙突からは煙が立ちのぼり、おまえたちが田畑に座って飯を食らう姿を見せてくれ。

百姓を叱るときは病んだ子に薬を飲ませるようにしなければならず、百姓を教化するときは霧雨に服の濡れるごとくしなければならず、叱るも教えるも、豆を煎るようにしてはならぬという歴代朝廷の教えを、われが忘れたわけではないが、妖妄なる言動で国基を乱す邪（よこしま）な迷信の輩を、吊し上げ叩き両足を縛って棒でねじり焼きを入れ首を撥ねるとき、その痛みがわが体内にあればわれの心臓はどうなるのかを、おまえたちはよく考えに考えぬけ。おまえたちはわれのこの悲しい心にすがり、仁義礼知の故郷に戻れ。野の虫もその命をまっとうし、士農工商すべてがその本分をまっとうすべきなのに、邪学の群れはなぜ死ぬことを喜び、刑具につながれることをまるで布団に横たわるように行い、生きた者の口で死後を語りさすらい、ぶつぶつと盲人のような真似をするのか。

ああ、人の子がなぜに禽獣を生むというのか。人が禽獣を生み世に猖獗したのだから、今度は禽獣が再び人を生むのか。

ああ、おまえたち八道の監司と留守と縣令たちよ、鎮堡(ちんほ)*の主や万戸たちよ、おまえたちはわれの心をわが心の如く思い、百姓の面倒を見てわれの渇きを癒してくれ。何年もの日照りで山川は干上がり田畑は干からびても、ついには静かに雨が降るではないか。雨が降れば、あちこちの村はその状況を急ぎ知らせよ。監営と官衛のそばに雨が降らずとも、監営の庭だけを見ずに遠くに人を送り、この村あの村に雨が降ったか降らないかの状況を調べ、雨の降るたびに早馬を送り急ぎ知らせよ。国土が乾いて焼けるのに、われは骨身がまるで魚のごとく焼かれるのと同じことではないか。

ああ、今、国基が揺らぎ歴代朝廷の魂が心安らかではない。先王たちの徳を顧みて刻み、遺訓をいただき、その治績を新たにしなければならない。

全国の史庫*を開いて前王の治績を記録した実録を出し、陽に当てよ。本の頁ごとに陽明な陽光が染み渡るようにせよ。江華島の鼎足山城の史庫と五台山の史庫、太白山の史庫に早馬を送れ。虫干しの作法をどうして、史庫の守り人の参奉にだけ任せておけるか。各方面の史庫ごとに参上官級の士官が出て、留守と共に挙行せよ。黒い官服を着て四度礼をしてから書物を外に出し、明るい陽光と縁起の良い風に当てるようにせよ。われの心は切実だから、早馬を送れ。鈴三つをつけた馬を送り、過ぎゆく村ごとに鈴の音を響かせて、われの心を知らしめよ。長く言わずにはおられぬ。

【鎮堡】朝鮮時代に咸鏡道と平安道の北方辺境にあった各鎮。

【史庫】国家の重要文書を保管するために設置された書庫。壬辰倭乱で四史庫のうち三つが焼失した後、江華島、太白山、五台山、妙香山の四つの外史庫と宮廷内の内史庫の五か所に『李朝実録』が分置された。

水踰里

麻浦から逃げだした塩辛屋の姜詞女（カンサニョ）は、ソウルの三角山の麓の水踰里（スユリ）にある吉乫女（キルカルニョ）の家に居所を定めて住み込んだ。

吉乫女は十二歳のとき宮女として宮廷に入り、便殿、大妃殿、東宮殿の女官と尚宮（サングン）を勤めて四十を超えた。若い宮女らに混じって眠ったり当番を務めたりした。女たちの体臭が部屋に満ちていたが、女たちは自分の体の匂いと他の女の匂いとをはっきりと区別した。月経痛に苦しんでいた若い宮女が薬の鉢を捧げ持ったままつまずいて転び、月経痛が治まると鞭打たれた。吉乫女は月経痛はなかったが、四十を超えると咳がよく出た。咳を我慢すると、抑えていた咳が激しく出た。吉乫女はお上の近くには行かれなかった。吉乫女は宮井洞（クンジョンドン）にある七宮の女官に降格され、咳がもっとひどくなると、神位が驚くからと言って七宮から追い出された。二十五年ぶりだった。吉乫女は宮廷の中で初経を迎え、閉経した。吉乫女は七宮に来る直前に、宮廷の内侍（宦官）から天主教を学んだ。

内侍がこっそり渡した諺文の教理書を、夜ごと眺めた。吉乬女は天主の教理書が教える新しい世界とはまず、宮廷の外にあるのだろうと考えた。宮廷はこの世ではなく、この世は宮廷の外にあるはずだから、その世界の向こうにまたもう一つの世界が広がっていた。その世界に入るためには、まず宮廷を出なければならず、咳の病は天主の下さった福だった。吉乬女は天主の福があまりに遅く訪れたことが恨めしかった。宮女のころに吉乬女がした咳は、大部分がわざとした咳だったが、本当の咳と同じだった。吉乬女は咳の音を上手に出す才能も、天主が下さった福だと考えた。宮廷から追い出されたとき、吉乬女の風呂敷の中には諺文の教理書が入っていた。宮廷の中で内侍と宮女の間で邪学の書籍が広まっていることを、大妃は知らなかった。咳の病のために宮廷から追い出された年とった宮女が教徒だという噂が、天主教徒たちの間に広まったが、大妃と捕盗庁は知らなかった。

吉乬女は宮廷に入る前、水踰里で暮らした。宮廷に入って二十五年間、吉乬女は一度も実家に帰れなかった。農夫だった両親はすでに老いて死に、家の裏に黄色い墓があった。薬材の仲買をしている兄は金を少しためてソウルの城内に入り、水踰里の家にはたまに来て、雑草を抜きどぶをさらった。

藁ぶき屋根だったので屋根は崩れ落ちていたが、柱と垂木は丈夫だった。吉乬女は屋根を葺きなおし垣根を立てて、昔の家を直した。兄は二十五年ぶりに会う妹を避けて、水踰里の家には近寄らなかった。家は辺鄙で隣家もなく、農耕地と荒地が入り混じった野では放し飼いの黒ヤギが交尾しており、人影もなかった。吉乫女が天主教徒たちをこっそりと集めるには、良い場所だった。

姜詞女は塩辛屋と汁飯屋で稼いだ金を、ソウルの鍾路通りの六注比廛（ろっぴひじん）*の漢方薬の店に預けておいた。姜詞女は身辺が危うくなればいつでも麻浦の渡しを離れるつもりで、財産の大半を現金に換えてあちこちに預けた。

朴チャドルの正体が右捕庁の裨将であり、邪学の罪名で捕盗庁の刑具につながれたという消息を、姜詞女は捕盗庁の別の軍官から聞いた。朴チャドルがまだ刑問を受ける前、その消息が先に伝わった。姜詞女から見れば、朴チャドルの信心は深くはなかった。ただ、この世ではない別の世がどこかにあることを切実に望んでいることは確かだった。姜詞女は朴チャドルが捕盗庁の官員であることを知らなかった。朴チャドルが言ったとおり、捕盗庁の従事官の遠い親戚の私奴で、塩辛を運ぶ手伝いをする者だと思っていた。朴チャドルが信心深くなく、また官員の身分で刑具につながれたとしたら、おそらく初めての刑問で姜詞女の倉庫を吐くはずだった。

姜詞女は夕刻、その話を伝え聞いた。姜詞女はどこに行こうかと考えた。この世は果てしなく広く茫々としているが、一筋の縄につながれて、行き来もままならぬ自分の姿が浮かんだ。姜詞女は吉乭女が宮廷から出て水踰里に落ち着いたという話を知っていた。行こう、吉乭女のところへ行こう。夜が明ける前に早く……。姜詞女の心は燃えたぎるようにせわしなかった。

日が暮れかかっていたが、船一隻が近づいて麻浦の渡しに着いた。延坪島から来たのだが、幸州で一晩泊り、満ち潮を待って上ってきた柴船だった。漕ぎ手と荷の担ぎ手と旅人たちがいっせいに下りて来た。漕ぎ手の何人かが姜詞女の汁飯屋に入って来て、酒を注ぐ台に腰かけて濁酒（マッコリ）を注文した。姜詞女は焦っていた。のんびりと漕ぎ手を相手している時間はなかった。姜詞女は漕ぎ手に濁酒と豚の頭の肉を出した。

――今日は具合が悪くて早く店じまいするから、一杯だけやって行っておくれ。隣の店のパジョンと水キムチもおいしいよ。

漕ぎ手は文句を言った。

――なあんだ、座ったとたんに追い出すのか。

――おばちゃんのどこが悪いってんだ。あんまり好きで、股ぐらが痛むってのかい。

――船乗りってのは、その穴ばっかり見えるのかね……

ねちねちと絡む漕ぎ手の脇に、一人の女がもじもじと立っていた。同じ船で来たのだが、漕ぎ手たちの連れではなさそうだった。女は小さな包みを一つ脇に抱えており、裸足に藁草履を履いていた。一重の上着が寒そうだった。身なりからして、行くあてのない身であろうことに間違いなかった。おびえた視線で、初めて見る世界をぼんやりと見まわしていた。おそらく逃げてきた奴隷だろう。

姜詞女は漕ぎ手に聞いた。

――あの女はだれだい。連れなのかい。

――知らん。幸州から船に乗せてくれと言うんで乗せてやったんだが……。直接聞いてみろや。

姜詞女は聞かなかった。その女は児利(アリ)だった。明け方、旦那の家から逃げて出た児利は、碧蹄(ピョクチェ)の方に向かっていて道に迷った。児利は人が怖くて道を尋ねられなかったが、尋ねるべき目的地がはっきりしていないので、尋ねることもできなかった。明け方、霧の中をあちこち彷徨い、児利は幸州の渡しまで来た。船が一艘、ちょうど発つ準備を終えて、いかり綱を引っ張っていた。児利は船に乗った。漕ぎ手は、力尽きたふうに見える女を制止しなかった。

――おい、麻浦までしか行かんぞ。わかってるか。

児利はそうやって、麻浦の渡しで降りた。姜詞女は児利に汁飯を出してやった。児利はゆっくりと少しずつ食べ始め、匙を三、四度動かすと、がつがつと食べた。顔が湯気に隠れ、白いうなじに髪がへばりついた。やかんに入った濁酒を空けた漕ぎ手たちが立ち上がった。

——おばちゃん、股ぐらを大事にしろよ。俺たちは隣に行くからな。

船乗りたちは児利を振り払った。

——おい、船賃はいらないから、もう付いてくるな。

姜詞女は酒を置く台をはさんで、児利と向かい合って座った。児利は逃げて来た奴隷に違いなかった。服は汚れており、髪はフケだらけだったが、目が大きく肌は白くて、若い女の力が感じられた。姜詞女には、児利はこの世になんの身寄りもない存在に見えた。姜詞女は児利が天主の子であると信じた。一目でそうわかった。連れて行こう……姜詞女は児利になにも聞かなかった。どこから来たのか、どこに行くのか、聞きもしなかった。姜詞女が言った。

——私と一緒に行こう。行けば善いことがある。きっといいはずだよ。

その夜、姜詞女は児利を連れて麻浦の渡しを離れた。姜詞女は小さな着替えの包みを一つだけ持った。姜詞女は麻浦の渡しにしつらえたすべての物を捨てた。姜詞女は水踰里の吉乷女の家に向かった。姜詞女は児利に、遠くから付いてくるようにと言った。どこかで捕まったとしても、一人だけ捕まればいい。児利はわけもわからず、遠くから付いて行った。真夜中ごろ、右捕盗庁の軍使たちが姜詞女の塩辛屋と汁飯屋に押し入った。汁飯を炊いていた竈では、そのときまで残り火が燃えており、汁の入った釜からは湯気が上がっていた。軍使は渡しのすべての店や酒場、停泊中の船まで探したが、姜詞女を見つけることはできなかった。天主教徒を捕まえても逃しても、教徒の家にあるすべての家財道具は、出動した軍使たちの分け前となることが、右捕盗の大将の李パンスの方針だった。備辺司は李パンスの方針は卑劣だと衆論を集めたが、関与はしなかった。その日、姜詞女の店に出動した軍使らは、鉄の釜二つを外し取り、家財道具までひっくり返して、焼き網や臼、屏風、量り、灯架、砧の石、味噌玉、麹、柳行李などを持ち出し、醤油まで汲み取って行った。軍使たちは姜詞女の倉庫に押し入って、木の十字架、幼な子を抱いて天に上る耶蘇の母の絵を探し出し、証拠物件として提出した。軍使たちは明方戻って報告した。

どうしてわかったのだろう。船乗り相手に汁飯を売る賤しい女が、どうして軍使の動きを知って逃げたのだろう。朴チャドルが捕まったとたん、あの汁飯屋の女はどうしてそれをすぐに知ったのか。

間者が内部にいるのか。邪学の群れと密通した者が捕盗庁の内部に隠れているのか。右捕盗隊長の李パンスは深く呻いた。

【六注比廛】朝鮮時代、専売特権と国役負担の義務を負ったソウルの六つの市場。

お兄ちゃん

朴チャドルは捕盗庁の間者を務めながら、貝の塩辛の行商人に化けた。麻浦（マッポ）の渡しに何度か出かけて、朴チャドルは江華（カンファ）の喬桐島（キョドンド）の方からやってくる柴船の商人たちと顔見知りになった。朴チャドルは船に積んできた貝の塩辛を、中間商人を通さず手に入れた。朴チャドルの貝の塩辛は粒が大きく新鮮で、儲けも多かった。朴チャドルは貝の塩辛の壺を背尾って都城の中に入り、大声で売り歩いた。馴染み客ができて注文を受けたりもした。捕盗庁の裨将の給料よりも稼ぎはよくて、朴チャドルの妻は夫が罷免されたことを内心喜んだ。

朴チャドルは貝の塩辛の行商でソウルの街中を歩きながら、天主教徒の家や接点を探って歩いた。朴チャドルは捕盗庁から出るとき、証拠物として押収された諺文の教理書を写してきた。朴チャドルは教理を覚え、経文と戒命を覚えた。

天主が創造された万物の中で最も尊いものはなにか

万物の中で最も尊貴なものは人である
人とはなにか
人は霊魂と肉体が結合した者だ
死とはなにか
死は霊魂と肉体が分かれることだ
人は死についてどう考えるか
死は罪の罰であり、死ぬときは決まっておらず
常に準備しておくことだ

朴チャドルは教徒たちの言動を体で覚えた。教徒たちは秘密の組織網でつながり、まるでフクロウのように、目くばせしただけで集まったり別れたりした。その組織の中に入りさえすれば、貝の塩辛を売りながら教徒を探し出すのは難しくなさそうだったが、初めに疑われずにそこに入り込むのは容易ではなかった。捕盗庁から追われた後、朴チャドルは一か月に一度、従

事官に活動内容を報告した。下っ端の教徒を慌てて捕まえるのではなく、潜んで網全体を探りながら、群れが大きく現れるのを待って一度に捕まえろというのが、右捕盗庁の策略だった。しかし黄嗣永と周文謨は邪学の巨凶であり、急ぎ捕らえねばならない。二人の巨凶は互いに連絡を取り合っており、一方が捕まったらもう一方もたやすく捕まるだろうが、その足取りの端緒を摑むことができなかった。

黄嗣永の縁故に近づくには、まず丁家の免賤奴隷である金介東と六本指を探さなければならないが、彼らも麻浦の渡しの姜詞女のところに出かけて以来、足取りが消えてしまった。

朴チャドルは貝の塩辛の行商を始めて半月ほどして、南大門の外にある甕売りの店で、年老いた天主教徒に初めて出会った。朴チャドルが貝の塩辛を売ろうと大声で路地を歩いていると、甕の店の老人が朴チャドルを呼んだ。老人は貝の塩辛をちょっとすくって味を見てから、二合買った。老人は朴チャドルの身なりをじっと見つめると、水を持ってきて板の間に座るよう勧めた。朴チャドルは老人が自分に言葉を掛けたがっていることを感じた。朴チャドルは背負子(チゲ)を下ろして、板の間に座った。老人が言った。

——生きて重い荷を負う者は、来世には良いところに行くはずだ。その理知を聞いてみるか。

朴チャドルは、老人が天主教徒であることを直感した。朴チャドルは老人の目をまっすぐに見つめて、右手を額に上げ胸で十字を切って見せ、両手を合わせて合掌した。老人は低い声で言った。

朴チャドルはあまり近づくとよくないと判断した。

――ああ、教友だったか。嬉しい。

――入信して長くはありません。では次、また来ます。

老人は朴チャドルの貝の塩辛の味を褒めてから、次来るときはアミの塩辛とサッパの塩辛も持ってくるように頼んだ。朴チャドルは麻浦の渡しの塩辛の卸商人の間を回って、新鮮で粒の大きい塩辛を仕入れ、南大門外の甕の店の老人に持って行った。

――教友は互いにものを買ってやりながら、暮らしているのだ。

そう言いながら老人は、別の天主教徒の家を紹介してくれた。そうやって朴チャドルは、教徒たちの秘密組織の中に行きついた。朴チャドルはこの家からあの家へと、教徒たちの家を回りながら貝の塩辛を売った。朴チャドルは貝の塩辛を売ってからふり返り、胸の前で十字を切って見せ、教理応答の一節を教徒たちと共に暗唱した。耐え忍べば良き日は来る、互いに支え合おう、と朴チャドルは言いながら去って行った。そうやって三、四か月が過ぎると、教徒たちは朴チャドルの塩辛を買うだけでなく、朴チャドルを通じて消息を伝え合い、集まる日や場所を連絡し、写した教理本を回し読んだ。朴チャドルは天主教徒の家と拠点と接線組織を嗅ぎ出し、捕盗庁の従事官に報告した。従事官は言った。

――よし。しかしもっと網を育てよ。もっと広く深く探れ。そうして一網打尽にするのじゃ。

――すでにその線には達していますから、もうちょっと動けば、網は広がるでしょう。

――そのとおり。ところで黄嗣永の方はどうなっているのか。

――まだ六本指のそばまでは行きつきません。

――そっちを急げ。もっと嗅ぎ回れ。黄嗣永の隠れ家を見つけたら、お前を捕盗庁に復職させて昇進させてやろう。

――アイゴー、旦那様……。

――年とってまで塩辛を売り歩いていいものか。男ならば末職でも、官に付いておらなければ。お前が空名帖に費やした金が惜しくはないか。

朴チャドルは、筆一本で郷庁の倉庫の穀物をあちこち動かして利を稼いだ、寧越(ヨンウォル)の衙前時代のことを思い出した。塩辛の背負子を背負って天主教徒の秘密を探ることも、寧越の衙前の仕事も、たいした違いはないように思えた。衙前を務めたから、偵察まですることになったのだろう……。従事官の言葉通り、黄嗣永を捕らえ周文謨の隠れ家を探し出した功績で捕盗庁に復職したとしても、同じことだった。衙前の仕事も偵察や密偵の仕事もどれも同じで、朴チャドルはそこから抜け出すことはできないのだと思った。

従事官はまた、他の軍官を放って朴チャドルの行動を監視していた。朴チャドルがソウルの明倫房の方の村を探って戻ってきた夜、従事官が人を遣わして朴チャドルを呼んだ。朴チャドルは内室の踏み石の下に跪いて座り、従事官は板の間に座った。従事官が使令らを追い払った。

――うまくいっておるか。捕盗庁長様がお前のことを案じておる。

――アイゴ、旦那様。案じて下さっているとは……。

――疑っておる、ということだ。

自分の首を絞めあげてくる見えない縄を朴チャドルは感じた。捕盗庁の刑具につながれて打たれた鞭の痛みが、絶壁のように朴チャドルの前に立ちはだかった。朴チャドルの額に汗がにじんだ。

――どういうことでしょうか……。

――おまえは元々、邪学の罪人だ。お前の改心は正しいものかどうか、庁長様は疑っておるということで、それはわしも同じじゃ。

――どうしてそんなお言葉を……。

――今、軍事の情報が漏れている。二股をかけている者を捕まえて殺せという厳命があった。

――アイゴ、旦那様……。

――邪学の罪人は元々、生き残った種がまた種を撒いて猖獗する群れだ。一度染まった者は、最後にはその巣窟に戻って行く。わしはそんな輩を数え切れぬほど見た。

――アイゴ、旦那様、どうして私がそんな。

――わかっておる。だからもっと探れ。お前の改心を示してみよ。

これまでお前が隠密に把握した秘密網も少なくはない。遠からず捕縛するだろう。しかしその秘密網には黄が入っておらぬ。網を先にたぐれば黄はもっと深き草むらに隠れるだろう。だから黄をまず捕まえてから、網を引かねばならぬ。先黄後網だと、庁長様はおっしゃった。黄はどうなっておる。

――まだ届いておりませぬが、あといくつか先には届くのではないかと。

朴チャドルは思わず答えた。この世から逃れることはできないのだという確信が、朴チャドルにでたらめな言い訳をさせていた。朴チャドルは黄嗣永の周辺について、なんの手がかりもつかめていなかった。

――邪学は身分の区分もなく、両班の邪学罪人の下人たちはほとんど染まっておる。だから逃げた両班の邪学徒らを捕らえるにはまず、下人たちを捕らえて鞭打ち問い正さねばならない。賤しい者らは心持ちが低く信心もないので、背反を恥とも思わぬものだ。これは丁若鏞が刑具から解かれて教えてくれた方法だ。だから丁家の下人の中から、免賤して逃げた奴らをまず探すことだ。

——六本指と金介東ですが、まだその線に行き当たりません。

——もっと探れ。それがおまえの生きる道だ。賤しい者同士いつもひっつき合って、フクロウのように呪文を唱えているはずだ。一人に行きつけば、ずるずるとつながってくるはずではないか。

朴チャドルは自分を監視する別の官員がいることを、初めから感じていた。従事官の言葉を聞けば、その勘は正しかった。暗闇の中で、寂寞の中で、その監視員の咳ばらいを聞いた覚えがあった。

——遅くなった。もう下がれ。

朴チャドルは塩辛の背負子を背尾って、手拭で顔を覆った、朴チャドルは捕盗庁の裏門から外に出て、暗闇の中に身を隠した。捕盗庁に出入りしていることを知られたら、すべては終わりだ。朴チャドルは目の前に立ちはだかる絶壁を感じた。子(ね)の刻（午前零時）をとっくに過ぎ、朴チャドルは礡石峠の麓にある自分の家にたどり着いた。寝ていた妻が起き上がって草の扉を開けると、犬が走ってきて腰に飛びついた。

——遅かったですね。売れ残ってもいいから、早くしまったらいいのに。ご飯は食べましたか。

——ああ、食べた。今日は遠くまで行ったんだ。寝よう。

朴チャドルは捕盗庁であったことを、妻には言わなかった。妻にとって朴チャドルは、ただの塩辛売りだった。

朴チャドルの妹の朴汗女（パクハンニョ）は三つ年下だった。暑い最中の末伏（マルボク）のころに生まれ、出産のとき母親が汗をずいぶん流したので、名前は汗女だった。朴チャドルは江原道のアチムカリの火田を捨てて出て行くときに、家族と離れ離れになった。寧越で衙前の下役人をしているとき、朴チャドルは親が死んだことも知らず、アチムカリの村に残してきた妹の汗女がどうしているかも知らなかった。その後二十年もたって、朴チャドルが空名帖を買って寧越を去るころ、朴チャドルは妹の消息を耳にした。朴チャドルの故郷である海美で育った幼馴染の徐泥老（ソニノ）が、江原道洪城の駅站の飛脚となって、旦那のお供で寧越に来て朴チャドルと会った。海美で育ったとき徐泥老の家は土地がなく、徐泥老の父は川に網を掛けて魚を獲って売り、徐泥老は父の仕事を手伝っていた。

　寧越から来た徐泥老は、朴チャドルの妹の汗女が洪城のテチョから二十里離れた山奥の村に嫁ぎ、夫は火田を起こし薬草や茸（きのこ）を摘み、蛇を捕まえたりして生計を立てており、暮らしぶりはさほど苦しくもなさそうだと言う。徐泥老は幼いころに汗女を見たきりで、あまり久しぶりで顔もよくわからなかったのだが、海美で育ったときの話をすると、朴チャドルの妹朴汗女に違いないと言ったという。娘の名前に汗という字を使うなど二つとないことだろうから、名前だけ聞いてもおまえの妹に間違いないと、徐泥老は言った。

そのころ朴チャドルは空名帖を差し出して、ソウルの右捕盗庁の官員になることが内定していた。

たった一人の血を分けた妹が山奥の村で暮らしていることが悲しくて、徐泥老と別れた夜、朴チャドルは一人で声を殺して泣いた。海美で育ったとき、そしてアチムカリで火田の畑で石ころを寄り分けているとき、昼飯を運んできてくれた妹の顔や、長い下げ髪が思い出された。汗女はチャドルのことを、当然、お兄ちゃんと呼んだ。朴チャドルは自分をお兄ちゃんと呼ぶ妹の声を思い出した。

……お兄ちゃん、ゆっくり食べて。ほら、水飲んで。

……お兄ちゃん、もう暗くなるよ。うちに帰ろう。

そんなたった一人の血筋が女だという事実に、朴チャドルは涙が出た。男を受け入れて子を産む女。汗女のような女の子を産む汗女。だから自分は汗女の兄であり、汗女は自分の妹なのだった。朴チャドルは長いこと泣き続けた。朴チャドルの涙の中に、お兄ちゃんと呼ぶ声がいつまでも染みついていた。

捕盗庁から追い出され、塩辛の背負子を担いで天主教徒を探りながら歩いているとき、朴チャドルはふと、洪城の山奥の村にいるという汗女を思い浮かべた。汗女は過ぎた記憶ではなく、生きている痛みとして自分に迫ってきた。汗女の記憶は鋭くて、火であぶられるように痛かった。朴チャドルは汗女の記憶と、お兄ちゃんという呼び声の記憶を振り払おうとした。

天主教徒らは、捕盗庁の譏察組織よりも情報が早くて正確だった。譏察が遠くからやって来れば、教徒たちはさっと散ってしまう。フクロウのように暗闇の中で応答し、ミミズや蛇のように互いに絡まっていても、蜂の群れのように散り散りになるのだという捕盗庁の嘆きは、嘘ではなかった。遠い山奥で秘密組織が検挙され、四、五日たってその消息がソウルの組織に伝わり、教徒たちは散り散りになって隠れた。情報は線に伝えられ、点となって浸み入った。点が点を呼び線を成し、線はすばやく散って点となって孤立した。

朴チャドルは、妹の朴汗女が天主教徒の区域長であり、連絡係として洪城の官衙に捕らえられたという消息を、ソウルの東小門の外で肉屋をしている教徒から聞いた。肉屋の主人はソウルの北の地域の教徒たちの線をつなげていたのだが、地方にまで線が伸びていた。

肉屋の主人は、洪城で起こった検挙事件のことを朴チャドルに説明しながら、これからしばらくの間は線と網を隠すから、ここには訪ねて来るな、現れるなと伝えた。網が震えているから、線を断たねばならないというのだ。肉屋の主人は言った。

――あんたが捕まったら大変だよ。あちこち知ってるからな。

朴チャドルはびくっくと恐れた表情で、右手を上げて額から胸に十字を切って見せて立ち去った。洪城の町から北に二十里離れた山奥の村に住む四十代の女、朴汗女と言えば、自分の妹に違いなかった。朴チャドルはその朴汗女が自分の妹ではないことを祈ったが、その願いは切実なほど、捕まった朴汗女が幼かったとき、お兄ちゃんゆっくり食べな、水飲んで、と言っていた妹の姿として確信された。

肉屋の主人によれば、洪城の官衙に囚われた朴汗女は地元の者で、顔が広く、教徒の隠れ家にも明るいとのことだった。朴汗女は情報価値の高い罪人として、洪城の官衙で基本的な訊問を受けた後、ソウルの捕盗庁に移送されるはずだった。そして幾度も刑問を受けた後に死刑が決まれば、再び洪城に引っ立てられて、市場で斬首されるはずだった。罪人をその罪人の顔を知る人の多い故郷に連れて行き、そこで処刑することで、国法の威厳をより強く示すことができるという大妃の教示だった。朴汗女は地域の組織係として、鞭によって背教しても、生き残ることは難しかった。個人の改悛で終わる事件ではなかった。知りながら隠した罪と、知りながら訴えなかった罪、切実に信じて広め人々を染めてゆき、広く行きわたった罪を、免れる術はなかった。朴チャドルは捕盗庁の裨将を務めた経験から、妹の朴汗女の最後がどうなるかをはっきりと知っていた。背教しようと殉教しようと、死に至るまで、朴汗女が生きた体で受けねばならない鞭の量と苦痛の大きさは変わらないはずだった。

朴汗女は卑しい出で、幼くして家族と離れ離れになり、親はすでに死んでなく、肉親に対する記憶も確かではなかろうと、洪城の官衙での初期の刑問で朴汗女の家族関係を深くは追及しないかもしれなかった。

しかし朴汗女が朴チャドルの名を出して、少年時代にアチムカリの火田を離れて寧越の官衙で衙前をしていた朴チャドルは自分の実の兄だと言ったりしたら、朴チャドルは生き残ることが難しかった。

捕盗庁は朴チャドルを刑問から解き、間者として使いながらも、本当に背教したかどうかを疑っていた。疑っているのか、疑っていると脅しながらより締め上げようとしているのかわからなかったが、朴チャドルにはその恐れは、どちらも同じだった。朴汗女が朴チャドルを実の兄だと言えば、朴チャドルは蛇のように絡まり合った罪人として、すぐに連座させられるだろうし、朴汗女の罪と朴チャドルの罪は互いに絡まり合って、より大きくなるはずだった。

……お兄ちゃん、ゆっくり食べて。ほら、水飲んで。

……お兄ちゃん、もう暗くなるよ。うちに帰ろう。

そう言った朴汗女が、その朴汗女ではないようにと朴チャドルは祈ったが、朴チャドルはその朴汗女の兄だった。

朴汗女が洪城で囚われると、ソウルの天主教徒たちが線を断ち、点として散った。朴チャドルは遠くから点を見つめていた。点は微動だにしなかった。

朴汗女は捕まって五日目に、ソウルの右捕盗庁に押送されてきた。洪城までは四日かかるので、朴汗女は洪城の官衙ではほとんど刑問を受けずに、ソウルに押送されたことになる。朴チャドルは捕盗庁の裨将時代に親しかった執杖使令から、朴汗女が連れてこられたという消息を聞いた。朴汗女は邪学の罪人二人と共に引っ張られてきて、洪城官衙で作成した一次訊問記録と押収された物証五点が右捕盗庁に渡された。

執杖使令によると、洪城の官衙から送られた一次訊問の記録はとても大雑把で、検挙された当時の現場の状況が書かれているのみ、朴汗女の家族関係や周辺の縁故の線についての訊問はまだ行われていない状態だと言った。朴チャドルの名前はまだ出てはいなかった。

右捕盗庁の監獄は西小門の外にあった。セリ畑を過ぎて砂利道の脇に低い丘があり、監獄はその丘を風除けにしていた。高い土壁に囲まれた中に、二十坪ほどの藁ぶきの家が二つ建っていた。壁には小さな出入り口の門が一つ開いており、外から中を覗くことはできなかった。槍を持った捕卒一人がその門を守っていた。暗くなってくると、蚊の群れがブンブンとうなった。

朴チャドルは門番の捕卒に近づいた。裨将時代の顔なじみだった。

——中をちょっと見せてもらえんか。

——邪学の罪人に面会か。

——面会ではない。ちょっと見せてくれ。

——おまえ、見るもんがなくてそんなものが見たいのか。

——昨日、新しく来た女がいるだろう。

——右の壁にもたれて座っている女だ。なんだ、女が欲しくて来たのか。あんまりそばに近寄るなよ。

朴チャドルは出入り口の門に体を隠して、中をうかがった。朴汗女は壁にもたれて足を投げ出していた。その隙間に横顔があった。裸足の足裏は破れ、ふくらはぎからは膿が垂れていた。髪は肩まで垂れ下がり、その隙間に横顔があった。監獄の中が暗くてよく見えなかった。肩は広く、背中はちょっと曲がり、顎はえらが張っていた。朴汗女の体のどの部分かははっきりしなかったが、そのかすかな輪郭だけでも、朴汗女は朴チャドルの妹だった。薄暗がりの中でぼんやりとした輪郭だけでも、それほどはっきり迫ってくる肉親の感覚に、朴チャドルは身震いした。暗い監獄の壁にもたれた朴汗女は、お兄ちゃん、ゆっくり食べて、ほら、水飲んでと言った妹、名前に汗の字をもつ朴汗女だった。

汗女よ、と呼びたくなる衝動を朴チャドルはやっとの思いで抑えながら、脂汗を流した。獄卒が監獄の門を開けて、米を煮た汁を一椀差し入れた。朴汗女が米の汁を受け取ろうと顔を上げた。朴汗女の顔が烙印のように朴チャドルの胸に刻まれた。ああ、間違いない。朴汗女が椀に口を当てて米の汁を飲むとき、朴チャドルは涙を流した。朴チャドルは獄卒が見るかと思い、顔を背けた。

朴チャドルは外に出て、門番の捕卒に聞いた。

——あの新しく入った女はどこから来たんだ。

——洪城で捕まったらしい。

——本庁ではいつ刑問するって。

——そんなこと知ったこっちゃない。引っ張って来いと言われたら、引っ張って行くまでだ。罪人が溢れているから、あの女はたぶん明々後日くらいだろう。なんでそんなことを聞くんだ。

——なんでもない。

しくじってはいけないと、朴チャドルは緊張した。獄卒は朴チャドルと朴汗女の関係を知れば、すぐに捕盗庁に訴えるに違いなかった。朴チャドルは獄卒に銅銭を五枚渡した。

——後で酒でも飲め。じゃあな。

朴チャドルは急いだ。朴汗女に対する捕盗庁の刑問が始まる前に、手を打たなければならない。朴チャドルは家に戻って、塩辛を売って集めた金五十両を布に包んで腰に巻き、外に出た。夜中に金を持ってどこに行くのかと妻が聞くと、良い塩辛が船で着くことになっているので、仲買に先に金を渡しておくためだと嘘を言った。

朴チャドルは楊花（ヤンファ）の渡しに近い蚕頭峰（チャムドゥボン）の辺りの村に住む、執杖使令の呉好世（オホセ）を訪ねた。呉好世は楊花鎮の水軍付の鎮卒だったが、働き者で目端のきく身のこなしが官長の目にとまって、捕盗庁に推された。呉好世は右捕盗庁で、刑問場の執杖使令の職を任されていた。邪学の罪人や窃盗、姦淫、親不孝や不敬、騒乱、婦女暴行のような雑犯を刑問するときは、呉好世が棍杖を握った。呉好世の棍杖の技術は優れており、訊問する従事官たちの気に入った。三、四発を打つのでも、一打一打が打たれる者の体に食い込み、深く浸みて、打つ数は少なくとも大きな効果を得ることができた。呉好世が鞭を握れば、従事官は五発とか十発程度に鞭打ちの数を減らして、酷吏と悪口を言われずとも自白を引き出すことができた。呉好世は目端がきくので、刑問場の気配や引っ立てられた者の罪、訊問する従事官がどういう質の鞭を望むのか判断がついた。気が弱くて財産没収を恐れる罪人に向かって従事官が、

――三十発殴れ。

と告げれば、鞭打ちの回数を多く言って脅しをかけるという意味だった。そんなとき、呉好

世は初めの三、四発は強く打ち、次に鞭と鞭の間隔を長くして、打たれる者が際限なく鞭打たれ続けるかのような恐怖を覚えるよう仕向けた。だから三十発まで打たずとも、従事官は自白を引き出すことができたのだ。呉好世はまだ打っていない鞭の恐ろしさを、鞭のごとく有効に使うことに長けており、打たれる者の体形や性格によっても、そこに深く浸み入る鞭を打つことができた。呉好世は棍杖だけでなく棒や鞭、鋸などの刑具を手慣れた様子で扱い、一度使えば多くのものを引き出した。鞭打ちを行う呉好世の動作は軽やかで、力を籠めているように見えなかった。呉好世は広い額が輝き、目は小さく眼光は澄んでおり、仕事をしないときにはやんごとない儒者の風格だった。捕盗庁の刑問場で呉好世が鞭を打つとき、朴チャドルは訊問の内容を記録しており、二人は知り合った。朴チャドルは呉好世の鞭さばきが恐ろしかった。呉好世の鞭には戸惑いがなく、いつも正確だった。刑問が開かれれば、従事官はいつも呉好世と朴チャドルを組ませて仕事をさせた。

朴チャドルは呉好世を楊花の渡しにある豚汁飯の店に呼びだした。朴チャドルは呉好世を訪ねたわけを切り出しかねて、焼酎をあおった。

——その洪城から連れてこられた女なんだが……。

どうやってその話に持っていったのか、朴チャドル自身も記憶がなかった。朴チャドルは、一昨日洪城から連れてこられた邪学罪人の朴汗女が、自分の実の妹だということをようやく話した。呉好世は目を見開いて朴チャドルを見つめた。目端のきく呉好世は、事態の大きさと深さをすぐに見計らっていた。朴汗女が妹だと打ち明けてしまったら、朴チャドルの続く言葉はずっと楽になった。朴チャドルは田畑の話でもするように、呉好世を訪ねたわけを話した。

――汗女がわしの妹だということを捕盗庁が知ったら、わしはどうなるか。

呉好世は答えずにただ頷いた。深い理解を示す動作だった。

――その女はどうせ死ぬことになる。背教しても、生きてはおられん。だから……。

呉好世は朴チャドルがなにを言いたいのか見透かしていながら、わざと聞いた。

――どういうことだ。

朴チャドルは言った。

――四日後に刑問が始まるだろう……。

――言ってみろ。

――口をふさいでくれ。一発で……。

呉好世が深くため息をついた。

――たやすいことではない。

――わかっている。だから頼むのだ。

初めての刑問で執杖使令の鞭で罪人が死んだりすれば、執杖使令が鞭打たれることになる。

刑問が長引けば、朴汗女の家族関係が明らかになるだろう。呉好世は朴チャドルが捕盗庁の間者として天主教徒たちを探っており、捕盗庁はそれを操りながらも、朴チャドルの背教が確かなものか疑っていることを知っていた。朴チャドルは慌てた語調で言った。

——どうせ死ぬ女だ。生きられない女なんだ。

——それはそうだ。

朴チャドルは金の入った包みを差し出した。

——五十両ある。受け取ってくれ。

——大金だな。商売がうまくいっているらしいな。

呉好世は盃をあおった。そして言った。

——こうしよう。

呉好世は刑問の初めの三、四発で朴汗女を失神させせてしゃべれなくさせ、まずは刑問を中断させようと言った。それから失神した朴汗女が再び監獄につながれたら、そのときに獄卒に頼むなりして、監獄で朴汗女を殺し、病死したということで処理する方法を呉好世は提示した。

——そうするしかないだろう。そうだ。どうせ死ぬ女なんだ。生きてはおられん女だ。

朴チャドルは酔っ払って戻って行った。真っ暗な礡石峠を越えながら朴チャドルは、どうせ死ぬ女……と繰り返しつぶやいていた。

朴汗女が監獄から引き出されて刑具につながれた。執杖使令の呉好世が中棒を持って刑具の横に立った。槍を持つ捕卒四人が刑問場の四隅に立って番をした。板の間に座った従事官が言った。

――おまえは虱のように卑しい女で、邪党らと蛇のように交わった。死ぬか生きるかはすぐに決まる。悪い心を捨てて、生きる道に戻れ。鞭打たれる前に、まずお前の心を洗え。そしてお前と共に交わった群れと、お前の家の家族たちを一人一人申せ。

――私たちの群れは、私が捕まると散り散りになってどこに行ったかもわかりません。

――おまえの家族たちはどうした。

――親はずっと昔に死に、兄は早くに家を出て、どこかの地方で役人をしたそうですが、今はどこにいるのかわかりません。

従事官は命令を下した。

――だめだ。まず殴れ。殴れば心を洗うだろう。五発殴れ。

下人が命令を伝えた。

――五発殴れとの命だ。

呉好世が中棍を握りなおした。腰を回して中棍で空中に大きな円を描いてから、振り回して叩いた。呉好世は棒を振り上げた。股に当たった棒は尻を裂いて、臀部の骨を砕き脊椎が曲がった。鞭は朴汗女の脊椎を伝って頭まで響いた。一発の棍杖で朴汗女の頭と四肢はぐったりした。裂けた臀部から皮膚が跳ね飛び、血が飛んだ。四発打ったとき、従事官は叫んだ。

——止めろ。殺してはならぬ。

朴汗女は悶絶した。従事官はその日の刑問を終えて、朴汗女を再び下獄させた。捕卒二名が朴汗女の手足を縛って、その間に棒を差し込んで、端を二人で担いで監獄に放り投げた。

夜中の十二時ごろ、執杖使令の呉好世が監獄に来て、獄士長と会ってなにか耳打ちをして去った。見た者も聞いた者もいなかった。朴汗女はそのときもまだ失神していた。呉好世が去ると、獄士長は朴汗女を独房に移した。獄士長は糞と蜜を混ぜて朴汗女の裂けた股ぐらに塗りたくり、中に押し込んだ。虫が寄ってきて朴汗女の体の中に入ってそれを喰らった。朴汗女の体からは高熱が出た。朴汗女の一生で、最も温かい温度だった。翌日の夜、朴汗女は死んだ。虫が死体の中に湧いた。四十一才だった。

獄士長は、朴汗女が刑問場から戻って監獄の中で糞をしたとき、糞の上にへたり込んでしまい、裂けた股ぐらと陰部に糞の毒が入って死んだと、捕盗庁の従事官に報告した。従事官は呉

好世を呼んで、

――これからは鞭をあまり深く打つな。

と言って、それ以上は追及しなかった。

獄士長が朴汗女の死体を引きずって、蚕頭峰の麓の漢江の白砂の上に捨てた。夜中、朴チャドルは鋤を持って白砂に出かけた。月が明るく、川の水が遠くまで白く光っていた。朴チャドルは、砂に顔を埋めてうつぶせになっている朴汗女の死体を見つけた。長い髪の毛が川風になびいた。朴チャドルは死体をひっくり返した。顔を見ると、

……お兄ちゃん、暗くなるよ。うちに帰ろう。

と言った、あのアチムカリの火田の妹だった。朴チャドルは妹の死体を背負子に乗せて、蚕頭峰の中腹に登った。遠く、白い川の見える場所だった。朴チャドルは鋤を振り上げて土を掘った。朴チャドルは妹朴汗女の死体を穴の下に降ろした。清めもなければ、棺もなかった。顔を上に向けて髪を整えてやった。細かい土からまず被せ、砂と石で仕上げをした。盛り土はしなかった。埋め終わると、朴チャドルその場に倒れ伏して、日が昇るまで泣いた。

黄嗣京

黄嗣永（ファンサヨン）は命連（ミョンリョン）の胎内にいつ赤ん坊が宿ったのかわからなかった。命連は、胎内の赤ん坊はときが来れば自然にそこから生じるもののように感じられた。互いの体を喜び合ったが、男女が体を合わせると子どもができるということが、黄嗣永も命連も信じられなかった。赤ん坊は遠くから、そしてずっと昔から、あらかじめ予定されていた生命が父母の体を借りて生まれるものだと黄嗣永が言ったとき、命連はすでにそれを知っていたかのように頷いた。そして生まれてこようとする赤ん坊が宿るのは女の体の中がふさわしく、生きていない体には生きている体が宿ることはできず、生きているものは生きようとするのと同じなのだと、黄嗣永は臨月の妻に言った。

命連のつわりはひどくはなかった。子が宿って三、四か月したころ、飯の炊ける匂いに胸がつかえて、生のトウモロコシをかじったことがあった。黄嗣永は生のトウモロコシをかじる妻を見て、新しい命を宿し、体で体を育てる妻の体から、天主の存在を感じた。命連のつわりは長くは続かず、再び飯の炊ける匂いが平気になった。命連は胎内の子が、母の体を居心地よく感じているのだと思った。

命連はお産のとき、実家に戻ることはかなわなかった。夏の水の流れが速くて、両水里のマジェまで川を遡る船を見つけることができず、母が世を去った実家はどうも気まずかった。黄嗣永の家はソウルの西大門の中だったが、周辺は民家と離れており、島のように静かだった。右捕盗庁は黄嗣永を捕らえようと咸鏡道、平安道、江原道にまで譏察を送り早馬を駆って地方官をなじったが、黄嗣永は捕盗庁に近いところで静かに暮らしていた。その家で、命連のお産の日が迫っていた。

天主教徒七、八人が日曜日や祝日に黄嗣永の家に集って、共に祈りを捧げ、経文を読んだ。東小門の外に住む革靴屋、寺に住む刻手（彫刻家）、鍾路の薬材商、中部学堂の先生、霞下門（ジャハムン）の外の川で染物をしている寡婦、九里（クリ）の方に住む鍛冶屋の妻らが、黄嗣永の家に集まる教徒たちだった。暗くなってから集まり、明るくなる前に散った。足音も立てず声も低くて、集まり散るのはまるで影のようだった。

堤川（チェチョン）の山奥にある舟論（ペロン）の甕作りの村に入った六本指が、二か月に一度ソウルに上京して、黄嗣永の家に寄った。六本指が来るときもあれば、金介東が来ることもあった。六本指は金介東の指示で、堤川からソウルまで歩きながら、教徒たちの家に寄って消息を伝えた。消息の中でも重要なことは、だれだれが捕まり、囚われて殉教した、最後の瞬間まで恐れる気配もなく、殴る方がむしろ恐れていたという話だった。連絡網をつなぎ、また断ち、途切れた線を再びつなぐことも、重要な仕事だった。なにも伝えることのないときも、金介東は六本指を教徒たちに遣わして、彼らが孤立しているわけではないことを伝えた。六本指が来れば、黄嗣永は再び六本指をあちこちに遣わして、教徒たちの外郭を探る捕盗庁の触手を探った。

朴チャドルは六本指の存在を知っており、六本指の周辺に線を伸ばして黄嗣永に近づこうとしたが、六本指は朴チャドルの存在を知らなかった。六本指は広く遠くまで動いた。朴チャドルは六本指の近くまで来たが、届きはしなかった。届かなかったので、朴チャドルは六本指との距離が狭まったことを知らなかった。近い距離で、朴チャドルは空回りをした。黄嗣永の家は教徒たちが集まり散っても、月影が流れるように静かだった。

六本指はソウルに来るとき、山奥の薬草を酒に漬けて黄嗣永に届けた。針桐を煎じた汁が産婦に良いという話をどこで聞いたのか、六本指は命連のお産が近づくと、干した針桐の皮を持ってきた。

命連がお産をするとき、黄嗣永の家に集まった教徒のうち、鍛冶屋の妻が分娩の介助をした。鍛冶屋の妻は自分の子を七人産み、他人の子を十五人も介助して産ませた。自分もお腹の大きい身で別の女の子どもを取り上げたこともあった。掌が広くて妊婦の腹を摩擦する力もあり、長い指を差し込んで、足から生まれようとする逆子を正しい姿勢に戻したりもした。鍛冶屋の妻は七人生んで五人が生き、十五人を取り上げて十人が生き残った。村では鍛冶屋の妻は三神婆さんの生まれ変わりだと言って、お産のたびに彼女を呼んだ。鍛冶屋の妻は、黄嗣永の家に行き来を始める前から天主教に入信していた。

命連の陣痛は長くはなかった。鍛冶屋の妻は広い掌を炭で温めて、命連の腹をさすった。さする手の力が妊婦の腹の中を整えて、赤ん坊の姿勢が正しく収まった。鍛冶屋の妻は親指で妊婦の下腹を押しながら、力む手助けした。赤ん坊は月も日もない遠い国からこの世に戻ってくるかのように、くねくねとした道をたどって、血と肉の間をかき分け、ゆっくりと近づいてきた。母の下腹が世の中に出る門だということを、赤ん坊は知っているかのようだった。暗闇の中で目をつぶり、赤ん坊は体中の力で母の体をかき分けた。

黄嗣永は向かいの部屋のロウソクの下に跪いて座り、赤ん坊を待っていた。陣痛でうめく命連の声が聞こえた。黄嗣永の耳に、そのうめき声は自分の体で母の肉をかき分けて道を開ける赤ん坊の力への、掛け声のように聞こえた。赤ん坊は創世記の暁から今ここまでの時間と空間をかき分けて近づいてきた。赤ん坊はもうすぐそこまで来たようだった。

母の体外に出た赤ん坊は寝転んで手足をばたつかせ、半年もすると寝返りを打ち、寝返って腹に力を入れ、はいはいをし、そして座り、座ると今度は立ち上がり、立ち上がれば転び、転んではまた立ち上がり、一歩ずつ歩くはずだった。黄嗣永は讖言書の歌を思い出した。

立っち立っち立っち、立ち上がったな
手を出してごらん　手をつかまえよう
一人一人一人、一人で立ちたいんだな
手を放して、転んでもまた一人で

立っち立っち立っち、土を踏むでないよ
一人一人一人、正しい道を歩いておいでよ
立っち立っち立っち、一人で立って
一人一人一人、人に向かって歩くね

鍛治屋の妻についてきた奉公人が、台所から熱い湯を汲んで奥の間に押しやった。黄嗣永は奥の間の方に耳をすましていた。命連のうめき声と布団のがさごそという音が聞こえた。

——もう一度、もう一度力をこめて。

年季のはいった命は流れてゆき、新しい命が流れてきて、この世の運命を変える幻影が黄嗣永の目の前に広がった。末世が兵乱で乱れたとき、避難場所はただ心の中にあるものなのだが、新しく広がる心の国に牛の鳴き声が聞こえてきた。牛の声は空から降りてきて、人々の心の中に流れて行き、村から溢れて野原に広がっていった。

赤ん坊の頭が母の広がった部分をいっぱいに満たして、押し出された。鍛冶屋の妻が指を入れて、赤ん坊の頭を引き出した。小さな肩と手足が続いて出て来た。赤ん坊が初めての息をして、泣き出した。赤ん坊は男の子だった。

咸鏡道長津（チャンジン）で黄嗣京（ファンサギョン）という名の男が官衙に捕らえられた。黄嗣京は浪人で、人々はその男の素性を知らなかった。ぼさぼさの頭に竹の杖をつき、冬でも木綿の着物にくたびれた草鞋を引きずっていた。身なりはみすぼらしかったが、眼が光っていた。星を見上げてぶつぶつ言ったが、聞き取ることはできなかった。

長津は北側だけに視野の開けた深い山奥で、開けた北側も川で遮られており、外部と通じることは難しかった。田んぼはなく、山の斜面の畑に植えたカラスムギとキビが穀物のすべてだった。人々は山の収穫に頼って暮らしていた。

辺鄙な村に外の人間が一人でも入ってくれば、すぐに村中に噂は広まり、子どもたちが見物しようと後をついて回った。村には黄嗣京の縁故の者はおらず、黄という姓を名乗る者もいなかった。黄嗣京は経文を唱えたり、川縁の岩に座って合掌をしてなにごとかつぶやいた。子どもたちは石を投げたが、黄嗣京は微動だにしなかった。

山の斜面の畑で犂を引っ張っていた牛が、夕方になると小屋の方を向いて長く鳴いた。牛が鳴くと、黄嗣京は畑の畔に現れた。黄嗣京は牛のように手足を地面に着けて、牛の鳴き声を真似して牛に答えた。牛が長く鳴けば黄嗣京も長く鳴き、牛が唸るように鳴けば黄嗣京も唸り声を出した。農夫が石を投げ水をぶっかけると、黄嗣京はしばらく逃げてはまたやってきて、牛の鳴きまねをした。黄嗣京は牛に向かって牛の鳴きまねをし、村に向かって牛の鳴きまねをし、川に向かって鳴いた。黄嗣京の声は牛の鳴き声にそっくりだった。黄嗣京が先に牛に向かって鳴くと、犂を引っ張っていた牛が歩みを止めて、黄嗣京の方を向いて長く鳴いた。農夫が石を投げて黄嗣京を追い払った。黄嗣京は鈴を振りながら

弓弓乙乙（クンクンウルウル）、弓弓乙乙

と繰り返した。人々は黄嗣京が讖書（しんしょ）を読んでいて気がふれたとか、一人でなにかに憑かれて故郷を捨ててさすらっている者だと考えた。黄嗣京の牛の鳴きまねは、死んだ牛を生き返らせてこの世を牛の鳴き声で満たし、遠い島の真人を呼びよせて、牛の鳴き声の聞こえる世の王と

して招こうとしているのだ、などと噂する者もいた。

長津府使が黄嗣京を捕らえた。長津府使は黄嗣京が邪学の巨悪として手配令の出た黄嗣永ではないかと疑った。噂では、黄嗣永は少年で科挙試験に及第した名門家のソンビで、風貌は色白で高貴な風采であり、顔には聡明さが満ちているとのことで、黄嗣京のなりは黄嗣永とはまったく違っていたのだが、黄嗣永をその目で見た者はいなかった。さすらいながら物乞いし、他郷暮らしを長年続ければ顔つきも変わるであろうということだった。黄嗣京が黄嗣永であるならば、この薄暗い山奥の長津の村に大事が起こるはずだった。黄嗣京の背嚢から、黄嗣京という三文字を書いた号牌が出て来た。居所は江原道杆城（カンソン）と書かれていた。

府使が黄嗣京を刑具につないで聞いた。

――おまえの名はなんだ。

――本名は黄スドルと言い、黄嗣京は仮名です。

――おまえの号牌の黄嗣京が本名ではないのか。

――号牌は江原道の杆城を出てさまよっているときに拾ったものです。号牌に書かれた名前のふりをしました。

――なぜ仮名を使ったか。

――行くあてもなく、身を隠そうとしました。

――おまえは邪学罪人の黄嗣永を知っておるか。

――その名は群れの中でも、有名だということを知っています。

――知っているだと。おまえは黄嗣永の一族か、縁故か。

――私は黄嗣永の家系については知りません。

――おまえが川辺の岩に跪いて両手を合わせて合掌し、なにかをつぶやいているのを見た者がおる。おまえは天主教徒だ。手遅れになる前に自白せよ。

黄嗣京は刑具につながれたまま顔をあげた。黄嗣京は叫んだ。

――弓弓乙乙、弓弓乙乙。

府使が掌で板の間を叩いた。

――それはいったいなんだ。わかる者はおるか。

居並んだ使令たちはだれも答えられなかった。

――殴れ。殴って正気にせよ。

使令は刑具の両脇から鞭打った。黄嗣京は鞭打たれるたびに牛の鳴き声を出した。夕方の山野に響きわたる穏やかな声だった。

――おまえは黄嗣永に違いなかろう。言え。

黄嗣京は三十発で卒倒した。最後の鞭にも、黄嗣京は牛の鳴き声を出した。府使は気絶した黄嗣京を監獄に入れ、翌朝から両足を縛り上げて、その間に木をはさんでねじる拷問が行われた。脛がねじられるたびに、黄嗣京は牛の声で叫んだ。府使は黄嗣京の脛を四十回ねじった。脛の骨が膝から抜けて、それ以上はもうねじれなかった。府使は黄嗣京を吊るした。黄嗣京の足はぶらぶらしていた。

――おまえは黄嗣永であろう。そうだな。

黄嗣京は吊るされたままで頷いた。府使がまた聞いた。

――黄嗣永はおまえだ。そうだな。

黄嗣京はまた頷いた。

――ならばおまえの号牌はお前が作った偽物だ。そうだな。

黄嗣京はまた頷いた。黄嗣京は牛の鳴き声を出して、吊るされたまま息絶えた。

長津の府使が邪学の極悪人黄嗣永を管内で捕らえ、刑問の途中に物故したと、咸鏡道の観察司に報告した。観察司は驚き、また信じられず、長津の府使の報告によれば……という文句を幾度も繰り返しながら、府使の報告内容を朝廷に送った。早馬は夜を徹して走った。

咸興（ハムン）を発った早馬が鉄嶺（チョルリョン）を越えて、漣川（ヨンチョン）の野を駆けているころ、江原道杆城の縣令が急ぎ早馬を出して、朝廷に文書を送った。杆城の縣令は、咸鏡道で行われた黄嗣京の訊問内容を伝令の便で聞いており、ある程度知っていた。

今、長津で刑問中に物故した者は、朝廷が追っている黄嗣永ではなく、杆城の海辺の巫堂の孫であり、神がかりがならず巫業を継げずにさすらっていた者であり、本名は申吉水（シンギルス）で、持っていた号牌に書かれた黄嗣京という者は実際に杆城に住んでおり、黄嗣京はなくした号牌を申吉水が拾って持ち歩き、仮名として使っていたものだと、杆城の縣令は文書に書いた。申吉水は血筋が巫気に染まっており、半ば狂ったように、邪学の巨凶黄嗣永のふりをしながらさすらっていたと思われると、杆城の縣令は文書で伝えた。

咸興の早馬は、朝に到着した。備辺司は早馬が伝えた文書を大妃殿に奉り、大妃が三丞相の六判書を呼び集めた。黄嗣永が死んだという知らせに、臣僚たちは驚きながらも信じ難かった。

――卿らはどう判断するか。領相から申せ。

――投獄されている邪学罪人のうち、黄嗣永の顔を知っている者を探して咸興に遣わし、その死体の顔を確認すべきと思います。

左議政は言った。

――投獄された罪人はすでに刑問を幾度も受け、四肢がねじれ魂も抜けてしまい、咸興まで行くこともできず、車に乗せて連れて行ったとしても、すでに魂も半ば抜けている者たちの記憶を信じることはできないでしょう。

右議政が言った。

――それだけでなく、邪学罪人らはみな一つに固まって絡まりあっており、死んだ者が黄嗣永ではなくとも黄嗣永だと嘘の陳述を行い、黄嗣永を守ろうとするでしょう。

大妃が深いため息をついた。

――なるほど、そうもあろう。偽の黄嗣永を殺して本物の黄嗣永を生かそうとするだろう。

兵曹判書が言った。

――物故した者が本物の黄嗣永であるなら、長津の府使は重罪人を粗末に扱い、国法を施行する前に殺してしまった罪を免れることはできません。まず長津の府使を押送して、訊問するのがよろしいかと思います。

――大妃が言った。

――ならば、死んだ者が本当の黄嗣永だということか。

兵曹判書が再び言った。

――死んだ者が黄嗣永でなければ、長津の府使はだれかもわからぬ百姓を殺して、朝廷を偽った罪を免れることはできません。すぐに押送してくださいませ。

大妃が言った。

――ならば死んだ者は黄嗣永ではないと言うのか。

臣僚たちは答えられなかった。

大妃が言った。

——黄嗣永はすでに幽霊になったか。ならば捕まえることができようか。困った、困ったことじゃ。

杆城の早馬は夕刻に到着した。杆城から来た文書は、長津で死んだのは黄嗣永ではないという事実をはっきりと証明していた。大妃は激怒した。大妃は体を震わせ目をかっと見開いた。尚宮たちは倒れかかる大妃を支えた。大妃が金切声を上げた。

——黄嗣永を捕まえて来いと言ったのに、黄嗣永を作って来たのか。偽物を殺して本物だと申せば、死んだ偽者が生きた本物をかばってくれよう。脛を四十回ねじれば黄嗣永になるというのか。

大妃が掌で板の間を叩いた。尚宮が水の入った椀を捧げた。

——長津の府使を引っ張って来い。いや、禁府都使を送って長津で殺せ。

大妃が水の椀を引き寄せてごくごくと飲んだ。

——咸鏡道の観察使は確認もせずに、府使の戯言を朝廷に伝えた者だ。観察使ではなく逆卒監だ。罷免して遠い島に流せ。

咸鏡道長津で、偽の黄嗣永の足を四十回ねじり上げて殺したという噂は、あっと言う間に全国に広まった。

黄嗣永は息子の名を景漢(キョンハン)と付けた。景漢は抱けば温かく、柔らかかった。口から乳の饐(す)えた匂いがした。景漢の母命連の体臭と景漢の体臭は同じだった。命連の匂いは深く、景漢の匂いはもっと甘かったが、ほとんど同じ匂いだった。黄嗣永は景漢を、天主から人間の親に任された子どもだと信じた。景漢の一歳の誕生日(トルチャンチ)が過ぎた。譏察の警備がものものしいので、黄嗣永は教徒たちを呼ぶことはできなかった。誕生日に、黄嗣永夫婦は子を沐浴させて、きれいに洗った服を着せた。子は沐浴に疲れて眠ってしまった。夫婦は寝ている子を前にして跪き、祈りを捧げた。

その翌日、ソウルに来ていた六本指が黄嗣永の家に寄った。六本指は蜂蜜を一升持って来た。六本指は咸鏡道長津で偽の黄嗣永が足を四十回ねじられて死に、大妃が禁府都司を送って杆城の府使を殺したという消息を伝えた。黄嗣永は棒で四十回ねじられてばらばらになった偽の黄嗣永の体を思った。その者はねじられながら牛の鳴き声を上げたと言うが、その鳴き声が黄嗣永の耳に聞こえてきた。偽の黄嗣永は死んで牛となり、人間のところに戻って、畑を耕しながら鳴くのだろう……。

黄嗣永は言った。

——私が死んだのと同じことだな。

六本指はうなだれた。

——どうしてそんなお言葉を……。そろそろお隠れになった方がよさそうです。

——そうだな。まだ捕まるときではない。

黄嗣永はソウルを離れるときが来たことを知った。

大妃の慈教は八道の官衙に伝わった。鈴を三つつけた旗が四方向に分かれて夜を徹して走り、駅站の早馬はさらに深い山間の村に向かって走った。官長たちは郷庁の庭に官員と吏属輩*を集めて慈教を読み、儒者たちは筆写して回し読んだ。

黄嗣永は六本指が持ってきた筆写本の慈教を読んだ。その切実で焦った言葉が、黄嗣永には絶壁のように迫ってきた。大妃には大妃の信じる真実があった。この世で言葉を交わし世の中と交わることは、もうこれ以上できそうになかった。倒れるべきものが倒れないことは、この世の最も大きな恐ろしさだった。腐ったものの方が、むしろ強力で頑強だった。黄嗣永はその頑強さが恐ろしかった。大妃の慈教の焦った語調は、その崖っぷちにあって頑強だった。景漢がはいはいを卒業して立っちを学んでいた冬、黄嗣永はソウルを離れた。譏察がものものしくて、教徒たちを家に呼ぶことはできなかった。倒れるべき世を押して倒すことは、集まって祈ることだけではかないそうになかった。大妃が焦っているのと同じように、黄嗣永も焦っていた。

黄嗣永は明方、葬礼服に着替えて出発した。教徒たちの中で染物をしている教徒の老婆が、夜通しかけて葬礼服を縫ってきた。黄嗣永は縄で腰を縛り、手巾で目の前を隠した。黄嗣永は命連に、南の方に行くとだけ言った。黄嗣永は行き先を告げなかった。

――知れば、耐えられないことが起こるかもしれない。ときどき人を送って、消息を伝えよう。

明方、命連は眠っている子を背中に負ぶって戸口で見送った。命連は行ってらっしゃいと、一言だけ言った。黄嗣永は暁の霧を吸い込んだ。霧は冷たく生臭かった。黄嗣永は霧を体深くに感じた。

――霧が、いいな。

黄嗣永は命連の手を握った。命連は夫の清らかさの中に、すべての力が籠っていることを信じた。

黄嗣永は金介東を先に立たせて、忠清道堤川(チェチョン)の山奥にある舟論に向かった。集落からくねくねとした山道を三十里も入った村だった。川の流れが近く、土は粘っこく、青い花の咲く木があって薪には困らなかった。山は深くて売り買いするものもなかったので、俗人やよそ者もやって来なかった。その村に金介東の、甕を焼く窯があった。金介東は窯の裏側に洞窟を掘って、黄嗣永をかくまうつもりだった。

ソウルを発つ前の晩、黄嗣永は六本指を定州(チョンジュ)の馬路利のところに送った。六本指は甕と山菜、茸の包みを馬の背に乗せて、ソウルに来て泊まっていた。

六本指の仕事は、定州の駅参の馬夫馬路利のところに行って、黄嗣永の隠れ家を知らせ、馬路利が秋の使行について北京から戻ったらすぐに、堤川に来いという話を伝えることだった。

――馬路利は遠くに行ける人だ。私が馬路利に折り入って頼みたいことがある。

六本指は、黄嗣永が馬路利を呼ぶわけを聞かなかった。六本指は漢江の北側に渡ったことはなかった。

――定州は遠い。路銭を持ってゆけ。

黄嗣永は六本指に旅の糧食を二斗渡した。六本指は初めて遠くまで行くことに心浮かれていた。

金介東は堤川の近くの酒幕で昼を過ごし、夜中に発って、一番鶏が鳴く前に舟論の甕焼き村に到着する日程を組んでいた。甕の村は五軒が一つの部落を成していたが、金介東は黄嗣永が洞窟に入るのを、村のだれにも知られないようにするつもりだった。黄嗣永は南の方に向かい、六本指は馬路利に会うために北に向かった。

禁府都使が大妃の命を受けて、咸鏡道長津に向かった。従八品の官員一人が禁府都使に随行した。禁府都使は長津府使を縛って刑問する過程で、大棍で五十発殴った。禁府都使は、郷吏は連れて行かなかった。長津の官衙の使令らが、禁府都使の命で長津府使を縛り上げて棍棒で打った。刑問が終われば死薬を下すつもりだったが、長津府使は四十五発で杖殺され、息絶えてからもさらに五発を打った。

禁府都使は長津府使の死体を家族に引き渡した。四十過ぎの息子が父の死骸を背負子に背負って行った。死者の老いた妻と孫たちが、泣きながら付いて行った。

死んだ長津府使は観察司の指示を待つために、偽の黄嗣永の死体を処理することができなかった。長津府使は四十回、足を棒でねじられて両の脛の骨が飛びだした死体を塩漬けにして、蔵に保管しておいた。禁府都使が長津の使令たちに命じて、偽の黄嗣永の死体を深い山奥に埋めた。使令たちは、抜け落ちた二本の足を別に持って行った。清めもなく棺もない平土葬だった。

咸鏡道の観察司は罷免されて、島流しにされながら泣いた。観察司の流刑地は慶尚道の南端の巨済島（コジェド）だった。咸興（ハムン）から鉄嶺（チョルリョン）を越え、祝石嶺（チュクソクリョン）を越え、漢江を渡って忠州（チュンジュ）を過ぎ、鳥嶺（チョリョン）を越えて聞慶（ムンギョン）を過ぎ、密陽（ミリャン）まで来たとき、年老いた観察司は旅の疲れで死んだ。護送してきた使令たちは、観察司がさっさと死なずに密陽まで来て死んだ愚かさをののしった。使令たちは観察司の死体を道端に埋めて、手ぶらで帰って行った。
大妃は不眠に悩まされた。食欲もなく、おかずには干し大根の漬物と焼いたイシモチの二つだけを上げるようにと言い、午前中は臣僚たちの拝謁を受けなかった。大妃は新しく慈教を書き始めた。承旨たちは泣きながら、大妃のおかずの数を増やしてほしいと進言し、尚宮と殿医たちは夜遅くまで大妃殿を離れられなかった。

冬の使行は陰暦十二月中旬に北京に到着した。雪が積もり溶けて、道は凍りつきぬかるんでいた。義州(ウィジュ)から北京まで五十日かかった。使行の隊列は長い紐のように伸びて、雪に覆われた大陸を渡って行った。吹雪が吹きつければ、隊列の前と後ろが見えなくなった。隊列の前と後ろで呼子を吹いて答えた。呼子の音は地平線を越えて行き、渡り鳥の隊列が使行の隊列の頭上を飛んで行った。雪の止んだ空は曇っており、鳥の群れは見えなかった。乗る者と歩く者の区分は厳格で、馬夫と荷負は凍傷にかかり足の指がもげても、空いた馬の背に乗ることはできなかった。書状官は、足を挫いて動けない馬は道に捨てろと命じた。捨てられた馬はバタつきながら起き上がり、隊列に付いて来て雪の上に倒れ、鷹が群がった。馬路利は従事官の馬夫として手綱を引いた。従事官は、使行の隊列全体の馬を管理する仕事を馬路利に任せた。宿営地で馬路利は馬の口を開け、蹄の匂いを嗅ぎ、瞼をひっくり返して見た。馬路利は真鍮の箸の鍼で馬の股や首を刺し、野生動物の渇いた糞で粥を炊いて、病気の馬に食わせた。朝になると馬はたいていが元気を取り戻したが、ときには死んだ。

北京の中では清の馬夫が馬を引いて来て、朝鮮の使臣と官員たちの面倒を見た。朝鮮の馬夫たちは久しぶりにのんびりとした時間を過ごした。従事官が宴会に呼ばれて行った日の夜、馬路利は天主堂を訪ねた。一昨年の使行のときにも馬路利は天主堂を見物したが、中に入ることはできなかった。天主堂の中に入って髭が雲のような西洋人の主教に会えというのが、黄嗣永の言いつけだった。馬路利は頭を洗ってノミを取り、新しい服に着替えた。

天主堂は朝鮮館の向かい側の道、瑠璃廠の商店街に入る入り口にあった。

高くてとんがった屋根が空に舞い上がるようにそびえ、外壁を埋めた彫刻には天使がラッパを吹いて地上に降りて来ていた。入り口の門は開いており、馬路利は引き寄せられるように庭の中に入った。その日、馬路利は、自分がどうやってクベア主教の前に案内されたのか、信じられない思いだった。門番らしい老人が近づいて馬路利に中国語で言葉を掛け、建物の中に入って、朝鮮語の通訳のできる中国人の青年を連れて出て来た。青年が近寄って馬路利の名と年を聞いた。馬路利が朝鮮使行の手綱を引いてきた朝鮮の馬夫だと自分を紹介すると、中国の青年の目が光った。

髭が雲のような西洋人の大人にお目にかかりたいと、馬路利は願い出た。中国人の青年が馬路利を建物の中に連れて入った。天井が高く足音が大きく響いた。模様の入ったガラス窓が様々な色で光った。真ん中にある十字架では、耶蘇の目鼻立ちがくっきりしており、生きている人のようだった。釘を打たれて吊るされていても顔は穏やかだった。耶蘇は千八百年の間、十字架から降りずに吊るされていた。

クベア主教は十字架像の左側にある板部屋で、馬路利と会った。馬路利は主教の前に跪き、通訳の青年がその横に座った。主教は上下が一緒になった白い長い服を着ており、すべてが白かった。馬路利は初めて入った天主堂と主教とが、見覚えのあるような気がして驚いた。黄嗣永に天主の教理を初めて聞いたとき、元々自分の体内にあったもののような気がしたことを思い出した。

北京に行ったら主教に必ず会って来いというのが黄嗣永の言いつけだと、馬路利は言った。クベア主教は、朝鮮の黄嗣永は会ったことはないが名前は知っており、朝鮮で起こっている迫害のあらましを密使から聞いていた。

クベア主教は馬路利の全身をゆっくりと眺めた。大陸を歩いてきた朝鮮の馬夫は、手足の骨格が馬の骨格のようだった。馬夫は息をするたびに鼻が動き、大きな目をぱちぱちさせた。髪は肩まで下がっており、馬路利は馬のようだった。クベア主教は、馬路利が馬夫であることを喜んだ。クベア主教の言葉を通訳が伝えた。

――朝鮮からここまで、何日かかったか。

――五十日かかりました。

――なぜ車を使わないか。

――道が悪くて車輪がうまく使えず、歩いてきました。

――立派だ。遠い道を来て戻ることは美しい。

馬を引いて渡ったすべての野の道や山脈を越える峠の道、雪の積もった道と風の吹いた道が、馬路利の目の前に浮かんだ。馬路利はその道の上を行きかうことの不思議さを、一人で思い起こしていた。行き来することが美しいとは、主教はどうして馬夫のことがわかるのか、馬路利は不思議だった。

――黄嗣永が伝えた書簡はないか。

――黄嗣永様はソウルにいらして、私は定州の駅站におりますもので、お目にかかることなく出発しました。

――迫害がますますひどくなったと聞いた。黄嗣永はどうしているか。

――ソウルが危ないので、忠清道堤川という田舎に行くと聞きました。

クベア主教は馬路利に、周文謨神父のことや朝鮮での迫害の実態について聞かなかった。聞いても馬路利は知らないはずだった。

——お前の名はなんと言うか。

——馬路利です。

——漢字を書くことができるか。

馬路利は「馬路利」と、自分の名を漢字で書いて差し出した。馬路利が知っている漢字はその三文字だけだった。クベア主教が名前の字を見ながら笑った。

——美しい。良き馬夫の名前だ。

馬路利がうなだれた。

——おまえは馬夫だ。遠くに行く人の貴さを知れ。私が、新しい馬夫の名を付けてあげよう。

その日、クベア主教は馬路利に洗礼を行った。馬路利は首を長く伸ばして頭を主教の前に差し出した。馬路利は頭を洗ってきてよかったと思った。もしかしたら虱がついてはいないかと、馬路利は気になった。主教が馬路利の額を水で洗って、馬路利に手を当てた。馬路利は後頭部がむずがゆかった。主教はうなだれた馬路利の後頭部から、馬の匂いを嗅いだ。遠い道を行き、また来る者の匂いだった。その匂いの中で、来ることと行くことは同じだった。主教は言った。

——これからお前の名はヨハンだ。ヨハンはイナゴを食べ、荒野を渡って、新しい世に行く者だ。だからヨハンはすなわち、馬路利だ。わかるか。ヨハン馬路利よ。

馬路利は主教が馬夫の仕事を長く続けるように、洗礼を授けてくれるのだと思った。馬路利はクベア主教が、この世のすべての馬夫の祖父のような気がした。

――いつ朝鮮に帰るのか。

――よくわかりませんが、おそらく半月ほど後ではないかと思います。旦那様。

――帰る道中、寒いだろう。黄ソンビに私の祝福を伝えてくれ。遠くて私が行けずとも、行ったのと同じだ。戻ったらそう伝えてくれ。私の代わりに、ヨハンが遠い道を行くからだ。わかったか。

同じだと言う言葉が馬路利にはよくわからなかったが、主教だけが言うことのできる言葉だと思った。

クベア主教は馬路利に、清国の銀貨四十両を与えた。通訳の若者が、袋に入った銀貨を広げて馬路利に見せてからまたしまった。

――帰りに温かいものを食べなさい。

馬路利は銀貨を間近に見るのは初めてだった。馬路利はその金が信じられず、なんだか遠いもののように感じた。

……この金で空名帖を買って駅站付の馬夫の身分を免れて、それでも残れば、どこかいい場所に酒幕を構えることもできるだろうな。だが主教はずっと、馬夫の仕事を続けろとおっしゃるのか……。

通訳の若者が、銀貨の袋を馬路利の背嚢に入れてくれた。クベア主教は立ち上がろうとする馬路利をまた座らせた。クベア主教は昇天する聖母の絵を一枚、馬路利に渡した。聖母は縫い目も襟も袖もない布を体にまとって、雲に覆われた空に上っていこうとしていた。瞳を上の方に向けて高いところを見つめており、白い足の甲の骨が行儀よくそろって見えた。クベア主教はその絵の下の方に北京主教の印を押した。

——黄嗣永に渡して、あまねく敬うよう伝えよ。

帰りの使行は正月の初八日に北京を離れた。使行の隊列は再び長い線となって、雪に覆われた大陸を歩いて行った。隊列の前と後ろで互いに吹く呼子の音が地平線を渡っていった。馬路利は荷馬五頭を一本の縄でつないで引きながら、真ん中あたりを歩いた。

【吏属輩】科挙と蔭敘（功臣や現職高官の子弟で、科挙試験を経ずに官吏となること）など公式の方法で選抜されたのではない、中下位官職の官吏。

航路

帆船の船頭文風世の雄鶏の寿命は長くはなかった。文風世は近海を行き交う小船に雄鶏の鶵を集めて乗せて、ヒヨコのころから訓練した。とさかが生えて鳴き声が雄鶏らしくなってくると黒山行きの帆船に乗せるのだが、雄鶏は三、四回航海すると羽の色に艶がなくなり、鳴き声にも力が入らなくなった。くたびれた帆船が務安の港に着くころ、文風世はためらうことなく雄鶏を絞めて波に捧げ、次の航海には首の毛が虹色に光る若い雄鶏を乗せた。光と暗闇が混じり合えば、海の時間はぼやけていた。雄鶏が首を伸ばして朝と昼のときを告げ、漕ぎ手たちに陸地とつながる線が生きていることを知らせてくれた。帆船が黒山の鎮里港に近づくと、遠い土の匂いを嗅いだ雄鶏は舳先に上り、村に向かってときを告げた。雄鶏は喉をコケッコケッと幾度もねじり上げてから高らかに鳴き、その声は帆船よりも先に村に届いた。

黒山鎮の別将呉七九は文風世の船が着くたびに接岸料を徴収し、文風世は接岸料が呉七九の当然の稼ぎであるかのように礼を尽くした。

——島が平穏なのはすべて別将の人徳です。本鎮でもみな、そう言っています。

金を渡すたびに文風世は呉七九をおだてた。呉七九は金を受け取りながらも、文風世が怖かった。文風世は船乗りの身分だが、務安の本鎮や羅州牧につながりがあり、海を渡ることができた。文風世だけが、黒山と陸地の間の消息を伝えることができた。風の便りが曖昧であれば、伝える者の威勢は大きくなった。文風世は呉七九が港に着いた船から金をむしり取ってはいても、海を渡り見聞きしたことを伝える者を恐れていることを知っていた。黒山の港に文風世の船が近づくとき、喉を張り上げて鳴く雄鶏の声に、呉七九はそんな怖れを感じた。海産物を集めて黒山を発つとき文風世は、いつも船着き場に見送りに来る呉七九にいくばくかの金を渡しながら

——本鎮に戻って別将の人徳を伝えましょう。

と言いながら呉七九を怖がらせ、呉七九は金を受け取りながらも後ろめたい思いなのだが、それを表に出すこともできずにいた。呉七九は陸地に戻る文風世の船に、本鎮に運ぶ供物を積んだ。本鎮がいくつかの島と沿岸の村から集めた供物を、ソウルや羅州の権力者に進上するのだった。供物は運送費をもらえないのだが、文風世が帰りの船に供物を積むのは悪いことではなかった。船に乗せる供物は、呉七九の身勝手をある程度防いでいることを、文風世は知っていた。

——陸地に持っていく供物がだんだん増えてきて、別将には良いことがありそうですね。

文風世がそう言ったとき、呉七九は文風世の心の内を推し量ることができなかった。

文風世は朝廷の文書を伝えることはなかったが、羅州に鈴を三つ付けた馬が駆けて来て、大妃の慈教を伝えたという話を黒山に伝えた。文風世は大妃が慈教でなんと言っているのかは知らなかったが、ただ早馬の首に結んだ三つの鈴が大きな音を立てて、がらんがらんと響いたということだけを伝えた。黒山の人々は馬の首に鈴三つをつけた大妃の渇望を知り、その息詰まるような語調を押し測った。丁若銓もその馬の首の三つの鈴で、大妃の慈教の内容が想像ついた。馬の鈴三つ、遠くて見えない宮廷の深き処(ところ)の喉元で煮えたぎる憂国の声と、年老いた臣僚らの体臭が、丁若銓の記憶の中に浮かび上がった。文風世が早馬の鈴の音を黒山に伝えたとき、呉七九は文風世が怖かった。文風世が黒山を去るとき、鎮里の港に出て来た呉七九が、

——風が心配だな。

などと言って船旅を案じる礼を示すと、文風世は
——波が迫ってきたら舳先を前に向けて、深く垂れて身を潜めます。そうすれば船がひっくり返らない。

と答えた。呉七九はその意味がわかるようなわからないような思いだった。

獄島はごつごつとしてイソギンチャクのような岩の島だった。鳥の一群れが夕方になると獄島に飛んできて夜を過ごした。鳥のような種族にも、群れを作って飛び、共に戻って眠りにつく群れもいた。卵から孵る種族が血縁が近いか遠いかで群れを決めるわけでもなかろうが、鳥はなにを見て互いに群れたり排斥したりするのか、丁若銓はわからなかったし、昌大も知らなかった。鳥の群れは獄島を掛けて何日も争い、勝った群れは次の戦いまで獄島の主となった。鳥の糞のせいで獄島の岩のてっぺんには木が根を下ろさなかった。白い鳥の糞に覆われた岩が夕日に輝いた。

獄島に流された罪人たちの中には、行方の知れなくなる者がよくいた。呉七九は漁場税や船税をごまかした者を捕えて、その家族や隣人が税金と罰金を納めるまで獄島につないだ。黒山の男たちは交替で海辺の岩や山の上に登って遠い海を見ながら、見慣れぬ船が近づくと水軍鎮に走って報告しなければならず、水軍鎮の中では隊列を組んで鎮館や船倉を巡察しなければならなかった。瞭望軍*や隊伍軍の当番を守らない者も捕まえて、獄島につないだ。黒山水軍鎮の軍船は板屋船一隻に挟船二隻だった。板屋船は古びて船尾が落っこちており、船倉の床には砂が積もって船が地面に座っていた。

呉七九は、板屋船を修理するには陸地から船大工を呼ばないといけないという理由で、ワカメやアワビを徴収したが、板屋船は三年もそのままで日に焼けていた。春と秋に挟船二隻に木材をはめ直す辛役が村にあてがわれ、その日にちを守らなかった者を捕らえて獄島につないだ。罪人たちは風の吹く反対側の岩に体をすくめ、洞窟の中で夜を明かした。水軍鎮は獄島に食糧を運ばなかった。島に囚われた者は海藻を採って食べたり、釣りをして魚を獲って食べた。

水軍鎮の挟船が、税金を払った者を連れ戻すために獄島に行ってみると、岩の間に釣竿があるだけで、人の姿が見えないこともよくあった。水卒たちが洞窟の中を探した。罪人たちの糞が岩に残っていた。糞は細くて真っ黒だった。海藻の繊維が糞の中に残っていた。水卒たちが糞の臭いを嗅いだ。排泄されて間もない糞もあった。しかし人は見えなかった。二人、三人が同時に囚われているときもあったが、いなくなるときは一度にいなくなった。水軍鎮は罪人が島にはいなかったという事実だけを遺族たちに告げた。島の人々は獄島の罪人が波や風にさらわれたか、怖れで気がふれて水に飛び込んで自殺したのだろうと考えた。呉七九は失踪した者の遺族や隣人が払った税金の半分を返してやって、弔問の意を表した。呉七九は失踪した者のことを本鎮に報告しなかった。だいぶたってから、獄島で失踪した者のうち何人かが、咸鏡道の海辺の村や忠清道の内陸の山奥の村で生きているという噂が島に伝わったが、島の人々は信じなかった。

務安に戻る文風世の帆船は、鎮里港を出れば遠い海にまっすぐ向かうときもあったが、ときには獄島の後ろに回った。黒山本島で帆船を眺めていた人々は、風の方向と波の流れによって船が進路を変えたことを知った。帆船が獄島の後ろに回って島にぴたりと近づくと、屏風岩が視野を遮断した。黒山本島からは獄島の後ろに回った帆船が見えなかった。

帆船が獄島に近づくと、罪人たちは船に向かって声を張り上げた。脱力した罪人たちの声は、体の外まで出ずに喉の中でうめいた。波が激しくて漕ぎ手は獄島に船をつけることはできなかった。漕ぎ手は縄でしばった瓢（ひさご）を投げた。罪人たちが水に飛び込んで瓢を摑み、漕ぎ手は縄を引っ張った。

島に囚われた人々はどこに行くあてもないまま、陸地に向かう文風世の帆船に乗り込んだ。帆船が獄島に留まる時間は長くはなかった。帆船は再び青い海に出た。畑仕事をしていた黒山の人々は、波にのまれながら遠ざかる帆船を見ていた。曇りの日は、海は朝と夜の区分はなかった。島の人々は暗くなる海を渡ってゆく帆船の航路を案じていた。夕刻、鳥の群れが鳴きながら獄島に着いた。

獄島から消えた人々は、長い年月を経て、陸地で生きているというのが噂になって島に吹いてきた。島の人々は海風のような噂に吹かれて生きていた。噂はいつも吹いてくるから、人々は噂を信じなかったが、まったく信じないというわけではなかった。信じたい気持ちは信じない気持ちと違いはなく、噂の風はその両方の間を行き交った。だから噂の風には、その両方が籠っていた。島から失踪した人々が遠い陸地の海岸や内陸の山奥に住んでいるという噂が島に伝わるころには、初めにその人が獄島に囚われていたという事実も噂として色褪せていた。獄島から消えた人々は赤い海、黒い海を通り過ぎて白い海に呼ばれて行ったのだと、噂はその白い海から吹いて来たのだと、島の人々は考えた。文風世は黒山に来るたびに水軍鎮の使令のつてをたどって、獄島に囚われている者の身分を調べた。

文風世が囚われた者すべてを生かすことはできず、運の良い者だけを救うことができた。獄島に罪人のいないときも、文風世はときどき帆船を獄島の裏側につけ、遠い海に出て行った。黒山本島から時々獄島の方に回って行く帆船の航路を、疑う者はいなかった。

務安の港は譏察が厳しかった。文風世は獄島から連れて来た者を務安の港には連れて行かずに、近くの島で降ろした。塩田の塩倉庫で何日か過ごさせた後、小さな船で水の引いた浅瀬の端の方まで乗せて来て、そこから歩いて陸地に渡らせた。獄島から連れてきた者たちはみな、船仕事ができた。文風世は獄島の人々を木浦（モッポ）、海南（ヘナム）、麗水（ヨス）、光陽（クァンヤン）などの海辺に送り、働いて食っていける場所を作ってやったのだが、そのうちの何人かはもう海はこりごりだと、江原道や咸鏡道の内陸の山奥に入っていった。文風世は、獄島の罪人がみな無罪だということを知っていた。おまえは無罪だとだれかが教えなくとも、人は元々無罪だったのだ。その無罪の者たちを連れて来る道は、遥か遠くてだれも渡ることのできない海を渡る、遠い道を行く者の役目だと、文風世は考えていた。遠い道を行く者の役目の正当性の是非を、遠い道を行けずに安住している者たちが問うことはできないはずだった。文風世は、獄島から連れて来て放してやった者たちの、その後の消息を聞くことはなかった。

文風世は帆船の漕ぎ手が獄島の罪人のことをしゃべらないよう、口を封じた。漕ぎ手は八人だったが、五人は若くして逃げてきた奴隷だし、残りは良民だったが郷里から追われた者たちだった。文風世が口止めをしたこともあるが、漕ぎ手たちは持ち前の勘で、言ってはいけないことを自らが知っていた。漕ぎ手たちに推刷*の探査が近づく気配を感じると、文風世が金で買収したり、官衙のつてをたどって死亡として処理したりした。

文風世は年老いて船に乗れなくなったら、集めた金で造船所を建てて、船を作る仕事をするつもりだった。今使っている船よりも幅を狭く、長さを長くして、舳先の方に尾帆をもう一本立てて、積載量は少し減っても、風と波に機敏で柔軟に対処する長距離航海用帆船の図面が、文風世の頭の中で出来上がっていた。船を改良することができれば、海産物の仲買や、陸地の金持ち相手に売ることもできた。造船所がある程度軌道に乗ったら、使用人に管理を任せて、自分は陽当たりの良い庭に大きな鳥小屋を作り、船で飼う雄鶏のヒヨコを育てて訓練し、船ごとに一羽ずつ分けてやろうというのが文風世の老後の計画だった。文風世の雄鶏は務安に戻ると、雌鶏十羽と交尾した。

黒山で文風世は呉七九に、丁若銓の安否を尋ねなかった。文風世は、大妃の慈教が務安に届いたという話を伝えただけだった。天主教徒らを一網打尽に捕まえ始めたという消息を、文風世は島には伝えなかった。呉七九が陸地の消息を尋ねてくることもあったが文風世は、水に浮かんでいる船乗りがなにを知ろうかと、答えを避けた。呉七九が天主教徒への迫害が広まっていることを知ったら、丁若銓をより粗末に扱うことはわかりきっていた。

文風世が丁若銓を帆船に乗せて島に連れて来たのは、船乗りとして逃れることのできない仕事だったが、丁若銓を再び陸地に連れ出すことは、自分の心次第でどうにでもなりそうな気がした。しかしそれは、実際には可能なことではなかった。丁若銓は身分の高いソンビだった。儒者として陸地に隠れ住んだとしても、生計を立てることは難しく、流刑の理由と顔も知られていた。文風世の考えでは、黒山は丁若銓のいるべき場所ではないが、彼が身を置く場所は黒山以外にはどこにもないはずだった。丁若銓が島から消えたりすれば、水軍の別将呉七九も帆船の船頭である文風世も、ただではすまないはずだった。丁若銓が水辺を散歩していて波にさらわれたと報告しても、疑いをかけられるはずだった。

文風世は黒島の水軍鎮に置かれた水卒から、丁若銓の事情を聴くことができた。丁若銓は趙風憲のもとにおり、時々風憲の遠縁の姪の順毎が若銓の身の周りの世話をしており、酒量も増え、村によく姿を現すことを文風世は聞いていた。昌大という黒山の青年が、本を読み文字を知っており、丁若銓の話し相手となり、丁若銓は昌大を連れ歩きながら、魚と鳥について調べることに日を費やしており、昌大の父の張八壽がサバを何匹か隠して魚税をごまかした罪目で獄島につながれたが、借金をして税金と罰金を二倍も払って釈放されて間もないという話も、文風世は知っていた。サバは夏のひととき大きな群れを作って現れるが、素早く手ごわくて網では獲れず、釣り竿で一匹ずつ釣り上げるのだが、その数を数えて税金を課すことは監営ではあずかり知らぬことで、別将の呉七九が決めたことだと水卒は説明した。文風世は鎮里の港の側で働く順毎の姿を遠くから眺めたことがあった。水卒は

——あの女は一人者じゃありませんが……。

と文風世に言った。水卒が口はばかったのは、あの女がときおり丁若銓の世話をしているということだった。順毎は魚をさばいていた。内臓を取りだしゴミを取り、腸とエラだけを集めて陽に乾かした。頭に手ぬぐいを被っているので顔は見えなかったが、古びた木綿のチマの中に体が満ちており、手ぬぐいの陰に覗く顎の線が美しかった。女が丁若銓の身の周りの世話をすると水卒は言ったとき、文風世はその世話の内容まではわからなかったが、座っている順毎の姿を見ながら、文風世は丁若銓がとにかく、黒山で落ち着き始めているのだろうと考えた。張八壽が何日か前に解放され、獄島に囚われている罪人はいなかった。文風世は海産物を船に

積んで、すり減った櫓の穴に芯を挟み、務安に帰る準備を整えた。

張八壽は獄島から解かれた後、もう船には乗らなかった。張八壽は獄島に五日間囚われていた。海で齢を重ねた張八壽は、獄島の夜や波が怖くはなかった。張八壽はサバが怖かった。サバ一匹に絡んだ人間の言い争いが怖かった。解かれた後、張八壽は四肢に力が入らず部屋に転がっており、ときおり鎌を持って山に登り、芽の出始めた若い松の木を抜いた。松の木は若くても根は深くて硬かった。張八壽は岩の間に挟まった松の根を鎌でほじくった。真昼でも山には人気がなかった。松とサバは、同じ苦痛の種だった。サバは税金を取られても何匹かを手に入れることができたが、松が育てばどうしようもない禍根となるはずだった。解かれた後も張八壽は息子の昌大に、船に乗って魚を獲って来いとは言わなかった。再びサバを獲りに行くこともできず、隣人らから借りて税金を払った金を返す術は漠然としていた。張八壽はどうすることもできずに転がっていた。

文風世は張八壽に漕ぎ手を遣わして、務安に行く帆船に乗せてやるから黒山を捨てる気はないかと聞いた。張八壽は一も二にもなくそうすると伝えた。張八壽にほかの道はなかった。文風世の帆船がちょうど黒山に留まっているのが、奇跡のように感じられた。出航まで二日あった。漕ぎ手の帰った夜、張八壽は息子の昌大を呼んで座らせた。

――わしは行く。おまえはどうする。

昌大は目を見開いて父を見た。父の顔は静かで、断固としていた。戻ることはできず、なにか言い出すこともままならない静けさだった。

――行くというのはどちらへ……。

――わからん。ここでなければどこでもいい。おまえはどうする。行くか。

昌大は答えずに頭を垂れた。昌大は震える肩を抑えて泣いた。張八壽は言った。

――わかった。おまえはここにいろ。そりゃあ、ここは住み慣れたところだ。

張八壽はそれ以上なにも言わず、昌大の泣き声は深く沈んだ。

朝、昌大は山を越えて丁若銓の居所に行った。丁若銓は床に座って朝飯を食べていた。膳に汁と菜と塩辛がいくつか乗っていた。女の手によるものらしかったが、順毎は見えなかった。昌大は丁若銓の膳に向かって座った。朝早くからどうした。朝飯は食ったのか。一緒に食うかという言葉もなく、丁若銓は箸を置いて昌大を見つめた。昌大は父張八壽が文風世の船に乗って島を離れようとしていることを、ようやくの思いで言った。

――明朝出航だそうです。

丁若銓が昌大を睨んだ。

――どこに行くというのか。

——ここを出たいのだそうです。

丁若銓は張八壽の行き先を問い詰めることはできなかった。丁若銓が黒山に連れて来られて黒山に留まり、黒山に落ち着いているように、行くあてもなく行くべきところでもないのに行くしかない道は、よくあることだった。今、張八壽が行こうとする道はそんな道のはずだが、その道はいったいどこにつながっているのか。

——一緒に行こうと言わなかったのか。

——ただ、私の気持ちを聞かれました。

魚の生態を説明するように、昌大の語調は落ち着いていた。丁若銓は聞いた。

——おまえはどうするのだ。

昌大の視線が丁若銓の目とぶつかった。

——私は行きません。

丁若銓が深く息を吐いた。昌大は丁若銓の息の匂いを嗅いだ。遠くに連れてこられた男の、饐(す)えた匂いは深かった。その匂いの中から、昌大は丁若銓の体の中の寂寞(せきばく)を嗅いだ。丁若銓は言った。

——そうだろうな。それを言いに来たのか。

——ソンビ様はどうなさるのか伺いたくて……。

――どういう意味だ。

――船があるので、もしも……お気持ちはいかがかと……。

丁若銓の顔が歪んで、笑うような顔つきになった。曇った笑いから、声なくにじんだ涙を昌大は感じた。丁若銓は言った。

――わしにはもう行き場はない。文風世が知っているだろう。さもありなん、わしはここにいる。

黒山を捨てるという張八壽の前で流したのと同じ涙を、昌大は黒山に残るという丁若銓の前で流した。涙をこらえて涙にならなかった。肩が静かに揺れた。昌大が帰るまで、順毎は現れなかった。昌大は塩漬けにしたサバ一匹を板の間に置いて帰った。

帆船は朝、出航した。鎮里港から水軍別将の呉七九が帆船を見送った。呉七九が率いる使令たちが、乗船した人々と荷物を調べた。辛役をする者が足りなくて、呉七九は黒山の住民が脱島することを禁じていた。漕ぎ手が、干したり塩漬けにした魚を船尾の方にある魚倉に積み重ね、呉七九が務安、羅州の権力者に送る進上品は甲板に積んだ。文風世は呉七九に接岸料と餞別金十両を渡した。呉七九は金を受け取り使令に渡した。呉七九が言った。

――文船頭が来れば海が鎮まるのだな。これからもまた、来てくれ。

――住民たちが浮ついていないことから、別将の人徳がうかがえます。本鎮でもみな、よく知っています。

帆船が出発するとき、文風世の雄鶏が長く鳴いた。雄鶏は三度、声をひねった。

帆船が鎮里港を発つころに、張八壽の小舟はスップリ岬から海に向かった。十五尺の小舟に帆はなかった。小舟には釣り竿と筌(うけ)と餌が積まれていた。海は静かで、櫓だけで沖に出ることができた。張八壽は文風世の漕ぎ手が教えたとおり、大峰(テポン)岬の後ろに船を漕いでいった。大峰岬の後ろからは黒山水軍鎮は見えず、海岸の断崖には人気もなかった。そこで文風世の帆船を待ちながら、張八壽は釣り竿でカンギエイを二匹捕まえて魚倉に入れた。文風世の船は約束した時間に現れた。帆船から鉤を投げて、張八壽の船を引き寄せた。張八壽は務安に向かう帆船に乗り移った。船には文風世の漕ぎ手以外に、ほかの乗客はいなかった。張八壽は舳先の方の甲板に転がって空を見上げて喘いだ。船が揺れて空が揺れた。空と海は区別がつかなかった。雄鶏が再び喉をふるわせて長く鳴いた。

張八壽が捨てた小舟は、一日後に大峰岬の南の海辺の方に流れてきた。夜中にたいまつを灯してサバを獲っていた漁船が、暗闇の中で揺れている舟を鉤で引き寄せた。小舟は壊れたところもなくしっかりしているのに、人はいなかった。サバ捕り漁船がその舟を村に引っ張ってきた。村の人々には、その小舟が張八壽のものだと一目でわかった。いつも見慣れた舟だった。舟の中には漁具が積まれており、魚倉の中でカンギエイ二匹がまだ目を開け閉じしていた。村の人々は張八壽の息子昌大のところに走って行って、舟のことを伝えた。昌大は父が前日の朝、釣り具を持って舟で出かけたきり戻ってきていないと言った。風もなく海も静かだったのに、海で溺れるわけはなく、舟には傷んだところもないことを、村の人々はいぶかしかった。鏡のように静かな海に釣竿を垂れて海を眺めていると、魂が体を離れて吸い寄せられ、舳先から海に落ちてしまうこともあるのだと、年老いた漁夫は自分の経験談を説明した。翌日も、その翌日も、張八壽は戻って来なかった。張八壽は海に落ちて死に、体は海の底の真暗な砂にはまり、魂は白い海に渡って行ったのだと黒山の人々は言い、少したてばもうそんな話もしなくなった。黒山の人々の間で、張八壽は死んだ。張八壽はいなかった。

張八壽がいなくなって四十九日目の日、昌大は父の小舟に火をつけて、その灰を海に撒いた。巫堂が海辺で海に向かって鈴を振って、チャルメラを吹いた。白い紙の束を振って、巫堂は張八壽の魂を送った。

昌大はスップリ岬の南の海辺の丘に父の仮墓を作った。父の死に確かな証拠を作ることが、最後の孝行だった。

地官を務める老人が、墓地の場所を決めてくれた。墓地の場所は穏やかだった。草の根もなく、鋤（すき）で掘った土は素早くそこに収まった。盛り土だけをして碑はなかった。水軍鎮の別将呉七九が水卒に命じて、ワカメ一束を弔意として送ってきた。仮墓で三虞祭（サムジェ）*を執り行った日、昌大は盛り土に酒をかけながら泣いた。年老いた漁夫たちが付いてきて、乾いた涙をふりしぼった。丁若銓も盛り土に酒をかけた。丁若銓は泣かなかった。順毎が付いてきて、食べものの世話をした。


【瞭望軍】高い所から敵の動静をうかがう軍士。望軍。

【推刷】逃げた奴隷や賦役・兵役から逃げた者を捕まえて、もとの主人やもといた場所に返すこと。

【三虞祭】一般には三周忌に行う三度目の祭祀のことだが、全羅道の地方では葬儀を終えて三日目に行う祭祀を指す。

あいつは行くべきところに行っただろう……。刑具につながれるとき、布団に寝ころぶかのようだったと言うのだから。朴チャドルは妹の死を、自らそう慰めた。執杖使令呉好世（オホセ）の手並みが見事で、妹は中棍四発で気絶した。その後は監獄で獄士長が糞と蜜をこねて妹の傷に塗り込み、そこに虫が湧いて体を蝕んだときには妹は気絶しており、苦痛は感じなかったはずだった。朴チャドルは無理にでもそう信じた。捕まって刑具につながれて死ぬまで、まだ死んでいない体で耐えなければならない苦痛を、呉好世が中棍四発で終わらせてくれたのだ。楽だった……その程度ならば、楽だった……と朴チャドルは心の中でつぶやいた。朴チャドルは呉好世に頼んで妹を殴り殺したのではなく、死に向かう妹に手を貸して、導いてやったのだと思うよう努力した。そう信じるのはどうも居心地が悪かった。少しずつ、心は穏やかに落ち着いていった。妹の命を絶ったことで妹は死に、自分は生きて、妹と共にこの世とあの世に捧げるべき苦痛の分け前を分け持っているのだと、朴チャドルは一人安堵した。

妹を殺して埋めて以来、朴チャドルは天主教徒を探って密告する自分の行為が、日常の生業のように感じられた。生きている間、世の中に捧げるべき苦痛から、自分は逃げたりしなかったし、自分が探って追い込んだ多くの死に、妹を殺して加勢したのだという考えが、自然に心の中に芽生えた。妹の名は汗という漢字をもつ朴汗女であったことが、その死の道を予見していたのではないかとも思えた。

朴汗女が刑問途中に打ち殺されたという噂に、ソウルの天主教徒の組織はひっそりと身を沈めた。教徒たちは家を売って引っ越したり、門を閉めきって外に出なかった。朴チャドルは点と点の間を行き交いながら、塩辛を売った。譏察たちは背負子を背負った塩辛の行商人を疑わなかったから、教徒たちは朴チャドルは目につかないのだろうと信じた。朴チャドルは貝の塩辛のほかにも、塩漬けにした魚や乾かしたワカメなどを持って来た。天主教徒たちは金払いが良くて、品物に文句をつけたりしなかった。朴チャドルの貝の塩辛はよく漬かって張りがあり、塩気の中でも際立っていた。朴チャドルの品物は鮮度もよく、実も大きかった。朴チャドルはいつもつけで物を売って集金に通う口実を作り、おまけをたっぷりと付けた。代金を受け取るときはいつも、右手で額から胸に十字を切って合掌した。妹が死んでからしばらくの間、朴チャドルの売り上げは大きく伸びた。

朴チャドルは、天主教徒と初めての橋渡しをしてくれた南大門外の甕売りの老人をよく訪ねた。老人の名は崔(チェ)カラムだった。崔老人は七十を超えた齢で、髪は白く顔は童顔だった。崔老人はしっかりと焼かれてまん丸の甕をなでては笑った。焼くときに窯の中で土が崩れて口の曲がってしまった甕を見ても、崔老人は笑った。笑うとき崔老人の童顔はもっと若く見えた。崔老人は五十年の間、甕売りをした。若いころは背負って売り歩き、五十を過ぎてからは一か所に店を構えて売った。五十年間甕を売りながら、丸々としたりゆがんだりした甕を見て、崔老人の顔には満面の笑みがあった。朴チャドルはおそらくその笑みは、天主教と関係があるのだろうと思った。彼の笑いは彼の天主教だった。とりとめのない考えだったが、老人が笑うのを見ると、おそらくそうに違いないはずだった。崔老人は儲けに細かくないので周囲に人が集まり、長い付き合いも多かった。崔老人は甕を自分で焼くのではなく、ソウルの三角山の西の磁器村の窯の甕を受け取って商った。

朴チャドルは崔老人の店に出入りしながら、周辺の人物の動線と人脈を把握した。磁器村の窯の主人と炭をくべる男、荷を背負ったり荷車で運んでくる運び屋もすべて天主教に染まっており、天主教徒ではない者は取引から除外されていた。朴チャドルは感情を表に現さなかった。

崔老人は洪城の教徒朴汗女がソウルの捕盗庁に引っ張られ、刑問途中に殴り殺されたという話を朴チャドルに伝えた。

――中棍で四発殴られて気絶し、監獄で死んだそうだ。体に蛆が湧いて内臓まで喰われたそうな。

崔老人の声は低かったが、明るい顔には怖れの気配もなかった。

朴チャドルはわざと、ああ主よ、と深い呻き声を上げて驚いた素振りを見せた。朴チャドルは右手を額に上げて十字を切った。崔老人が続けて十字を切り、二人は合掌した姿勢で向き合ってお辞儀をして、朴汗女の昇天を祈った。

崔老人はまた言った。

――獄卒が朴汗女の死体を蚕頭峰の麓に捨てたのだが、だれかが持ち去って埋めたらしい。山奥の女がソウルになんの縁故があったのか……。

朴チャドルは再び額に十字を切った。朴汗女と共に捕まった洪城の教徒は四人だったが、彼らが刑問を受ける過程でだれが背教したかだれが密告したかはわからず、またソウルの四大門の内と外で譏察が厳しく見張っているので、しばらくの間、教徒同士が行き来したり集まったりできないと崔老人は言った。

朴チャドルが知っているよりも、崔老人は教徒組織の遠く深いところに通じていた。朴チャドルはそう感じていた。今、緊急の情報は教徒の家の祝い事や訃報ではなく、新しい信者の入信や地方組織の結成でもなく、大妃の寝所の側近の間で論議されている天主教政策の去就でもなく、ただどの地域にだれが、何人がいつどの郷庁や捕盗庁に引っ立てられたかを知ることだと、崔老人は言った。それがわかれば、引っ張られた者の周辺の縁故を潜伏させて、引っ張られた者が鞭打ちに堪えかねて密告したとしても、検挙の尾を断ち切ることができるということだった。

——麻浦（マッポ）の渡しで塩辛を売っていた姜詞女（カンサニョ）もそうやって早く逃げることができた。

崔老人は言った。朴チャドルは崔老人がもっと話をするよう仕向けた。

——それはたやすいことではないでしょう。官衙の内部に通じることが……。

崔老人が続けた。

——だから中に置くのだ。右捕盗庁には置いたんだが、左庁が抜けていた。

ああ、このおいぼれが右捕盗庁の中に間者を置いて情報を引き出し、手配された教徒たちが検挙される直前に逃がしていたのか。……汁飯屋の姜詞女が客を放り出して追われるように逃げだしたのも、このおいぼれの情報力だったのか。……右捕盗庁の李パンスが呻きながら苦しんでいた内部の間者が、遠くから姿を現していた。このおいぼれを捕えて刑問したり、あるいは日常の中で泳がせながら観察を続けてもっと多くの言葉を引き出せば、その間者の輪郭は現れるはずだった。崔老人は顔が明るいから信心も深くて、捕まえて訊刑し、明るい顔で鞭打たれて死んだとしても、内部の間者を明らかにはしないだろうから、すぐに捕まえて殴るよりも、自然に現れるまで知らぬふりをして放しておいた方が事はうまくいくだろうと朴チャドルは判断した。

崔老人がはったい粉（ミスカル）を水で溶いて朴チャドルに渡した。朴チャドルは立ち上がろうとしたのを止めて、背負子を下ろしつっかえ棒をして、板の間に腰かけた。朴チャドルが器を受け取ると、崔老人が桂皮の粉を入れてくれた。

――さあ、飲め。もち米を入れたんだ。少し持たせてやろう。喉が乾いたからと水ばかり飲めばひもじいだろう。これを水に溶いて飲むといい。

朴チャドルは器を置いて再び右手で額から胸にかけて十字を切り、手を合わせて合掌して頭を下げた後で器を手に取って飲んだ。崔老人は言った。

――こいつ、ミスカルは食事ではないから十字を切らなくともいい。ハハ……。

笑うと、崔老人は年老いても美しい歯がそろっていた。崔老人はまた言った。

――注意しろ。どこでもそれをしてはいかん。習慣になるといけない。

朴チャドルは背負子に掛けた筵の中に入れた貝の塩辛の壺を開けて一盛りを崔老人に差し出した。見るからに粒も大きくうまそうだった。崔老人がちょっとつまんで口に入れた。

――うまい。貝の塩辛は漬かり切っていないのがいい。飯に水を差してこれで食いたくなった。ハハ。

再び、背負子を背尾って立とうとした朴チャドルを、崔老人が呼び止め座らせた。

朴さんは塩辛の行商人だから官吏たちにも近づきやすいだろう。左捕盗庁の方が暗くてな。そっちの方にくっついてみて、だれが捕まったか下役人からでも聞き出せないか。たやすいことではないだろうが。

——まずはうまい塩辛を仕入れて、食わせてみましょうか……。

——早く知ることが重要だ。そうすれば手を打つことができるから。

……このおいぼれが、だんだん俺様の懐深くに入ってくるな……。

朴チャドルは唾をのみ込んだ。

黄嗣永を捕まえられずとも、右捕盗庁内部の間者を探し出すことができれば、朴チャドルは右捕盗庁の李パンスの疑いを断ち切り、もう一度安心して生きる術が見つかるはずだった。崔老人はまだまだ十分に近づいて来ていないことに、朴チャドルは気づいていた。今、崔老人の存在を捕盗庁に知らせれば、焦った李パンスはすぐにでも崔老人を捕えて、事をめちゃくちゃにしてしまうだろう。今はまだ崔老人をこのまま放しておいて、事が進展するのを待つのが正しいはずだ。寧越(ヨンウォル)で衙前の役人をしながら鍛えた目利きが、天主教徒を探る仕事にも役立っていることを朴チャドルは知った。

その日、崔老人は朴チャドルに、老いた宮女吉끋女(キルカルニョ)の水踰里(スユリ)の居所を説明した。吉끋女はそ

こで、麻浦の渡しで汁飯屋を営んでいた姜詞女と教徒たち何人かを連れているが、吉乬女のところに行って洪城で教徒たちが検挙されたという話を伝えて、当分の間は集まりや往来を控えるように伝えてほしいと崔老人は言った。

──そこに行って、南大門の甕売りの崔カラムの名を言えばわかるから。だが互いに初対面だから、これを持っていけ。

崔老人は割れた甕のかけら一つを布にくるんで渡した。甕のかけらには文字が書かれていたが、割れているのでなんと書いてあるのかわからなかった。

──この信標をあっちと合わせて見れば、お互いに信じることができる。

良い物証が転がり込んできたな……。朴チャドルは崔老人の信標としてもらった甕のかけらを背負子の筵の上に乗せた。黄嗣永はまだ欠けているが、捕盗庁に告げて芋のつる全体を引きずり出すときが近づいていた。つるがあまりにも大きければ、遠い方はちぎれて散ってしまうかもしれない。朴チャドルは背負子を背尾って立ちあがった。朴チャドルは崔老人に向かって合掌し、頭を下げた。

──おいおい。荷物をもう少し少なく乗せな。腰が折れたらどうする。

と言いながら、崔老人が合掌し頭を下げて朴チャドルを見送った。

家作り

張八壽の仮墓は一年目の秋雨で崩れた。土砂が押し寄せ、盛り土が流された。元々死体はなく、仮墓を作ったときに入れた服と真鍮の器一つがあらわになって流された。盛り土が平らになった場所からは草が生えて風になびいた。秋夕（チュソク）の墓参りに昌大は、父の仮墓を見つけ出せなかった。黄色いツチイナゴが草の茂みの中で跳ねた。昌大は父の仮墓がようやく完成したことを知った。昌大は仮墓を再び作ることはしなかった。昌大は父の仮墓が流されたことを丁若銓に話した。丁若銓は、墓がようやくその場に落ち着いたな……とだけ言った。張八壽のその後の消息はなかった。

趙風憲は丁若銓が住む門の入り口脇の部屋に続けて、もう一部屋と台所を建てた。風憲たちが村の若い衆を山に送って、土と石を運ばせた。台所を真ん中に置き、その両側に部屋を作った。板の間は広く、軒を長くとって雨除けにした。黒山は村ごとに風を受ける方角が異なるので、家の向きや竈の位置、温突（オンドル）、煙突の方向が村ごとに異なった。趙風憲が目分量で竈の深さと温突の方向を定めた。門脇の部屋の外に石塀を庇の下まで積み上げて風を防いだが、石塀の穴ごとに水平線が途切れていた。庭は本棟とつながってはいたが、部屋と台所を増築して内外の壁を積んだので、門脇の部屋が別棟のように見えた。趙風憲が順毎を丁若銓のところで過ごさせるために作ってやった家だった。普請は十日間続いた。丁若銓は家を増築する趙風憲の意図を知ってはいたが、嫌がりはしなかった。家を建てる間、丁若銓は趙風憲の本棟の向かいの部屋に起居しながら、ときおり庭に下りて働き手と一緒に座って間食を食べ、昼酒を飲んだ。

順毎は工事現場に来て食事の支度をした。窯にワカメ汁を沸かし、干したケムシカジカを焼いた。粟飯に塩辛をおかずにして膳に盛りつけた。働き手はよく食べるので、順毎は日に五回も膳を準備した。順毎も離れを増築する趙風憲の意図を知っていた。趙風憲は丁若銓の食事の世話のために、ときおり順毎を呼びよせた。

——お前は一人身だから、ここに来て暮らせ。部屋はわしが手を尽くしてやろう。

趙風憲がそう言ったとき、順毎はその言葉の意味がよくわかった。そのとき順毎はなにも答えなかった。梅雨が終わって山道が乾くと、順毎はどこで手に入れたのか、アワビの内臓の塩辛を一鉢持って趙風憲を訪ねて来た。そのとき趙風憲は、

——末伏（マルボク）が過ぎたらすぐに門脇の部屋を増築するから、働き手の飯の世話をしに来てくれ。

と言った。順毎はそのときも答えなかった。順毎は抗うことのできないものが近づいてきて

いることを感じた。趙風憲が工事を始めた日、順毎は現場にやって来た。順毎は頭に手ぬぐいを巻いて、男たちの視線を避けた。男衆も趙風憲が門脇の部屋を増築する意図を知っていた。

——後家さんとこに福が来たな。家をもらって改嫁するのか……。

——うまくすればソンビさんについて、ソウルに行けるよ。

丁若銓のいないとき男たちはねちねちと騒ぎ立てたが、順毎は知らんぷりをした。島に流された罪人の血筋として生まれ、夫を海で亡くし、再び流刑の罪人に嫁ぎ直すという運命が順毎にはつらかったが、不思議なことでもなかった。痛みは、そこに疑問を提起することのできない運命のようにも思えた。夫の乗って出かけた船は板切れとなって散らばり、夫はついに戻っては来なかった。ついに、と言うが、その最後がどこなのかわからなかった。死を肯定することとは、生を肯定することよりも難しかった。山で葛を採ったり若い松の木を引き抜くとき、順毎は海に浮かんだ漁船を見ながら泣いた。あんな魚一匹のように小さなものが、どうやって水平線を越えて行って魚を獲るのか、順毎は船が憐れで、また気持ち悪かった。海と船、島と風と魚が命のもとを作る条件なのだと知った幼いころから、順毎は漁船は魚と同じなのだと考えた。魚の頭を落として腹を割くと、エラがまだ生きていてぴくぴくと動いた。エラの両方をひっくり返すと、薄紅色の血肉が陽に輝いた。薄くて柔らかな血肉が行儀よくそろっていた。この櫛のようなもので息をしながら、海を渡るというのか。

指を入れて内臓を引き出せば、指ぬきほどの胆嚢と肝、そして一筋の腸が出てきた。魚の内臓には、地上にある花や葉や陽光や夕日とはまったく異なる数多くの色が重なり合っていた。玉のように輝く原色もあり、ぼやけてにじんだ色もあった。順毎はその内臓を見つめながら、魚の世界は人間が侵すことのできない見知らぬところであろうと考えた。一握りの内臓と一指幅のエラを動かして海を渡り、餌を捕らえたり逃げたり、卵を生み精液をかけて繁殖する魚の生きる様が、順毎には涙ぐましかった。海辺で魚の内臓を取りながら、船着き場につながれた漁船を見ていると、櫓と帆、釣り竿や筌などの漁具が、まるで魚のエラと鱗、魚の内臓とそっくりだった。ああ、あの小さくてみすぼらしいものを操って水平線を越えて行くのか……。順毎は水平線の向こうの陸地の世界を知らなかったが、丁若銓はそこから来た男だった。

波の高い日に、丁若銓は黒山から逃げ出した張八壽を思った。丁若銓の考えは、海を越えて行けなかった。張八壽の仮墓まで崩れてしまったのだから、彼が黒山で生まれ黒山で年とるまで暮らした生涯は、海風がさらって行った。張八壽は海を越えてどこまで行ったろうか。海の向こうに黒山ではないところがあったろうか。張八壽は黄嗣永のところへ行って天主教徒になったろうか。刑具につながれ殴られて西小門(ソソムン)で死んで、生をついに捨て終わらせ、死んでまた死んで、黒山ではない場所に行ったろうか。それとも相変わらず黒山のような、海の向こうのどこかの港に行ったのか。張八壽の行方が気になるとき、丁若銓は考えられないことは考えず、海はただ波が高かった。

文風世は獄島に囚われた者を逃がして、いったいなにを得ようとしたのか。水軍鎮の別将呉七九に金を渡しながら、同時に呉七九を脅す文風世は、海と陸とで海千山千の男だったが、彼が獄島に囚われた罪人をこっそり連れ出す意味は、彼だけが知っているはずだった。それは遠い海を渡り、遠い道を行き来する者の心だった。文風世は黒山だけでなく、対馬にも帆船で行き交って交易を行い、ある年には台風で琉球まで流され、そこで船を修理して半年ぶりに戻って来たという噂もあった。そんなはずはないだろうが、文風世が再び帆船で黒山にやって来て島を抜け出す提案をしないよう、丁若銓は願った。張八壽が黒山を抜け出してから、丁若銓の目には黒山が見えるような気がした。生きることのできない場所で、丁若銓は落ち着いて暮らしていこうと自ら心に誓った。黒山に来てから、丁若銓の酒量はずいぶん増えた。粟殻の酒が体に浸みいれば、腸を伝って電流が流れるようにしびれ、酒気は後頭部にまで上ってくるが、丁若銓は酔わなかった。

丁若銓は昌大と飲み、趙風憲と飲み、水軍鎮の水卒と飲み、漁夫と飲んだ。順毎はときおり膳を整えて差し出したが、その場に座ったり、言葉を交わしたりはしなかった。

丁若銓が順毎を妾にして趙風憲の門脇の部屋で所帯を持つことを、黒山の人々は当然の理（ことわり）だと受けとめた。黒山の人々はそのことを口には出さず、丁若銓の流刑地での新所帯は黒山の日常となった。死は海の上に広がっており、生が常にあるわけではないように死は常にあり、また生と死をひっくり返して言ってみても同じことだった。だから生きている者同士、生きている間にくっついて生き、繁殖することは、それが再び無常で、また過酷な死を呼ぶ結果になろうとも、いつもそんな具合なのだから避けることはできなかった。黒山の人々はくっついて生きる暮らしは不可避であることを、だれもが言葉にしないまま肯定していた。丁若銓はそう考え、自分の考えが間違っていないと信じた。丁若銓が流刑された邪学罪人であり、彼が名声高い士大夫としてソウルに妻子がおり、いつでも流刑が解かれればソウルに戻ることができ、流刑が解かれなければ島で罪人として終わることもあるという条件を、順毎は知らないわけではなかった。順毎は天主教やソウルの士大夫の住む場所の風景を想像することもできなかったが、そこは足を踏み入れることもできないほど恐ろしく、見慣れない場所であることは噂で聞いていた。順毎は、黒山に連れて来られる前に丁若銓の生涯に起こったことと、丁若銓の生涯を絞めつける条件を、心の中から追い出した。それは初めから、順毎の心に宿ってはいなかった。家を建てる現場で飯炊きをしているときも、酒肴をあつらえるときも、順毎はいつも部屋には座らなかった。

遠洋を渡ってきた風と海から立ち上る霧に、瘴毒（天然の毒気）が宿っていた。黒山で過ごす外地人は腰が凝り、冬には肺が締めつけられて痰を吐いた。梅雨には壁から伝わる湿気が水滴となって垂れ、陽が射せば乾いたカビの埃が風に舞った。趙風憲は厚く積んだ土壁の外側に石を埋め、窓は小さくして、麦わらの筵を窓の覆いにした。湿気と瘴毒を防ぐことはできなかったが、風を防ぐことはできた。

仕事の終わった夕方、庭で食事をするときに趙風憲は、

——黒山でも家を建てることができるのだ。

と独り言のようにつぶやいたが、丁若銓に聞かせるための言葉だった。新しくした土壁に夕日が深く差し込んで、焚口は竈の火の粉をよく吸い込んだ。

最初の夫が死んだとき、順毎の腹には二か月になる子が宿っていた。体の深いところでなにかが開くような感じがしたが、順毎はそれが妊娠だとは知らなかった。胎児は三か月目の大晦日の夜に流産した。腰を下ろして魚の内臓を引きずり出しているとき、股の間から血の塊がどっと流れ出した。そのとき順毎は、それが胎児であることをようやく知った。血の中に絡まったものがあった。生まれる前に、もう形ができていた。生まれようとして、すでにできあがっ

ていた。かすかな痕跡ははっきりとしていた。……あ、この小さなものが……。

順毎は手で口を抑えて悲鳴を押し殺した。そのぐにゃぐにゃした塊は、魚の内臓に似ていた。順毎はそのぐにゃぐにゃしたものに土をかぶせて、川に降りて下腹を洗った。

門脇の部屋の増築が終わると、趙風憲は鎮里の港に用事があると言って、一週間ほど家を空けた。趙風憲はわざと用を作って、丁若銓と順毎に家をそっくり空けてやったのだ。丁若銓は趙風憲の心の内を知っていたが、表に出さなかった。

その日、順毎は丁若銓のところに行った。順毎はそこで暮らすことが決まっていたかのように、ためらいがなかった。順毎の体から魚の生臭さが漂った。生臭さは順毎の体に親しんでいた。体臭が元々そうなのか、魚の匂いが染みついたのか、区別がつかなかった。順毎を抱きながら、丁若銓は女の体の中を泳ぐ小さな魚の群れの幻影を感じた。順毎の体は緩くてじとじとしていた。丁若銓は、順毎の体が海の真ん中に浮かんだ島のように感じた。その体は、水平線の彼方にある陸地とはなんの関係もない島の体だった。その体に水気が宿っており、魚の群れの幻影が泳いでいた。順毎の体を抱きながら、丁若銓は連れて来られた場所で生きていくしかないことを知った。今いるここそ、生きていく場所なのだと、じとじとした順毎の体がそう言っていた。

丁若銓の体を受け入れたとき、順毎は体から溢れ出た血の塊を思った。そのもろくてたよりないものがどうして命なのか、順毎は想像もつかなかった。順毎は丁若銓がどこで生まれて、どこから流れてここに来た男なのかも知らなかった。丁若銓の体を受け入れながら、順毎は一匹の魚を思い浮かべていた。小さな内臓一つかみと、指幅ほどのエラを動かして遠い海を行く魚一匹が、自分の体の中に入ってうごめいていた。順毎はきっと、再び自分の体内で血の塊が胎児となっていくだろうという予感がした。

趙風憲が家を留守にしていた何日かの間、昼には丁若銓は昌大を連れて港に出て、漁師の獲って来た魚を開いてみたり、遠い岩に降り立った見慣れぬ鳥を観察した。丁若銓は近海を通りすぎるイシモチの群れが鳴く声を聞いた。イシモチの群れがウッウッと鳴きながら、ナルプリ岬の前を通りすぎるとき、水面には小さな波が北に向かって広がり、光がその上をついて行った。

順毎は山に登って葛を採ったり、干し場で魚の干物を作る手伝いをして、魚の干物を四、五匹貫ってきた。順毎は魚を入れてワカメ汁を煮た。ワカメ汁は腸の先までしみとおり、傷を癒し不眠を解消すると、黒山の女たちは伝えた。他にだれもいないとき、順毎は丁若銓と一緒に膳を隔てて向かい合った。門脇の部屋の板の間の二本の柱の間を横切る水平線が、膳の向こうを走っていた。柱と柱の間を、水平線は唯一無二の直線として横切っていた。丁若銓の目には、膳一つが海に浮かんでいるようだった。

——ワカメ汁がうまいな。

――干した魚の骨で出汁をとると、味が深くなります。

――塩辛もうまい。

――魚の内臓ですが、よく漬かってもあっさりしています。熱いご飯に乗せるととろけます。

六日たって戻ってきた趙風憲は、丁若銓の新婚暮らしについてはなにも尋ねなかった。

――寝食に不便はありませんでしたか。

と順毎が尋ねると、趙風憲は、ああそうだ、と答えた。

趙風憲は新しくしつらえた門脇部屋の竈と煙突を調べた。趙風憲は順毎に聞いた。

――煙たくならなかったか。

――はい、大丈夫でした。

――煙は。

――はい。

――暑いときでもときどき焚け。温突がこなれてくれば、部屋の隅まで温かい。

そうやって、趙風憲は丁若銓の新婚暮らしを、まるで昔からの日常のように扱ってくれた。

丁若銓は趙風憲の老練さに心安らいだ。

満月の光が海いっぱいに射して、静かな海の上に月暈がかかる夜、遠洋でひっくり返った波が島に打ち寄せる夜、霧に覆われて空も見えない夜、順毎は丁若銓の体を深く受け入れた。

土窟

舟論は堤川邑(チェチョン)から山道で三十里だった。ソウルからは六日かかった。黄嗣永は葬礼服姿だった。屈巾(くっきん)*の下に麻の手巾を渡して顔を隠し、杖をついた。金介東は麻の着物で屈巾は被らず、髪を解きほぐして黄嗣永の従者を装った。主人が奴僕を連れて葬儀のために遠出をする恰好だった。酒幕や渡しで商売人は、喪中の人を見て席を空けてくれ、言葉は掛けなかった。朴達峠(パクダルチェ)の麓で日が暮れて山奥の暗闇は深かった。

黄嗣永と金介東は、堤川郊外の小川の辺の酒幕の部屋で、夕暮どきから寝転がって過ごし、真夜中に起き上がって出発した。そこから舟論の甕焼き村までは、くねくねとした山道だった。金介東は明方、一番鶏が鳴く前に黄嗣永を甕焼き窯の横の土窟に入れて、村の人々にその中に人がいることを知られないようにするつもりだった。人目を避けて食事を差し入れ、汚物を取り出すつもりだった。

金介東が前を歩いた。山道はくねくねしており、前の道も通り過ぎた道も見えなかった。道は夜の暗闇の中に埋もれ、だんだん暗さが深くなった。ミミズクが鳴くと、道はさらに遠く感じられた。世の中がひっくり返らなければ、再び戻ることはできない道だった。生きて出て来ることができるだろうかと、黄嗣永は考えなかった。暗闇はさらに深まり、闇の内側には国もなく、本もなく、触ることのできない時間が流れていた。あとどれくらいなのか、ここから何里なのかを、黄嗣永は金介東に聞かなかった。黄嗣永は目的地を定めずただ歩くだけの人のように、ひらすら歩いた。足を踏み外して何度も転ぶ黄嗣永を、金介東が助け起こした。

馬路利はどのあたりを歩いているだろう。黄嗣永は国境の外に出たことはなかった。馬路利が歩いて渡る大陸の空間が、黄嗣永の心の中には入っていなかった。堤川から舟論に行くくねくねとした山道を、馬路利が歩く大陸の道とつなげることができたら、生きて帰る道が開かれるかもしれないが、どうすれば死に行く道をひっくり返して、生きる道が開けるのか。馬路利は遼東を過ぎただろうか、馬路利は鴨緑江を渡っただろうか、馬路利は清川江を渡ったろうか、馬路利よ死ぬな、生きて帰って来い、馬路利よ……。黄嗣永は歩むごとに祈った。

黄嗣永は明方到着した。低い丘に寄りかかるようにして甕の窯が三つあり、その周辺にある藁ぶき屋根の家数軒が村の全てだった。

金介東は窯の横に土窟を掘っておいた。木で柱を作り泥を焼き、壁を立てて柱を隠した。入り口の屋根の上に割れた甕のかけらを積み重ねており、土窟は甕の倉庫に見えた。土窟の後ろに小さな穴を開けて出入りできるようにし、人が中に入って素焼きの蓋を閉めれば、穴は見えなくなった。村は寝入っており人気はなかった。一番鶏がときを告げる前だった。犬も吠えなかった。金介東が黄嗣永を土窟の後ろの穴の前に連れて行った。

――しばらくの間、出ないでください。私が何度もご挨拶に参ります。

黄嗣永は穴を這って土窟の中に入った。床には温突がなく、砂の上にガマの葉で編んだ莫蓙を敷いて湿気を防いでいた。天井には封窓（ふうそう）*が空いていたが、昼間は甕を乗せており、夜だけ開けて風を通した。暗くて昼間も灯蓋（とうがい）の油を灯さねばならなかった。小さな文机と膳、茶碗、布団が一組と、しびんが置いてあった。金介東は穴から黄嗣永の風呂敷を押し入れた。

――中で蓋を閉めてください。どうしても息苦しければ、夜だけ開けてください。

黄嗣永は穴を蓋で閉じた。床を手探りで布団を敷いて横になった。土窟の天井に開いた封窓から星が見えた。星は暁の光で薄くなり、夜明けの初陽が空に広がっていた。遠くの鶏が鳴くと近くの鶏が続いて鳴いた。農耕地に向かう荷車ががたがたと通り過ぎ、荷車を引く農夫が痰を切って唾を吐く音が聞こえた。床が硬くて、黄嗣永は寝返りを打った。それ以上退くところもない場所だった。ここからあの遥か遠い世まで、その世を通りすぎてもっと遠くの世まで、歩いて行けるのだろうか。再びその向こうの世を導いて、この世の中に戻ることができるだろうか。そうして懐かしさや待ち遠しさや喉の渇きのない世に、たどり着くことはできるのだろうか……。暗闇の中で黄嗣永の瞳が大きく見開かれて封窓の外の空を眺めた。金介東は外から穴に口を当てて、声を殺して言った。

――お休みなさいまし。目が覚めれば心も落ち着かれるでしょう。

封窓の外の空に明るい気運が満ちてくるころ、黄嗣永は深い眠りについた。眠りの中では土窟も、この世も、その向こうもなかった。

【屈巾】喪主が喪服を着る時に頭巾の上に被る麻の布。
【封窓】枠はなく、壁に小さな穴を開けただけの窓。

四人の女

吉乫女(キルカルニョ)は宮廷を出た後、咳の病が嘘のように治った。吉乫女は束ねた髪をほどいた。ふさふさした髪は肩の下まで垂れて、毛先まで艶があった。吉乫女はいつも白い着物を着ていた。黒い髪と白い着物を見た者はみな、息を呑んだ。宮廷の外で、吉乫女の体は咲き誇った。肌に艶が出て頬は赤くなった。若いときにもなかったことだった。吉乫女はよく沐浴をした。咲き誇る体で、吉乫女は雄馬や雄犬も寄せ付けなかった。吉乫女は男を受け入れたことがなかった。吉乫女は宮廷で老いて退役した宮女らしく、きれい好きで働き者だった。吉乫女は床を拭くとき、箸で床の継ぎ目のゴミを掘り出し、春と秋には屋根に上って雑草やカビを取った。吉乫女の水踰里(スユリ)の居所は踏み石と板の間、井戸の洗濯石までぴかぴかだった。吉乫女は奥の間の窓や引き戸に一重の布団で垂れ幕を掛けて、祈禱室を作った。壁に十字架像と耶蘇の母の絵を掛けた。十字架像は南大門外の甕売り崔カラム老人が送ってきた樺の木を木綿糸で結んで作り、耶蘇の母の絵は何年か前に北京の使行の役官が隠し持って来た絵の模写だった。祈禱を行うときは暗い部屋の中に灯蓋の油で灯をつけて、香を焚いた。吉乭女はここを天国に行く停留所のように考えた。宮廷を捨てて宮廷の外の世界に出て、またその向こうの世に行く待合室だった。水踰里に居所を構えると、吉乭女は行く道の半分はもう来たような気持ちだった。祈りを捧げないとき、吉乭女は二つの膝を立てて両腕で抱え、板の間の端に座って庭を見つめたりした。とても遠い道のりを歩いてここまで来たのだという思いがした。

全羅道西望（チョルラドソマン）で小作農の妻呉東姫（オドンヒ）は、天主教の集まりが発覚するとソウルに逃げて、吉乭女の水踰里の居所に身を隠した。呉東姫は文字を書くことはできなかったが、呉東姫が西望で作った諺文の祈禱文は、教徒たちの間に広まった。黄嗣永もソウルで教徒たちの間をこっそりと行き交いながら呉東姫の祈禱文を知り、集まりで声を殺して合誦した。黄嗣永はその祈禱文が、言葉ではなく生きている肉体だと思った。すべての切実なものは、体の方式で存在するのだということを、そのとき黄嗣永は知った。そしてその切実なものはすぐに、そしてそばまで近づいていた。

呉東姫が西望から逃げた後、二十歳になる呉東姫の娘を西望の縣令が捕まえて、ソウルの吏曹佐郎に賄賂として差し出した。吏曹佐郎は呉東姫の娘の美しさをもったいなく思って、賤役をさせずに婢妾にすることにした。妾を抱こうとしたその夜、娘は井戸に飛び込んで自殺した。呉東姫は乞食に化けて、娘が連れて行かれた吏曹佐郎の家に物乞いに行った。呉東姫は奴僕に追い返されたが、そのあたりを嗅ぎ回り、娘が井戸に飛び込んで死に、佐郎は娘の死体を引き出して捨て、井戸を埋めたという話を聞いた。

呉東姫は南大門の外の市場で荷物運びをして暮らした。甕売りの崔老人が野菜を背負った呉東姫に気づいて、水踰里の吉乫女に渡りをつけてくれた。呉東姫は野菜を背尾って吉乫女のところに行った。吉乫女は崔老人からすでに伝言を受けていた。呉東姫が来た日、吉乫女は呉東姫の着ていた着物をすべて脱がせて竈にくべ、髪を洗って虱を取った。吉乫女は呉東姫に新しいチマチョゴリを渡して、家の裏にある豆畑と野菜畑を任せて農作業をするようにと言った。吉乫女のところに来た初めての日、呉東姫は紙に井戸を描いて祈禱室の壁に貼って、倒れ伏して泣いた。泣き声は止まなかった。体の深い所が震えながら、涙が広がって出た。先に出た涙はまだ出ていない涙を引き出し、鎮まってきた涙がまたたゆんで、再び湧き出た。泣き声は収まらなかった。しつこい涙の中で、呉東姫は井戸の底の土の中につながった道を行けば、向こうの世に続く通路が開く幻影を感じた。井戸に身を投げて死んだ娘のその道をたどれば、向こうに伸びていた。

姜詞女（カンサニョ）は麻浦の渡しの店と倉庫をすべて捨てたが、鍾路（チョンノ）通りの商人たちに貸した金はまだそのままになっていた。金は生きていたが、譏察が厳しくてまた隠れなければならず、人を遣わして元金や利子を受け取ることもできなかった。金を借りるときに商人たちは、姜詞女が天主教徒だということを知らずにいたが、姜詞女が突然潜伏するとすぐに捕盗庁の軍士たちが駆けつけた事実を知り、結局は知られてしまった。そうなれば貸した金を受け取る手立てはどこにもなく、金を受け取りに行けば捕まるのは目に見えていた。当分の間、金にまつわるすべての筋を断って静かに隠れているしかなかった。麻浦の渡しは沿岸と島の船、漢江上流を行き交う船と川を渡る渡し舟が集まっては散る場所で、姜詞女の潜伏は船乗りたちの口に上り、延坪(ヨンピョン)、徳津(トクチン)、江華(カンファ)と楊口(ヤング)、八堂(パルタン)、驪州(ヨジュ)にまで伝わるはずで、そちらの教徒たちも線を断ち切って散らばるはずだった。雷に打たれて倒れたように、生きる場所が崩れて根こそぎにされてしまうことを、来るべきことが遅く来たのだとも思った。

　水踰里の吉乭女の居所に歩いて向かいながら、姜詞女は再び世の中に戻って、世の中に居場所を作って生きることはできないだろうと予感した。姜詞女は東小門の峠を越えてから丸二日間、じっとしていた。峠の下に城北洞(ソンブクドン)から下ってきた小川が流れており、その上流には靴を作る皮色匠(ひしょくしょう)がいた。皮色匠は五十を超えた男寡で、先代のときからの教徒だった。姜詞女はその皮色匠の家に留まって、皮色匠の息子を麻浦の渡しに送り、その後のことを調べて来るように言った。皮色匠の息子は屠殺場を廻って皮をあさり、ときには遠い山奥まで行って山の獣の皮を買ってきたりもした。皮色匠の息子は道をよく知っており、目端がきいた。皮色匠の息子が夕方戻って来て言った。姜詞女が抜け出すとすぐに、捕盗庁の軍士たちが押し寄せて店と倉庫を捜索し、塩辛の倉庫に貼ってあった耶蘇の母の像と祈禱文の本を証拠物として持って行き、鉄窯や砧を打つ洗濯石、灯蓋、ざる、すりこぎやら家財道具をすべて持ち去ったとのことだった。また捕盗庁の軍士たちが、姜訶女は川船に隠れて下流に行ったはずだと判断して、幸州、金浦、二山浦、江華の方に譏察軍士を送って、そこを行き交う船を集中的に探し回っているという状況を伝えた。おそらく捕盗庁の中に置いた間者が情報を操作して捕盗庁の従事官に報告したか、川の下流の方に嘘の状況を作って譏察たちが報告するよう仕向けているのだろうと、姜訶女は判断した。姜訶女が吉巭女の居所に軍士たちを引き連れて行くようなことにはならないはずだった。

姜訶女が発つとき、皮色匠は行き先を尋ねなかった。知ることはすなわち死ぬことと殺すことにつながると、互いに知っていた。皮色匠は額と胸に十字架を切って姜訶女を見送り、姜訶女は合掌した。

吉巭女も麻浦の渡しに人をやって、姜訶女を追う軍士たちが川の下流の方に行ったという状況を知った。吉巭女は姜訶女を楽な気持ちで迎えることができた。吉巭女は姜訶女が持ってきた金三百両のうち二百両を、田舎に隠れている清国の神父周文謨(チュムンモ)に送るつもりで、その使いのできる人を探してほしいと崔老人に頼んでいたのだが、譏察が厳しくて金を送るのをのばしていた。吉巭女が大妃殿に留まっていたとき、姜訶女は処所別監を通じて、諺文の教理本を送ってくれたことがあった。大妃がおかずの数を減らして謹慎する様子を見せ、慈教の草案を作っているとき、教理書は大妃殿に入ってきていた。

姜詞女が大妃殿に入った教理書に、大きな霊験があるようにと祈った。霊験はすぐには現れなかった。吉乧女が姜詞女より五歳年上だということを、処所別監は二人の女の間を行き来しながら知らせてくれた。

年老いた別監は宮廷の中で死んだ。だれが知らせたのか、大妃が別監の死を知った。大妃は下賤の者が宮廷内で死んだことに激怒し、軍士たちが別監の死体を外に捨てた。別監も諺文の教理本を一冊持っていた。軍士たちが別監の持ち物を焼くとき、教理本も焼かれた。軍士たちは様々な物に混ざっていた教理本を見つけ出せなかった。軍士たちが別監の私物を持ち出すとき、吉乧女は大妃の洗面の手伝いをしていた。吉乧女は別監の教理本が発覚するのもしないのも、天の思し召しに任せると祈った。別監が死んで五日が過ぎても、宮廷内は静かだった。吉乧女は天の思し召しが穏やかであることを知った。その静けさで、教理本の霊験はあらたかになったのだと吉乧女は信じた。別監が死んだ後、吉乧女と姜詞女は互いに連絡はできなかった。

吉乧女は姜詞女が連れて来た児利(アリ)を養女にした。吉乧女はその体に男を受け入れて児利を生み育てたという幻想を、現実として自ら信じ込んだ。吉乧女は児利を座らせて教理を教えたりはしなかった。無理に教えなくとも、児利はすでにこちらの側の人間だということを吉乧女は知っていた。世の泥水の中を過ごしてきたのに、児利にはこの世の穢れが染みていなかった。吉乫女の居所にやってきた児利の顔は輝いた。吉乫女は宮廷から持ってきた椿油と櫛を児利にあげて、長い髪を結いあげて首を露わにした。吉乫女は児利を追う推奴（すいど）*が恐ろしかったが、譏察の動きはわからなかった。

児利の主人に金を渡して児利を免賤し、捕盗庁にも賄賂を送って推奴から逃れることもできたが、そうすれば顔が割れてしまうし、別の者に頼むわけにもいかなかった。吉乫女は児利の外出を禁じた。姜詞女も村を出歩かなかった。呉東姫は畑で働き、ときどき五日市に行って米とおかずの材料を買ってきた。吉乫女の居所の周辺は村から遠かった。村では宮廷から追われた年老いた宮女が、親戚の妹を一人連れて住んでいる家だと思っていた。

女四人が水踰里の居所でいつまで暮らすことができるのか、どんな明日が襲ってくるのか、女たちはだれも推測することはできなかった。

朝になりまた夜になり、女たちは祈った。

主よ、われらが鞭打たれて死なないようにしてください。主よ、われらが飢え死にしないようにしてください。主よ、おびえるわれらを主の国にお呼びにならずに、われらの村に主の国を建ててください。主よ、主を裏切る者をすべてお呼びになって、あなたの胸に抱いてください。主よ、われらの罪を問わずにいらっしゃり、ただ許してください。主よ、われらを憐れに思ってください。

児利はその祈禱文が、自分のために書かれたものだと考えた。吉꿐女が祈禱文を唱えるとき、児利は川のほとりの村で、官衙で鞭打たれる者たちの悲鳴と、夜中に股の間をまさぐる男たちの黒い体を思った。祈禱文を唱えるとき、児利は乳がよく出たという死んだ母、自分で生んだ子を捨て主人の妻妾たちの生んだ子に乳を飲ませ、死んで乳色の桔梗の花になったという母を思って泣いた。一度も見たことのない母が、はっきりとした姿で祈禱文の中に浮かび上がった。

朴チャドルは背負子に塩辛の壺を乗せて、魚の行商人の恰好で現れた。呉東姫がちょうどおかずを買いに出ようとしたとき、貝の塩辛売りに庭で出会った。朴チャドルはつっかえ棒を背負子にあてがって、塩辛の壺を開けた。姜詞女が向かいの部屋の封窓から庭を眺めていた。あ、あの男が、姜詞女は手で口を抑えて悲鳴を押し殺した。麻浦の渡しにアミの塩辛を買いに来ていた男が……捕盗庁別将の身分で天主教に近づいて刑具につながれた男が、あの男がつながれた瞬間、自分は麻浦の渡しを慌てて逃げ出したのに……。すでに殺されているはずの男が、どうして生きてここまで来たのか……。

姜詞女の背中に鳥肌が立った。姜詞女は床に身をかがめて庭をうかがった。朴チャドルは貝の塩辛を一すくい盛って、呉東姫に差し出した。朴チャドルは言った。

——この家に吉聖女という宮廷から出て来た年寄りがいるか。

呉東姫はどきりとして身をひいた。朴チャドルは再び聞いた。

——その人はいるのか。わしが聞き間違えたか。

呉東姫は答えずに朴チャドルの言動を注視した。朴チャドルが額から胸に十字を切った。朴チャドルは合掌してお辞儀をした。朴チャドルはまた言った。

——信標がある。南大門の外の甕売りの店から預かった……。

呉東姫が、裏庭の味噌甕の様子を見ていた吉聖女を庭に連れて来た。朴チャドルは再び十字を切って見せた。児利が吉聖女に付いて庭に出た。朴チャドルは包みの中から割れた甕のかけらを取りだして、吉聖女に渡した。吉聖女が甕の破片に書かれた文字を見つめた。吉聖女は奥の間に入って信標を合わせてみて、再び庭に出た。吉聖女が言った。

——遠くまでいらっしゃいました。崔老人はお元気ですか。

朴チャドルは教徒の話法で答えた。

——いつも清らかです。荒乱の中で、むしろ平安です。

——中へどうぞ。

朴チャドルは板の間に上がって座った。吉乭女が向かいに座った。児利が塩辛を受け取って台所の棚の上に置き、水に蜂蜜を溶いて持ってきた。

児利が近づいたとき、朴チャドルは乳飲み子の乳臭い匂いのようなものを感じた。髪を結いあげてうなじが白かった。

朴チャドルはふと目まいを覚えた。朴チャドルは死んだ妹の朴汗女の、娘のころの姿を見た覚えがなかった。汗女が娘のころはこんなだったろうか……。朴チャドルは、自分は再び天主教に染まるのではないかと思って怖くなった。朴チャドルは蜜を溶いた水をごくごくと飲んだ。

朴チャドルは崔老人からの伝言だと言って、洪城の教徒らが検挙されたことを伝え、刑問中に名前が上がるかもしれないので、線を断ち切って動くなと伝えた。朴チャドルは言った。

——洪城の教徒の中で、朴汗女という誠実な信徒一人が棍杖で打たれて致命した。

吉乭女が額から胸へ十字を切った。姜詞女は向かいの部屋から板の間の方に耳を傾けた。あの男はいったいどうやって解かれて、捕盗庁の深いところの話を伝えているのか。

朴チャドルはまた言った。

——この家には何人いますか。三人ですか。

吉乭女が答えた。

——四人です。麻浦の渡しで塩辛を売っていた姜さんまで、女四人で暮らしています。

向かいの部屋で姜詞女は息を殺した。姜詞女は部屋の扉を開けて、板の間に出た。朴チャドルは姜詞女を見てびくりとし、持っていた器を落とした。児利が雑巾を持ってきて水を拭いた。姜詞女は朴チャドルが捕まって放された事実を知らないふりをした。朴チャドルはどもった。

——麻浦を離れたと聞いていましたが……。ここにいたのですね。

姜詞女が答えた。

——ご苦労様です。その間、信心が深くなられたのでしょう。お顔が平安そうです。

朴チャドルは、姜詞女が自分の正体を知っているか、疑っているのではないかと不安になった。朴チャドルが捕まるとすぐに、姜詞女は潜伏した。朴チャドルはその間隔が短かったことを思い出し、背筋が寒くなった。その間、信心が深くなられたのでしょう……姜詞女の言葉が朴チャドルの後頭部を打った。朴チャドルは背負子を背負って出ていく準備をした。朴チャドルは再び教徒の話法で言った。

——しばらくの間、行き来は難しいでしょうが、互いに会えなくともいつも会っているのと同じです。

姜詞女が言った。

——塩辛を買いに来ていたのに、今では売りに歩いているのですね。お疲れでしょう。

朴チャドルは再びびくりとした。姜詞女は背負子を背尾って行く朴チャドルの後姿を、角を曲がるまで見つめていた。

あの男がどうやって生きて歩きまわっているのか。どうして崔老人の信標を持ってくることができたのか。捕盗庁内部の線が途切れて久しかった。姜詞女は朴チャドルの正体を突き止めることができなかった。急いで水踰里を離れるべきか、離れたらどこにいけばいいのかを姜詞女は考えた。思いはあてどもなかった。女四人で集まって祈りを捧げた。祈りの中でも行き場所は思い当たらなかった。

朴チャドルは東小門の方に向かって歩いた。日が暮れかかっていた。急がなければ、急いで引っ張らなければ。一度にぐいっと引かねば。急がないとまた散って、草陰に隠れてしまうだろう……。

その夜朴チャドルは西大門の外の母岳峠（ムアクジェ）の麓の旅宿に泊まった。夜が明けたら早く捕盗庁に行って、捕盗大長か従事官に会わなければいけない。会って、今まで探って確認した教徒たちの網と拠点をすべて報告して、早く網を引かなければならない事情を説明するつもりだった。もっと育てようと放しておいて、突然潜ってしまったら、捕盗大長は朴チャドルがかくまったと疑うだろうし、そのとき朴チャドルは、生き残ることは難しいだろう。死んで真暗になり死んでなくなってしまうよりも、死なずに生きながら死に向かうまでの過程の方がもっと怖いことを、捕盗庁の郷吏だった朴チャドルはよく知っていた。

朴チャドルは酔うまで酒を飲み、旅宿のオンドル部屋に転がった。死んで次の世に行き、どうしてもこの世から逃れたいと望む者たちをその望みの地に送ってやることは、怖くはあったができないことではないと、それを疑うのはよそうと、朴チャドルは自らに言い聞かせた。酔いがその思いをより堅固にさせた。しかし捕盗大長が軍士を使って網を引くとき、児利をどうすればいいのか、方法が思い浮かばなかった。死んだ妹の朴汗女が娘のころはああだったろうか、あんなふうに乳臭いようでもあり、日向で乾いた洗濯物の匂いのようなものを発していただろうか。あんなふうに髪を結いあげて白いうなじを見せていただろうか。死んで埋めてやった妹の朴汗女が、なぜ児利の体の中に蘇ってきたのだろうか。水踰里の巣窟で姜詞女たちと共に検挙されたら、児利は死を免れることはできないだろう。

児利の体が若くて美しいので、郷吏たちが体を持て遊んでから殺すことも考えられた。夜中に朴チャドルは飛び起きて、倒れるまで酒をまた飲んで転がった。

【推奴】逃げた奴隷を探して捕まえる者。

草むらの虫の音

土窟の天井に開いた封窓を太陽と月が過ぎていき、星がまたたいては消えた。土窟の中は地熱が上がってきて暑かった。金介東が甕の背負子を担いで町の市場に出かけた日は、六本指が穴から食事を差し入れた。麦飯、味噌汁、青唐辛子とキュウリの塩漬で、ときにはゆでた犬肉が出た。飯は明方と夕刻に入ってきた。穴の蓋を外から叩くと、黄嗣永が中から蓋を開けた。尿瓶を差し出し、飯を受け取った。

夜に土窟の中は草むらで鳴く虫の音でいっぱいだった。暗闇と虫の音だけだった。土窟はソウルまで、ソウルから北京まで、海を超えた向こうにある対岸の国、大きい力強い船が停泊している港まで、その広い空間をただ虫の音が埋めていた。無数の虫が鳴く音が互いに競い合い、暗闇に混ざった。黄嗣永の体は虫の音に浸されていた。虫の音は、音の深い奥の方へと黄嗣永を導いて行った。

土窟はもうそれ以上退く場所もないところで、どこにもつながっていない場所だったが、官員らが市場や林をひっくり返して、そこを探し回っていた。黄嗣永は本を持って来なかった。体に食い込む虫の音と、封窓の穴から見える遠い星を、一本の弓で射る詩想が湧いたが、黄嗣永は筆を握らなかった。

土窟の中は昼間でも暗く、黄嗣永は目を大きく見開いた。暗くて、かすかなものがはっきりと見えた。大陸の虫の音をかき分けて、荒野と沼を渡り、馬を引きながらやってくる馬路利（マノリ）の幻影が、暗闇の中にくっきりと見えた。馬路利はもう鴨緑江（アムノッガン）を渡っただろうか。

仁川（インチョン）、南陽（ナミャン）、平澤（ピョンテク）、唐津（タンジン）の海に近づく、大きく力強い船の幻影も暗闇の中ではっきりと見えた。船は海の向こうの対岸から進んで来た。旗が風になびき、銅色の大砲が輝いていた。青い煙がたなびき、白い泡が海をかき分けて近づいて来た。船は仁川、南陽、平澤、唐津にもうすぐ着くはずだった。

牛の鳴き声が響く野の幻影も、暗闇の中に浮かんだ。牛と牛とが互いに鳴きながら呼び合い、牛の鳴き声が人間の心を和ませ、牛性の素直さと牛性の穏やかさが人性となり、天性である国が開ける幻影を、黄嗣永は暗闇の中で見た。船はさらに近づいていた。虫の音がこの世との縁を断ち切っていたが、船の幻影はさらにはっきり、実態として近づいて来た。牛の鳴き声の中で言葉が紡がれ、経典が新しく書かれていた。

妻の叔父である丁若鏞と丁若銓が邪学の罪人として捕まると、黄嗣永はすぐに身を隠した。

黄嗣永が天主教徒であるという告発が、刑具につながれた妻の叔父の口から出たという話を、黄嗣永は逃避途中に教徒たちから聞いた。そのとき丁若鏞は、まだなんの刑罰も受けてはいない状態だった。告発したのは丁若鏞ではなく、丁若銓だという話もあった。黄嗣永はそれを言った人がだれだろうと、たいした違いはないと考えた。どちらにしても、妻の叔父たちはこの世と国王に属す者であり、どんな遠い辺境をさまよったとしても、結局は社稷の周辺に留まる人々だった。妻の叔父たちが黄嗣永と多くの教徒たちを告発した代価として、鞭打ちの数が減り、死を免れたとしても、黄嗣永は天主がその告発を背信と受け取らないよう願った。妻の叔父たちは信じる者ではないのだから、背信もなかったのだ。妻の叔父たちが姪の婿を告発することで、互いの道をそれぞれが行くことになったのだと、黄嗣永は考えた。しかし妻の叔父たちが自分の告発をどう考えているのか、黄嗣永は想像がつかなかった。生きて、この世で再び妻の叔父たちと会うことはないはずだった。しかしもしも会ったとしても、妻の叔父たちがその話を口にしないことを黄嗣永は願った。おそらく妻の叔父たちの方でも、まさかその話を切り出すことはできないはずだった。

妻の叔父たちの刑問は軽い方だった。多くの人がそう言った。刑問から解かれて、妻の叔父たちは南の方に流されたが、黄嗣永はその後の消息は知らなかった。

黄嗣永は逃げた周文謨神父に洗礼を受け、周文謨の寵愛を受けた信徒として、周文謨の周辺についてすべて知っていると、すでに捕まった信徒たちが刑問で告発した。黄嗣永は非常に賢くて、十六歳で少年及第して王に親見し、御手に触れた手を絹でくるんでいた者だった。そのとき堂上官たちは、少年及第した者の腕をだしぬけに引き寄せた王の御手がもったいないと噂した。丁若鏞が告発すると、備辺司は黄嗣永を邪学の巨魁と目した。黄嗣永は逃げることで、自分が巨魁と持ちあげられることが恥ずかしかった。少年で登高したように、あまりにも早く巨魁の位に上ったのではないかと思った。土窟の中では、土窟の外の世界で起こっていることがむしろ夢の中のように思えた。土窟の暗闇の中で、清川江を渡り鴨緑江を渡って遼東を過ぎ北京まで行く道と、北京から再びその向こうに伸びる道がはっきり見えた。馬路利はもう、近くまで来ているはずだった。

大妃が再び慈教を下した。

夏暑く冬寒いのは当然のことだ。老いて病み死ぬことが、どうして歳月のいたずらであり、凶豊が交代でやってきて食べたり飢えたりするのが、どうして王のせいであろうか。しかし王が天を怖れ、百姓をわが子と思い、その病や飢えを自らの過ちと考えているのに、百姓はどうして王を捨て邪学に染まり、偶像を大事にして刑場に引き立てられ、先儒を嘲弄して夷狄の井戸にはまるのか。百姓を治めるのは魚の刺身を切るようにはできないことをわれも知らぬではないが、愚かな百姓たちが狂い、酒に酔ったように虚説をつぶやき、教化を背反するのに、どうして王は百姓の父として焦らずにおられようか。人でも獣でも草木でも、すべて生きようとするのが本性なのに、どうして生きるのが悪く、死ぬのが良いのか。

われが言ってもまた言ってもついに教化に従わぬ群れに、極律*を下そうとするのだから、その首領と方伯は邪学の種を撲滅し、滓が残って再び猖獗せぬようにせよ。ああ、これ以上なにを言おうか。お前たちはわが御心を推して推し量れ。

金介東は十日間、ソウルに出かけてきた。六本指が黄嗣永の食事の世話をした。食事を残す量が次第に増え、尿瓶は軽くなった。黄嗣永はときどき、夜中に土窟の外に出て空の星と銀河を眺めた。六本指はかつての主人が呼ばなければ、黄嗣永のそばに行かなかった。暁の寒さに、黄嗣永は再び土窟の中に入った。黄嗣永の体がやつれてきて、六本指は胸が痛んだ。命連と二歳になった息子はソウルの家に残っていた。命連からはなんの知らせも届かなかった。

金介東は戻ってきてソウルの消息を伝えた。夜中に金介東が土窟の穴を叩いた。黄嗣永が中から蓋を開けると、金介東が土窟の中に入ってきた。暗闇の中で黄嗣永が腕を伸ばして金介東の顔をさすった。髭が伸びて鼻息が熱かった。金介東が、ソウルから持ってきた干しワカメを差し出した。

――少しずつ口で柔らかくして、召し上がってください。

金介東は大妃が再び慈教を下したと伝えた。黄嗣永は慈教を読まなくとも、内容を押し量ることができた。大妃は自分の言葉に酔っているようだった。

多くの教徒が捕まって殺され、また背教し、背教して解かれた後に打たれた傷のせいで死んだことを、金介東が伝えた。金介東の声は低かった。ただ事実を伝えるのみで、なんの感情も含まれてはいなかった。暗闇の中で黄嗣永は唾を飲んだ。大妃の焦った思いが現実となっていた。黄嗣永は言った。

――そうなったのか。

金介東は中国人神父、周文謨の死を伝えた。黄嗣永は額から胸に十字を切った。教徒たちは次々と捕まり、刑具につながれた教徒たちは周文謨の行方を追及されて棍杖で殴られ、足をねじられた。知らない者は鞭に耐えかねて嘘を言って殴られ死に、知る者は知っていることを言わないがために殴られ死んだ。知ることも知らないことも、どちらも死に行く道だった。

危険が近づき、周文謨は清に帰ろうとした。周文謨は荷馬と手綱引きを求めて北へ向かった。周文謨が鴨緑江に着いて国境を越えようとしたとき、天から声が聞こえてきた。

……お前は逼迫した地を捨てて、どこに行こうとするのか。おまえは牧者なのだから、牧者の場に戻れ。

周文謨はすぐに来た道を戻ってソウルに行き、議禁府に自首したのだと、教徒たちは天の声を直接聞いたかのように噂した。

周文謨は脛骨を棒で三十回殴られて、二本の足で立ち上がれなくなった。軍士たちが周文謨を担いで獄から引きずり出した。軍士は周文謨の二つの耳に矢を突きさして、刑場に引いて行った。官員たちは百姓たちを引き出して、死刑囚が通り過ぎる道に立たせ、刑場を囲んで見物するようにした。周文謨は喉が渇いたと、見物人に酒を一杯くれと言った。老人が酒を一杯持ってきた。周文謨はその酒を飲んで、盃を老人に返した。

刃が降り降ろされるとき、周文謨は首を長く伸ばしていたと、見た者たちは伝えた。周文謨の頭は、一度の太刀で落ちた。周文謨がさらし首になったという話が、その日のうちにソウルの都中に広まった。金介東がソウルに到着する二日前のことだった。金介東はセナムトの刑場に行って、周文謨の死体を確認した。

軍司たちが竹で大人の背丈ほどの三角台を立て、そのてっぺんに周文謨の首をぶら下げた。髷をほどいて髪で縛った。髪が額にかかっていた。頭の落ちた体は、砂の上にうつぶせになっていた。殴られた二本の足はひん曲がり、二本の腕を伸ばして砂を掴み、どこかに這って行くかのような姿勢だった。軍士らが三角台の前で見張っていた。周文謨の首は五日間ぶら下がっていた。川向こうの村の人々が渡し船でやって来てさらし首を見物し、首から板を下げた子どもがハサミを鳴らしながら、飴を売った。ノドゥルの渡しに夕日が射し、三角台の影が長く伸びるころまで、見物人は絶えなかった。夕飯どきになると女たちが来て、見物している子どもたちの手を引いて家に連れ帰った。見張りの軍士は夜も帰らなかった。金介東は言った。

——目をつぶっていましたが、お顔は明るく見えました。口もしっかりと閉じられ、涎もたらしてはいませんでした。

——そうだったか。

黄嗣永は暗闇の中で背筋を伸ばして座っていた。土窟の中に一人いるときも、黄嗣永は壁にもたれなかった。黄嗣永は言った。

——去年の秋に北京に出かけた使行は戻って来たか。

——先発隊が義州を過ぎたそうです。

馬路利が近づいていた。暗闇の中で、山脈と川を渡ってくる遠い道と、ぴくぴく動く馬の鼻の穴が浮かんだ。その鼻の穴の中に、大陸の吹雪が吸い込まれていった。馬路利が来るのか……馬路利よ、死ぬな……。

馬路利を再び北京に送るには、準備を急がねばならなかった。

——ではお休みになってください。

金介東は穴の方ににじり寄った。黄嗣永が金介東を呼び留めて座らせた。

――介東、町に出て絹地を買ってきてくれ。急いで。

――絹とは、銘仙（めいせん）のことでしょうか。

――そうだ。二尺ほどあればよい。目の細かい銘仙が必要だ。白い色を。急げ。

金介東が這って穴の外に出た。黄嗣永は明るくなるまでじっと座っていた。虫の音が天地いっぱいに満ちた。


【極律】死刑のような極刑に値する罪を定める法律。

玆山

秋、水軍の別将呉七九は七品に昇進して、務安本鎮に転任した。呉七九は海南(ヘナム)で武科に及第し、官職がないまま五年間ぶらぶらし、実職は黒山の別将が初めてだった。呉七九は黒山で三年を過ごした。呉七九が島を離れる五日前から、使令が島を回って餞別金を集め、金のない家は乾かしたワカメやアワビで代納した。村ごとに煙突の数によって割当の量が決められ、風憲たちが物量を揃えて差し出した。

若い武官が妻子と離れて絶海の孤島で風餐露宿*して島を守り、百姓の面倒を見たのだから、その人の去り際を美しく飾り、島の美風良俗がしっかりしている様を示せと、海を渡ってきた官員たちが村の風憲たちを集めて、本鎮の教示を伝えた。島を離れる前に、呉七九は獄島につながれた罪人の罰金を半額にしてやり、解放した。陸地では、軍士と官員たちが山奥の草の根を分けて天主教徒たちの種を撲滅しているという話を、呉七九はだいぶたってから本鎮の官員たちから聞いて知っていた。丁若銓が流刑から解かれる希望はなさそうだった。しかし時運は不意に変わることもあるので、いつ大妃が急死したり、形勢が逆転したりして、丁若銓が再びソウルに戻って官職に上ることもあるかもしれない。呉七九は丁若銓が官職に戻り昇進を重ね、朝廷の高い位についているとき、いくら昇進しても王の目の届かないひなびた海辺の水軍万戸程度になっているであろう自分との、そのあまりにも大きな差が怖かった。

島を離れる前日、呉七九が使令を連れて、丁若銓の居所を訪ねた。呉七九が庭に入ると、洗濯物を干していた順毎が台所に身を隠した。昌大が、一歳の誕生日を過ぎたころの赤ん坊ほどの大きさのボラを手に入れて、腹を割きエラをひっくり返して中を調べているところだった。丁若銓は呉七九を、家の主人である趙風憲の奥の板の間で迎えた。順毎がボラの刺身で酒卓を整えて運び、昌大と使令は別の食膳に着いた。丁若銓は言った。

――栄転されるそうですな。おめでとう。

――栄転だなんて……。水軍はどこに行っても海辺です。

――海辺でも、陸地に行くのだから良いでしょう。

――丁ソンビも、都に戻る日が来るでしょう。これまで自分は民を治めたり防守やらで、ソンビのことを気遣うことができなかった。去ることになり、それが心残りです。

呉七九が酒の膳を運んで下がる順毎をちらっと見た。

――新所帯を持たれたと聞いたが、挨拶もできずにいました。

丁若銓はそれには答えずに話を替えた。

――水令がまた替わると、島の百姓は難儀でしょうな。

呉七九は、言葉の意味を量りかねてぎくりとした。妙な言葉だ。……言葉が絡み合っている……言葉に刃がある……。

呉七九が答えた。

――それは、いつものことでしょう。別将だって島で老いて死ぬわけにはいきません。別将は島流しにされたわけではないのだから。

丁若銓はやるせなかった。呉七九が丁若銓の盃に酒をつぎながら言った。

――陸地では、天主教のせいで大騒ぎになっていると聞きました。その種はしぶとくて、大妃様のご心配も深いのだそうな。

呉七九はそう言いながら、丁若銓の顔色をうかがった。丁若銓は呉七九の視線を避けて、水平線の方を見つめた。海に沈もうとする夕日が、最後の峠を越えていた。丁若銓の心の中に、両水里マジェの川が流れていた。黄嗣永は捕まっただろうか。黄嗣永はこの世を渡って行って、死んだだろうか。黄嗣永は生きて、まだ来ないものたちを手招きして呼んでいるのだろうか。故郷のマジェから黒山の間には永劫の時が流れたようだが、時間のこちらの果てと向こうの果てで、黒山とマジェは向かい合っていた。呉七九が使令に持たせてきた袋を差し出した。

——五十両ある。これでも差しあげなければ、わしの心がおさまらない。

丁若銓は目を見開いて呉七九を見つめた。眼光が冷たく、呉七九はぞくっとした。丁若銓は言った。

——持っていきなさい。この島で金を使うところなどない。

——百姓たちがわしにくれた温情だ。もしもソウルに行かれることがあれば、道中、体を休めるのに使ってほしい。高い位につかれたとしても、黒山の別将を覚えていてほしい。

昌大が驚いて丁若銓を見つめた。丁若銓の顔には表情はなかった。呉七九は二、三杯あおると、金の入った袋を板の間の片隅に押しやって帰り、丁若銓はなにも言わずに自分の部屋に入って横になった。昌大は金の袋をどうすればいいのか、丁若銓に聞くこともできなかった。夜が更けた。趙風憲は金の袋を自分の寝室の簞笥の中に入れた。

文風世の船が来ないので、呉七九は漁船に乗って出て行った。まず牛耳島まで行き、そこから官船に乗り換えて、務安まで行くつもりだった。呉七九が出航するとき、黒山の住民が鎮里港の船着き場に列を成して見送った。住民は呉七九の船が見えなくなるまで船着き場を離れなかった。

黒山には常緑樹が密生していた。椿の林と松林は日照りの中でもふんばって黒く光った。塩気に慣れた葉が輝き、風が吹けば林は揺れ動き、どよめいた。遠くから見れば、日差しのある日には島は墨色に輝いており、曇りの日には真っ黒な岩の塊として浮いていた。

遠洋を行く船は、黒山島と可居（カゴ）島の間に進路を取った。黒山は最後の航路の指標だった。海岸断崖が島を取り囲んでおり、波の荒れた日には、遠くを行く船は黒山に接岸することはできなかった。遠洋に出る船にとって黒山は最後の島であり、白い海とつながる黒い海の島だった。黒というたった一つの恐ろしい文字が、黒山をこの世から隔絶していた。島に初めてやって来たとき、丁若銓はそう感じた。百姓の血を吸い油を搾り取り、骨を砕き肉を剝がし皮を取る風習は、陸地でも都でも変わりはなかったが、生まれてから働き食べて死ぬ方法は異なっていた。剝民の制度と方式が同じだとしても、島は遥か遠くにあって関与する者もおらず、海と風に絡まった鎖をほどくことはできなかった。丁若銓は黒山の黒の字が怖かったが、その恐れは、島に限定されたものではなかった。黒の字の恐ろしさは、時代そのものに対する恐れとも似ていた。丁若銓はその恐れの中をじっと覗きこんでみると、戻りたい懐かしさの痕跡がそこにかすかに残っているようにも思えた。帰る場所もなく、どこも恐ろしい世の中なのに、それでも戻って行きたい心の痕跡が残っているのは、故郷マジェの川にいるカニと、黒山の川の淡水ガニの姿が同じだからだと、丁若銓は自分にそう説明した。

黒山に対する恐れの中には、黒山の海の魚の姿や様子を文字で書こうという望みが育っていた。魚の生きる姿を文字で書き留めても、黒山の恐ろしさを振り切ることもできず、慰めにもならない。しかし、魚を文字で書き、恐れや待ちわびる心や懐かしさがまったく生まれて来ない、元々あるがままの世の中を、ほんの少しでも人間の方に引き寄せて見ることはできないだろうかと思った。魚の様子を書いた文は、詩歌や文章ではなくただの魚であるように、そして魚の言葉に少しでも近づいた人間の言葉であるようにと、丁若銓は願った。

丁若銓は昌大を呼んで座らせ、その怖れを話そうとしたが、言葉はうまくつながらなかった。

——わしは黒山を茲山(ジャサン)に代えて生きていこうと思う。

丁若銓は紙に、黒いという意味の「茲」という文字を書いて昌大に見せた。昌大は顔を上げた。

——同じ意味ではないでしょうか……。

——同じではない。茲は曇って暗く深いという意味だ。黒はあまりにも暗すぎる。茲はまた、今、これから、ここという意味もあるから、いいではないか。お前とわしがここで住む島が茲山なのだ。

——代えることの意味がよくわかりません。

——黒は恐ろしい。黒山はここが流刑の地であることを、果てしなく知らしめる。茲の中にはかすかではあるが、光がある。ここを目指して来る光だ。そう感じる。この海の魚は、すべて玆山の魚だ。わしはそう思う。

——その方がお楽なのでしょうか。

昌大はそれ以上は訊かなかった。丁若銓は玆山の海の魚の種類と姿と生き様を、文字に記していった。文字は魚を集めることはできず、魚が文字を引っ張っていった。引っ張られた文字は、魚と並んでいった。

海が静かな日、丁若銓は黒い暗礁の向こうを群れを成して渡る魚の波紋を調べた。魚は静かな波を立てながら、日の沈む水平線の向こうに群れて行った。鳥が魚の群れを追いながら、遠くまで行って戻ってきた。魚は種族同士で動き、鳥もまたそうだった。遠い海から戻って来た漁師が、魚たちの強情ぶりやいたずらを丁若銓に語って聞かせた。玆山は、黒山とは異なる名前だった。

ボラの群れはいつも、人の村の近くまでやって来る。ボラの群れは、浅くて温かい水に長くとどまってから帰って行く。ボラの群れが水面に銀色の背を現して行き交うとき、水面には細かいひだが生じて光が沸き立つ。光の隊列は村の沖合を巡り、黒い暗礁の後ろを回って、遠い海に出て行く。ボラは瞼に油気が多く、波が荒くても目を開けたまま進むことができる。ボラの体にはボラの進行方向と水の流れの紋様と時間が刻まれている。ボラは敏捷で鋭い。数万匹が群れを成して泳ぎ、一匹が感知した危険が一瞬で全体に伝わる。ボラは群れの中でも個別の触覚が生きており、個別の触覚が集団の触覚として広まっていく。ボラは食べる場所以外では決して食べず、澄んだ水では餌に喰らいつかない。ボラは水面の上に跳ね上がり、頭から再び水に突っ込んで潜る。

——昌大、ボラはなぜ水の上に跳ねるのか。

——おそらく、水の下になにかがいるのでしょう。

——しかし、どの海でもあんなふうに一度に跳ね上がったりするのだろうか。

——わかりません。遊びが伝わっていくのかもしれません。子どもの笑いのように。

——昌大、ボラの肌の紋様はなぜああなのか。

——ボラが泳ぎながらぶつかった水の流れの紋様なのでしょう。その肌の下の肉の紋様も、肌と同じです。

——なるほど、そうなのだろう。どうしてそれを知った。

——包丁でボラの身をさばいてみて知りました。水の流れとぶつかった紋様でした。

ホウボウは口の脇に青い髭が二本生えている。胸の下のひれは扇のようだ。青く澄んでいる。ひれを使って水の底を探りながら、獣のように歩いて回る。ホウボウは大きな声で鳴く。ホウボウの鳴き声は蛙の鳴き声のようだ。日暮れごろに鳴き出すのも、蛙と同じだ。ホウボウが鳴く理由はわからない。

　イシモチは群れを成して鳴く。イシモチの群れの鳴き声は、雷の如く海中に響き渡る。水の上に浮かんだ漁師たちは、遠いイシモチの群れの鳴き声で眠れない。漁師たちは水の中に竹筒を差し入れてイシモチの鳴き声を聞く。漁師はその声の方に向かって船を漕ぎ、網を下ろす。群れの行く道筋を知っている漁師は、船が沈むほどイシモチを引き上げる。イシモチは船の上でも横腹をびくつかせて鳴く。イシモチが鳴く理由もまたわからない。高興(コフン)の沖合では春分のころに、七山(チルサン)の沖合では寒食のころ、忠清の沖では小望（旧暦一月十四日）のころに、イシモチの群れが現れる。黒山の海には陰暦六月、七月の間に現れる。イシモチは内臓がきれいだ。イシモチは生臭さもない。塩に漬けたり乾かして食べたりするが、その味は甘く澄んでいる。鱗は端正に整っている。唇は赤く、口の中は白く、腹の下は黄金色の光を帯びている。

　アワビの殻はごつごつしている。螺旋形に曲がって溝がついている。トコブシとよく似ている。この種族の殻の紋様はどれも螺旋形だ。そこにはきっと理由があるはずだ。アワビの殻の内側は五色燦爛とした光彩を放っている。光彩は見る角度によって異なって見える。その発源地があるはずだ。殻の左側には、頭の方から五つ六つ、または八つ九つの穴が並んで空いている。穴は下の方に行くほど小さくなる。空いた穴もあれば穴の形だけをして空いていないものもある。

太刀魚は大きな刀のようだ。大きいものは長さが九尺もある。口を開けると鋭い歯が並んでいる。太刀魚は立って泳ぎ、立って寝る。太刀魚は尾びれが細くて、水を掻き分けることができない。太刀魚の背びれは頭から尾までずっとつながっている。太刀魚はこの背びれと体全体を波のように動かして、ゆっくりと移動する。太刀魚は下顎が上顎よりも前に突き出しており、歯が見える。漁師が噛まれることもある。噛まれると毒がある。太刀魚は体全体が刀のように光っており、触ると銀色の粉が手につく。

魚は口で息をする。魚の口はこわばった櫛のようだ。魚は口で吸いこんだ水をエラで漉きながら、息をしている。だから魚は水の中に潜ったままで海を渡ることができる。捕まった魚が死ぬときには、えらが最後までぴくぴくして、一番最後に止まる。エラは水の外でもしんどそうにぴくぴくと動く。

魚の鼻の穴は中が詰まっていて、口に通じてはいない。魚は鼻の穴で息をすることはできない。魚の鼻の穴は二つだ。鼻の穴の位置は頭の真ん中で、人と同じだ。魚の鼻の穴は正面を向いて空いている。人の鼻の穴とは方向が異なる。おおよそ魚の鼻の穴は針の穴のように小さい。魚はなぜ鼻の穴があるのだろう。

——昌大、魚の鼻の穴はなにをするためのものだろうか。

——匂いを嗅ぐのでしょう。たぶんそうです。

——中は閉じているのに、どうやって匂いを感知することができようか。

——その閉じた中側から脳に通じる道があるはずです。

——水の中で匂いが伝わるのか。

——匂いは空気の中で伝わりますが、水の中でも伝わるでしょう。だから鼻の穴が前に開いているのでしょう。

——魚は鼻の穴をひくひくさせるのか。

——息をするわけではないのでひくひくはしないでしょう。ただ水が出入りします。

——魚はどんな匂いを嗅ぐのか。

——わかりません。魚が嗅ぐ匂いを、人が嗅いだことはありません。だから人の言葉では言うことができないでしょう。

——なるほどそうだろう。おまえが魚の言葉を習ったらどうだ。

昌大は答えずに笑った。風が吹いて海が荒れ狂った夜、魚は水の中でどうしているのか、丁若銓の考えは果てしがなかった。波が島に打ち付ける夜、順毎は男の体を深く受け入れた。順毎の体の中は暗い海のようだった。近づけば離れてゆき、果てまで行きつくことができなかった。丁若銓は深く囚われた。男の体を受け入れるとき、順毎はいつも遠い海を渡ってゆく小さな魚のひれとエラを思い出していた。順毎の髪からは日に焼けた潮の匂いがした。風が吹いて海が荒れた夜、順毎は孕(はら)んだ。

【風餐露宿】風の中で食らい露に濡れて寝ることから、外地で苦労して暮らすことの喩え。

銀貨

馬路利は春分が過ぎて義州に到着した。鴨緑江の春の水は生臭さを孕んでいた。山脈を伝って流れ出た川の水は、雪の中から顔を出した野草の香りを運んできた。馬路利はその水の匂いで、朝鮮の川に戻って来たことを知った。馬路利は帰還する使行の隊列の先発隊だった。書状官が先発隊を引率し、従事官、駅官とその従者たち、商い人、馬夫が隊列を成していた。北京を発つとき馬路利は、荷馬五頭を一本の縄で縛って引いた。荷は道中の糧食と官員たちの私物だった。駅奴たちが馬の餌を背負って、隊列の一番後ろから着いてきた。遼東の吹雪は何日も吹き荒れた。雪の粒が馬の鼻の穴に吸い込まれた。馬は鬣を震わせてくしゃみをした。馬は目を開けておられず、足を踏み外して足首を痛めた。馬夫三人が遼東の入り口あたりで凍え死んだ。居眠りしながら歩いて倒れたのだが、体はすでに凍っていた。馬夫たちは死んだ馬夫を雪の中に捨てた。次の使行のとき、道で死んだ馬夫の死体を見たら不吉だからと、従事官吏は死体を道から離れた穴に投げ捨てるよう指示した。馬夫たちは足を引きずっている馬やへたり込んで動かない馬を、人の死体と共に穴に投げて埋め、荷を別の馬に移した。馬路利は死んだ馬夫が引いていた馬を一緒につないで引いた。義州にたどり着いたとき、馬路利は馬八頭を引いており、馬の背の荷は倍ほどに膨れ上がっていた。

一番鶏が朝を告げる前に柵門を離れた隊列は、一晩野宿した翌日の夕方に鴨緑江にたどり着いた。柵門から鴨緑江まで百里を越える道のりに、人影はなかった。鴨緑江で隊列は川辺に馬をつないで渡し船を待ちながら、暮れてゆく春の川の生臭さを嗅いだ。人と馬の鼻の穴がひくひくと動いた。水を見た馬たちはいっせいに駆け寄って、ヒンヒンと鳴いた。馬はガブガブと川の水を飲み、黄色い糞をひねった。川の向こう側に迎えに来た義州の官員たちが、旗を振って鉦を鳴らした。渡し舟が来るまでの間、馬路利は液便を垂れている馬の口内を調べ、真鍮の箸でうなじのところを刺して鍼を打った。馬路利が馬の顎の下をなでてやると、馬たちは頭を下げて馬路利の前に寄ってきた。

馬は朝鮮の川の水をうまそうに飲んだ。再び鴨緑江を渡るとき、馬路利はヨハンという名で洗礼を受けて戻ってきたことに実感がわかなかった。川はずっと流れ、道は続きながら、その上を歩いて遠い道を行くことができるわけで、突然飛び越えることはできないものだ。馬路利は黄嗣永ソンビから天主の教理を初めて聞いたときも、元々それを知っていたような、優しくて穏やかな気持ちになった。おまえの隣人を愛せ、そんなふうにはっきりとしたものを、黄ソンビはどうして恐ろしい秘密のように隠して、声を殺してささやくように言ったのか、馬路利は聞きたかったが、ソンビに自分から言葉をかけることはできなかった。ひもじい者がわざと腹の減っていないふりをし、凍える者が無理に震えないよう我慢するのと同じように、その理由を聞いたとしても、聞こうがどうが同じことだった。ソンビとはそんな当たり前のことも、熱心に学び考えることを業（なりわい）とする人々だった。

　朝鮮に戻れば、忠清道堤川（チェチョン）の舟論の谷に来いと言った黄嗣永の言葉を馬路利は覚えていた。クベア主教から預かった耶蘇の母の像を、黄嗣永に渡さなければならなかった。鴨緑江はその約束事を思い出させてくれた。六本指が黄嗣永の呼びだしを伝えるために、堤川からソウルまで来た。馬路利は堤川に行ったことがなかった。牧渓（モッケ）で川を渡り、朴達峠（パクダルチェ）を越えて行くという話を聞いたことがあった。一度も行ったことのない道が、馬路利の目の前に広がっていった。道が広がれば、馬路利の体はいつもその道の上に乗っていた。黄ソンビが緊要な遣いをさせようとしているらしいが、おそらく使行の馬夫を呼ぶのを見ると、北京と関連したことであろうと馬路利は推測した。

　馬路利の使行馬夫の仕事は、ソウルで終わることになっていた。馬路利は定州（チョンジュ）の駅站に属していたので、ソウルで仕事を終えた後に堤川まで行って来るには、夜を徹して歩かなければならないはずだった。ソウルからは荷がないので、難しいことでもなかった。

過ぎて見れば、通り過ぎた道は雪の中に消えていった。この世には行ったことのない道がもっとたくさんあるはずだが、行ったことのない道が行ったことのない場所にずっと伸びているのかどうか、馬路利はいつも気になった。だから道は、その上を通るときだけが確かに道だった。馬路利はいつも道を行く馬夫だった。北京でクベア主教は馬路利にヨハンという名を付けながら、ヨハンは遠い道を行く者だと言った。ヨハンという名の意味は馬路利と同じで、馬夫こそ馬路利の運命であることが、再び鴨緑江に着いたときに確実になった。

馬夫の運命が確実になるほど、馬夫から逃れようとした希望も、馬路利の心の中ではっきりしてきた。四十を過ぎ五十を過ぎても、主人の荷物を主人の馬に乗せて、遼東を歩いて行き来することはできないはずだった。凍え死んだ馬夫を雪の穴に埋めながら馬路利は、いつの日か遼東の原野の雪の穴に捨てられる自分の姿を思い浮かべた。駅站の察訪たちは、年老いて使い物にならなくなった老いぼれ馬夫や駅奴を病死や行き倒れだと帳簿上で死んだことにして、安い値で売り飛ばしたりすることもあった。

馬路利は北京主教クベアからもらった銀貨四十両を袋に入れて、腰に巻き付けていた。クベア主教が印を押した耶蘇の母の絵は竹筒に巻いて入れた。冬の遼東を渡る道で、馬路利は腰にある銀貨の重みを感じた。村のない場所で野宿するときも、馬路利はその袋を肌身から離さなかった。銀貨を持ち歩くのは危険だった。中国の銀貨四十両を朝鮮の貨幣にすれば、三、四倍を超えるはずだった。使行に混じって北京に行く商売人たちは、中国の金をいつでも朝鮮の金に換えてくれた。免賤して、定州の郊外の人通りのある道筋に、畑の付いた小さな酒幕を設けるのにあつらえの金だった。クベア主教がくれた金は、馬路利の路銭に使うには多すぎた。主教は道の事情や朝鮮の物価を知らないからなのか。北京の天主教堂は天井が高かった。足音が響いて、この世ではない別の場所を踏んでいるかのようだった。色のついたガラス窓から朦朧とした紋様が浮かび上がり、広くて高い屋内に光のかけらが散っていた。そのとき、風琴（ふうきん）の音が聞こえた。その楽器の名が風琴だということを、馬路利は後になって知った。数多くの息遣いが重なり合った音だった。音は幅広く連なり、深く浸み入り、遠くまで届いた。馬路利の耳には、空に呼びよせられる風の音のように聞こえた。だからそこでは金（かね）も銀になって力が強くなるのかと、馬路利の心の中で銀貨はそうやって認識されていった。

鴨緑江の渡し船で、馬路利は腕を背中に伸ばして、腰に付けた金の袋を触った。馬夫を続けるか酒幕を出すかを黄ソンビに聞いてみれば、馬夫の方だろうと馬路利は思った。ヨハンは遠い道を行く者という意味であることを、黄ソンビも知っているはずだった。鴨緑江の川の上で馬路利は、それでも酒幕を設けることになるような予感がした。酒幕は道に面した場所だった。そこで奥の部屋の床を温めて、遠い道を行く若い馬夫を泊まらせて、鳳凰城の向こうにある遼東の遠い道や、虎の鳴き声のする野宿の夜や、その道の吹雪や雨風について語る自分の姿を思い浮かべて、馬路利は微笑んだ。

渡し船は夕飯どきに義州の渡しに到着した。船五隻が幾度も川を行き来して、人や荷物や馬を運んだ。義州の府尹*が川べりに出て、書状官を迎えた。義州の官員たちが川辺の砂場に窯を一列にしつらえて牛の頭の汁飯を炊き、川を渡ってきた者たちに一杯ずつふるまった。男たちが汁飯のどんぶりに鼻を埋めて、まるで泣くようにしてごくごくと汁を飲んだ。義州の奴隷が馬の飼葉を背負ってきて、遠い道をやって来た馬に餌を与えた。川辺で夕食をとった使行の先発隊が、再び隊列を成して義州の邑の中に入っていくころ、日は暮れた。

あちこちの村の中間商人と仲買人、金貸しや権力者たちが送った荷負いが義州の邑内に集まって、使行の隊列が積んできた品物を待っていた。平壌の監営の譏察捕校*や検索官らも、二日前に義州に入っていた。

寧辺(ヨンビョン)、定州、龍川(ヨンチョン)から、商売あがったりの妓生たちが義州に集まって来て大儲けした。妓生たちは酒幕や旅館だけでなく、民家の部屋を借りて場所を確保した。冬から春まで、遼東の寒さの中を歩いてきた男たちは、夜通し妓生をとっかえひっかえして呼んだ。妓生たちは一夜に三度も四度も男を受け入れた。別将たちが、妓生を呼ぶ伝言を伝えに夜の道を走った。夜が明けるころ、地位の高い官員たちが眠り惚けてしまうと、馬夫と荷負たちが妓生の部屋を訪ねた。

空が明るくなるまで、男たちは路地から路地へと歩きまわった。ズボンの腰ひもを手で持った男たちは、路地で顔を合わせても、お互いせわしなくて挨拶もしなかった。書状官と従事官は早々に、義州の官衙の客舎に入った。府尹が客舎に妓生を集めた。書状官は、客舎の外の民草のやっていることにはおかまいなしだった。戻って来た使行の先着隊は、義州で二日泊りソウルに向かった。先着隊が出発した翌日、正使を先頭に本隊がやって来た。男と妓生たちは、夜ごとに息も絶え絶えになった。

先着隊が義州からソウルに発つ日の朝、馬路利は逮捕された。義州に到着した馬路利は、荷馬を引く馬夫五人と共に藁ぶきの民家を一軒借りて泊まっていた。明方、江界官衙付きの馬夫が外に出て、妓生五人を連れてきた。妓生たちは日暮れごろから軍官や別将の部屋まで次々と出入りして、ようやく解放されたところだった。江界の馬夫は、妓生五人を馬夫五人のいる部屋に一人ずつ押し込んだ。江界の馬夫は花代の一割を紹介料として徴収した。明方、馬路利は女を抱いた。鴨緑江の下流の龍川で、船乗りの相手をする女だった。妓生というよりも、遠くに稼ぎに行く妓生に混じってきた野兵だった。日暮れごろから軍官二人を相手にしてきたと言いながら、女は馬路利の胸に吸い付いてきた。女の髪が乱れており、脇から饐えた乳の匂いがした。女は下が濡れていた。その中の方には、狭苦しい道が果てしなかった。体から体に渡る道は遥かで、体を押せば体は近づいてきて、抱きしめてももっと遠い道が残って、体を呼んだ。

女たちはみな、脇の下から饐えた乳の匂いがして、体を渡る果てない道がその下の方に広がっているのだった。女の髪に顔を埋めて馬路利は、女はみなそういうものだと考えた。

この女と一緒に、酒幕を設けて暮らしたらどうだろうか、女はみな同じ匂いがして、同じ道が開いているのならば、できないことはないように思えた。馬路利は女に聞いてみたかった。馬路利はその思いをこらえて、女をもっと強く掘っていった。女は龍川で飲み屋をやっていたというから、客あしらいには慣れているはずだ。……だから顔の知れた龍川ではだめだろう……それなら定州から咸鏡道の方に向かう道がいいのではないか……いいだろう、女はみな柔らかくて湿っているから……。

女は馬路利から馬糞の臭いがすると言って、うなじに鼻をつけてクンクン嗅いだ。北京までの遠い道のりをどうやって往復するのかと女が聞いたとき、馬路利は

——歩いて行くんだ。道の上を歩いて……。

と答えて、女はそのつまらない答えにフンと笑った。

一番鶏が鳴いて女が帰って行った。馬路利は銀貨一両を女に渡した。女は初めて見る清の国の銀貨を灯りに照らして見た。金(かね)に白い天の川がかかって、光に揺らめいた。女はまだ暗い路地に出て、馬路利は深い眠りに落ちた。

龍川の女はその夜、捕盗部長の部屋に呼ばれて行った。捕盗部長は使行の官員ではなく、使

行の様子や搬入品を調べるために来た、平壌の監営の譏察捕校だった。捕校は、一日目にはこれと言った摘発の実績はなかった。

捕校は夜遅く酒の席から帰って、熱い部屋の床で腰をあぶった。龍川の女が足や腕を按摩した。捕校が女の上着を脱がせようとしたとき、上着の袖から布に包んだ銀貨が落ちた。女が銀貨を拾って、また袖の中に入れた。捕校が聞いた。

――それはなんだ。

――中国のお金です。

捕校が体を起こした。

――見せろ。

捕校が包みを解いて銀貨を見た。

――清の銀貨だな。どうしてここに。

――昨日、もらいました。

――だれに。昨日、堂上官の相手をしたのか。

――いいえ、馬夫だそうです。

――馬夫とは……。大事な金だ。しっかり持っておけ。

捕校は龍川の女を脱がせて、急いで事を終えた。長く遊んでいる場合ではなかった。女が服を着て帰る準備をしようとしたとき、捕校は女を呼んで座らせた。馬夫が清の銀貨を持っていたとすると、金をこっそりと持ちこむ国内組織とつながっているはずだった。捕校の頭の中には、金持ちの仲買の群れが浮かんだ。馬夫はその運搬係のはずだった。

——おまえに清の銀貨を渡した馬夫はだれだ。

——名前は知りませんが、鍛冶屋の横の井戸脇の、イボタノキの垣根のある家に泊まっていました。そこに男五人がいました。

——顔つきはどんなだ。おまえが抱き寄せてすり寄ったのだから、よく覚えているだろう。

——馬のように顔が長くて、馬糞の臭いがしました。骨が太くてごっついです。

——そんなことじゃあ……だめだ。おまえはしばらく動きまわるな。捕校が捕卒を呼んで、女の両手を縛り上げた。早朝、捕校はイボタノキの垣根の家に捕卒を送って、寝ていた男たち五人を縛った。馬夫と荷役だった。部屋を開けるごとに、女たちがエビのように丸まって薄い布団で下を隠した。縛られた男たちは庭に座らされた。

捕校が龍川の女を連れて来た。

——おまえに銀貨をくれたのはどいつだ。

龍川の女が座っている男たちを眺めた。龍川の女はもじもじしながら口を開いた。

——あそこ、三番目、顔が馬のように長い……。

それが馬路利だった。

捕校は馬路利が引いて来た馬の荷と、馬路利の私物を探った。捕校は馬路利の服を脱がせて縫い目をほどき、合わせ縫いした部分を調べた。

捕校は馬路利の私物から、清の国の銀貨三十九両と耶蘇の母の絵を見つけた。捕校は馬路利が龍川の女にやった銀貨一両を取り上げて、四十両にした。捕校は馬路利を義州の官衙に引いて行った。捕校は駅官たちに耶蘇の母の絵を見せ、そこに押された印章が北京主教の官印であることを確認した。

捕校は功なくして老い、上の顔色ばかりうかがっていた歳月を帳消しにした。捕校は使行の隊列に隠れ入った邪学の秘密組織を摘発した事実を、義州の府尹を通じて平壌の監査に報告した。平壌の監査は義州府尹に、まずは調査を行って結果を報告せよと指示した。北京主教の官印に義州の府尹は緊張し、事件を注意深く扱った。馬路利は銀貨四十両と耶蘇の母の絵を、北京主教から受け取ったと陳述した。義州府尹はこの事件に秘められた大きな波を予見していた。義州府尹は馬路利の陳述と証拠物件を確保しただけで、それ以上の刑問は加えなかった。鞭打ちをして誤って馬路利が刑問中に死んだり正気を失ったりして陳述能力が失われたら、その責任はすべて自分に返ってくるはずだった。義州府尹は馬路利の陳述記録と証拠物件を付けて、馬路利の身柄を初めからソウルの右捕盗庁に移牒するのが賢明だと判断した。平壌の監査は、義州府尹の判断に同意した。大妃の教示によって、事件の根を探り種を根絶やしにするには、馬路利の背後を探り耶蘇の母の像の使い道を明らかにしなければならず、そのためにはソウルの監獄に収監された別の邪学罪人たちとの突き合わせが不可避であろうと、義州府尹は馬路利を移牒する理由を書いて、ソウルの右捕盗庁に送った。

馬路利は帰還使行の隊列の一番後ろに、荷馬と一緒に縛られてソウルに引かれて来た。

【府尹】朝鮮時代に地方官庁である府の長。正二品の地方文官で観察司と同格。
【捕校】捕盗庁の軍官。

潜伏

朴チャドルは一晩中そわそわしていた。やはり姜詞女(カンサニョ)に見破られたようだった。姜詞女が女たちを連れて逃げる前に、軍士を送って捕まえなければならないのだが、児利(アリ)だけをこっそりと引き抜く方法が見つからなかった。一緒に捕まれば、獄から連れ出すのは不可能だった。児利を引き抜いてどうしようというのか、朴チャドル自身もはっきりとはわからなかった。朴チャドルは児利を生かして、児利に妹朴汗女(パクハンニョ)が殴り殺された話をしてやりたかった。あの女はどうせ死ぬしかなかったのだと、児利に言ってやりたかった。死ぬしかない女を早くそうしてやったのだと、あの女は死んで、自分が行きたかった場所に行ったはずだと……。そう言えば児利は、頷いてくれるような気がした。なぜそんなおかしな考えが湧いたのか、朴チャドルにはわからなかった。首をこくりと振る児利の姿が、暗闇の中で見えるようだった。妹朴汗女の娘のころの姿が、きっとああだったろう。朴チャドルは妹の娘時代を見たことがなかった。朴チャドルは夜通し寝返りをうった。児利だけ先に引き抜く方法はなかった。網が散り散りになれば、捕盗大長は朴チャドルを殺すはずだった。

朝、朴チャドルは右捕盗庁従事官に会った。朴チャドルはそろそろ網を引くときが来たと言うと、従事官は朴チャドルを捕盗大長の李パンスのところに連れて行った。李パンスは朴チャドルを奥の間に呼んだ。従事官が配席した。李パンスは煙草のキセルで灰皿を叩き、痰を吐いた。

——急ぎ網を引くわけはなんじゃ。

——網が大きくなり、逃げられないかと心配です。

——お前がそそのかしているのではないか。

朴チャドルは床に額をこすりつけた。

——アイゴ、旦那様、どうしてそんな……。

李パンスが痰のついた口の周りを手巾で拭いた。

——網の中に黄嗣永は入っておるか。

——黄にはまだ至っておりませぬ。

——カスばかりか。

——線が現れたので、刑問の中で黄嗣永の隠れ家を吐かせることもできるかと……。

——引っ張れば、何人入っておるのか。

――拠点三つに二十五人で、その中で連絡柵を叩けばもっと増えるはずです。

――少なくはないな。ご苦労だった。

李パンスが朴チャドルを見てにっこりと笑った。朴チャドルを見ながら、李パンスは捕盗庁の内部の間者のことを考えた。こやつが捕盗庁の内と外を行き来して、二股掛けているのではなかろうか。そうでなければ麻浦(マッポ)の渡しを襲った際、邪学の群れが軍士の動向をどうやって事前に知ることができたのか。こやつがわしには引っ張れと言って、向こうには逃げろと言っているのではないか。こやつをしばらく近くに置いて見なければいけないな……。

李パンスが言った。

――黄嗣永がいなくとも、おまえの功は少なくない。おまえを再び官員に復職させてやろう。明日から捕盗庁で勤務せよ。おまえに使令の位を再びやろう。

李パンスは、朴チャドルが報告した拠点三か所に軍士を送った。軍士たちは平服の恰好で武器を隠した。検挙は三か所で同時に行われた。水踰里(スユリ)を襲ったときに、南大門(ナムデムン)を襲った。一人も逃げ出せなかった。吉乫女(キルカルニョ)、姜詞女、児利、呉東姫(オドンヒ)が引っ張られ、南大門外の甕屋の崔(チェ)老人が引っ張られた。囚われた者は二十人を超えた。引っ張られた者の情報価値がなかなか悪くはないと、従事官が李パンスに報告した。吉乫女を刑問して宮廷の中に侵入した邪学の種を明らかにし、麻浦の渡しの姜詞女は漢江の漕運で上流から下流へ、下流から島へと広がる邪学の脈を知っているはずだった。李パンスはまず、罪質の軽い児利から訊問し、児利を鞭打つときに、吉乫女と姜詞女を刑問場に引き出して見せつけるつもりだった。

児利が刑具につながれた。李パンスは朴チャドルに執杖をするよう命令した。李パンスは刑問場に出ては来ず、従事官を代わりによこした。従事官は聞いた。

——おまえは虱のように卑しい従女だ。主人のもとから逃げた罪だけでも軽くはない。おまえが逃げ回った道のりを申せ。

児利が顔を上げて、ようやくの思いで答えた。

——旦那様の家を出て、川縁をさまよって船に乗せてもらって、麻浦の渡しで降りました。

朴チャドルは中棍を手にして児利の脇に立っていた。朴チャドルは児利を避けて、虚空に視線を向けていた。

——おまえはそこから姜詞女に連れられてきた。おまえが邪学に染まった心境を自白せよ。おまえは禽獣夷狄と無父無君がそれほど気に入ったのか。

——無父無君はわかりませんが、簡単ではっきりとして、元々自分の心にあったような気がしました。

従事官は言った。声は静かだった。

——オホン、怪しげなことを。殴れ。

朴チャドルが中棍をぐいっと握った。朴チャドルは腰を回して、中棍をふりかざして児利の尻を打った。朴チャドルの腕の力が抜けて、中棍は臀部から滑り落ちた。従事官が大声を出した。

——おい使令、今のそれは棍杖なのか。強く打て。

朴チャドルは再び中棍を振りかざして叩いた。中棍が臀部を上に揺すり上げるように打った。児利の尻の肉が裂けて、血が飛び散った。隣につながれている姜詞女と吉翌女がすすり泣きながら、顔を背けた。朴チャドルは、執杖使令の呉好世の中棍で死んでいった妹のことを思った。児利は七発で失神した。

——水をぶっかけて下獄せよ。明日、再び刑問する。朝、引っ立てて来い。明日の朝も朴チャドル、おまえが執杖を行え。

捕卒たちが失神した児利をかついで監獄に入れた。

その夜、朴チャドルは姿をくらました。朝、朴チャドルは捕盗庁に現れなかった。従事官が別の使令を呼んで児利を鞭打った。昼になっても朴チャドルは現れず、捕盗大長李パンスは朴チャドルの家に人を遣わせた。どこで手に入れたか、三十両の金を妻に渡して、夜中に小さな包みを一つ持って出て行ったという報告があった。李パンスは、こやつが内部の間者かもしれないという疑いを強くした。李パンスが譏察を放って、朴チャドルの行方を追った。

朴チャドルが麻浦の渡しから船に乗って、漢江の河口の方に向かったという諜報が入ってきた。朴チャドルが二山浦で船を下り、渡し舟で川を渡り、向こう岸の渡しで船を乗り換えて上流に向かったと言う目撃者もいた。朴チャドルが上流に行ったのか下流に行ったのか、李パンスは判断がつかなかった。李パンスはついに、朴チャドルを捕らえることができなかった。

黄嗣永は文机の前に正座した。灯から立ち上る煤が土窟の中に広がった。土窟の中では時間を押し測ることは難しかった。蛙が鳴き始めたから夕刻ごろだろう。

黄嗣永は文机の上に絹地を広げた。金介東が忠州（チュンジュ）の五日市で求めてきた絹地だった。細かく織られたものだった。布目がしっかりしており、墨がにじまず、字を書いた筆先も崩れなかった。黄嗣永は文机の引き出しから硯を出して、墨を擦った。ソウルの城北洞で漢方薬の店を出す李漢稙が、使行の馬夫馬路利に届けさせた、北京の瑠璃廠の商店で求めた清の硯だった。李漢稙は両水里マジェの丁家に出入りしながら天主教を学んだ。李漢稙は世の中がざわついてくると背教し、朱子学の大家である宋時烈（ソンシヨル）の祠堂を真心こめてお祀りした。李漢稙が北京にまで使いを出して清の硯を送ってきたのは、おそらくその背教の儀礼を行う意味であったのだろうと黄嗣永は想像した。馬路利は李漢稙が送った硯を届けに、黄嗣永を訪ねた。そのとき黄嗣永は馬路利に初めて会い、彼が馬のような体軀で遠い道を往来することのできる者だと知った。

黄嗣永は絹地に文を書いて、北京の主教に送るつもりだった。虫の音が遮断してしまった向こうの世界に線を伸ばさなければ、生き残る道はないはずだった。堤川の舟論の山奥から北京まで、北京からまたその向こうまで、届くだろうか、伝わるだろうか、呼べるだろうか、黄嗣永は怖かったが、どうしても届けたいという思いは、恐ろしければ恐ろしいほど、よりはっきりしていた。

黄嗣永は、馬路利が次の使行の馬夫として北京に行くとき、馬路利に頼んで北京の主教にこの文を届けてもらうつもりだった。絹に書いた密書を懐にした馬路利が、虫の音を越えて向こうの世界へと歩いて行く姿が、土窟の暗がりの中に浮かび上がった。馬路利よ、お前は行くことができる。……馬路利よ、生きて帰って来い……。墨を擦りながら黄嗣永は祈った。

黄嗣永は極細の筆の先を少しずつ墨に浸して、文字を書いていった。黄嗣永の心から、数億万個の文字が煮えたぎり争いながら押し出された。

ああ、死んだ者はすでに命を投げ出し、真理を証明しました……生きる者は羊の群れが散り散りに逃げるがごとく山奥に逃げ込み、隠れ迷い息を殺しています……今年の迫害はひどいものでした。人間がどうしてこのように極端なことができるのでしょうか……私共は百回考えても、生きる道はありません。

黄嗣永は周文謨神父が両耳に矢を突き射されて刑場に引かれて行き、さらし首となったこと、金介東から聞いたソウルでの迫害と、忠清道の信者の死を詳細に書いた。黄嗣永の筆先から、ゴマ粒のような文字が生まれて輝いた。文字はそれぞれ絶叫しながら、急ぎ溢れ出てきた。黄嗣永は大妃が全国に出した慈教のせわしない語調を思った。黄嗣永の語調が慌てるほど、大妃の語調も息絶え絶えになってあえぐだろうか。大妃は今、宮廷の奥深くで菜の数を減らしながら、また別の慈教を構想しているだろうか。おそらくそうだろう。この世との恐ろしい惜別のみが、この世で生きながらえることであり、密書は虫の音を破って向こうに渡っていかねばならないが、馬路利はどこあたりまで来ただろうか。

黄嗣永は再び、筆の先を濡らして文字を書いた。黄嗣永は筆の先に最後の力を集めた。待っていたかのように文字が溢れだし、線を成した。

……この国の兵力はとても弱く、百姓たちは軍隊がなにかも知りません。船数百隻に精鋭な軍隊を五、六万と大砲と鋭い武器を積んで、この国の海岸に至り、天主の威厳を示され、天主の罰を与える志をお見せください。軍事を起こしてこの国の罪を問うことは正しいことであり、ただその力が及ばないことを恐れるばかりです……。

黄嗣永は二尺の絹地に、文字一万三千三百余を書いた。文字は泣き叫び哀願し、髪をかきむしった。書き終えた日の明方、六本指が穴から、熱い味噌汁と蓬餅（よもぎ）を差し入れた。黄嗣永はしびんを渡した。しびんは軽かった。

——馬路利の消息はないか。

——帰還使行がすでにソウルに着いたとのことなので、すぐに消息がわかると思います。

黄嗣永は味噌汁を飲んで横になった。土窟の封窓から、空が見えた。夜が明け始めていた。光が暗闇の果てに溶けて、色あせた星が遠くに呼ばれて行った。朴達峠（パクダルチェ）を越えて堤川邑を過ぎ、くねくねとした山道を歩いて近づいてくる、馬路利の幻影が浮かんできた。

吐いた言葉

右捕盗庁大長の李パンスは、馬路利を刑問場の裏にある密室に閉じ込めた。李パンスは従事官と下人、記録官をすべて下がらせて、馬路利を直接訊問した。馬路利は刑具につながれ、中棍を持った執杖使令一人だけがその横に立っていた。李パンスが見たところ、馬路利は人ずれしておらず、邪学が骨髄深くまで浸み通っているようには見えなかった。馬路利には卑しい奴隷の頑健さと単純さを感じるだけで、父や君主が元々ない者が、あえて無父無君を謀るとは思えなかった。馬路利は手配の線上に上がった邪学罪人ではなく、偶然に引っ掛かった者だったが、清の銀貨四十両と北京主教の印章が押された耶蘇の母の絵を持っていた。背後に巨悪が隠れているはずだった。李パンスは、馬路利を後で正法で殺すとしても、刑問過程ではなだめすかして、陳述を得ようというつもりだった。

——おまえは虱のように卑しい者だが、馬の手綱を引いて幾度も使行に従った功労がある。おまえが馬夫として清国の銀貨四十両を持っていたことは極めて奇異なことではあるが、おまえの功労を鑑みて追及はしない。その金はおまえのものだ。

馬路利は刑具につながれたまま、李パンスの言葉を聞いた。銀貨四十両で免賤し、酒幕を設ける村の光景が、馬路利の頭の中を流れていった。李パンスがまた言った。

——だが、おまえが北京の天主堂に入り、主教の印章の押された耶蘇の母の絵を貰ってきた経緯を詳しく話せ。

絵の中で、耶蘇の母は靴も足袋も履かない裸足で、衣の裾をなびかせて空に上がっていた。その絵がなぜこんな波紋を起こすのか、馬路利はよくわからなかった。黄嗣永が声を低くして教えてくれた天主の教理も、馬の手綱を引いて遠い道を行くときに、体と道が一つになって前に進んで行くように、自ら行くことができ、知ることのできるものだった。刑具につながれてみて、その易しいことがよりはっきりとしてきた。その易しいことの背後が知られれば、黄嗣永が死ななければならないわけを、馬路利は李パンスに聞いてみたかった。硯を持って行った日、遠い道を行く者の貴さを知れと明るく笑った、黄嗣永の顔が思い出された。馬路利は刑具につながれて、初めて天主教徒になっていくような気がした。

李パンスが言った。

——だれじゃ。おまえを北京の教会に行けと言った者を言え。耶蘇の母の絵はだれに渡すものか。朝鮮に戻ってだれのところに行こうとしていたのじゃ。

……それは黄嗣永だ。舟論の黄嗣永だ。それがいったいどうしたっていうのか。

こみ上げる言葉を、馬路利は飲み込んだ。

——言え。生きる道があるのに、死ぬ道を行くな。大妃殿と先儒のお心もそうじゃ。知らない、という言葉すら死の入り口となることははっきりしていた。知ると知らないが同じ言葉になって、言葉は途切れていた。馬路利はなにも言わずにつながれて、うつぶせになっていた。李パンスが水正果（スジョングァ）を飲んで、優しい語調で言った。

——おまえは卑しいが気骨は美しく、容貌も縁起が良さそうだ。お前の体を鞭打たないことにしよう。おまえを生かしてそばに置いておきたい。言え。おまえのために言うことだ。わしがおまえに、おまえの命乞いをしているではないか。

馬路利は答えなかった。李パンスが水正果のどんぶりを飲みほした。

——おまえは邪学が正義で美しい道理だと言いながら、なぜ巨凶を隠して言わないのじゃ！おまえの体を砕けば、答えると言うのか。

……黄嗣永だ。舟論の黄嗣永。それがいったいどうしたっていうのか……と、こみ上げる言葉を、馬路利は再びぐっと飲み込んだ。

——言葉がつかえて出てこないか。ならばまず打たれよ。打たれれば、言葉の道が開くこともあろう。

李パンスが使令に、親指を曲げて合図をした。使令が中棍を振りかざして、馬路利を打った。馬路利の体で真暗な壁が立ち上がり、砕け、また大きな壁が立ち上がった。馬路利は中棍二十発で失神した。意識を失った馬路利が、なにかをつぶやいていた。李パンスは足袋のまま板の間から降りて来て、馬路利の口に耳を当てた。

……黄嗣永……舟論の山奥……。

李パンスが使令に命じた。

――もう一度打て。

使令が二十一発目の鞭を打った。馬路利は再び黄嗣永の名をつぶやき、李パンスは耳を傾けた。李パンスは刑問を終えて失神した馬路利を、独房に収監した。馬路利は一日たって気が付いた。馬路利は自分がつぶやいたことを知らなかった。

刑場

右捕盗大長の李パンスは、失神した馬路利が吐いた内容を上部へ報告しなかった。李パンスは咸鏡道長津（ハムギョンドチャンジン）の副使が、偽の黄嗣永を本物の黄嗣永に仕立て上げようと、股の間に棒を差し込み、四十回ねじり上げて殺した罪を問われ、処刑された事実を知っていた。李パンスはまず黄嗣永を逮捕して、真偽を調べてから報告するつもりだった。

李パンスは目つきの険しい譏察軍官一人を塩売りに変装させて、舟論に送った。塩売りが舟論の山奥に向かって発つとき、李パンスの従事官と捕校軍官が軍士十名を従えて堤川邑（チェチョン）に隠れていた。だれもが平服だった。

塩売りは腰が痛いと仮病を使い、舟論の村の民家に二日間留まっていた。その代価として、家ごとに塩を配ってやりながら話しかけていった。

塩売りは四日たって堤川に戻ってきて、報告した。

舟論の甕焼き村に民家が五軒あって、そのうち最も生産が多いのが金介東の窯だ。舟論に来て長い者だが、最近になって六本指という者が仕事を手伝うようになった。六本指は両水里マジェの名門家である丁家の世襲奴から免賤した者だという。

金介東の窯は規模が大きいが、どの窯も別の窯と大差はない。ただ窯の脇に甕の倉庫に使う土窟があって、見ると土窟の入り口を割れた甕で塞いでおり、土窟の用途はわからず、土窟は素焼きした土がまだひび割れていないので、作って一年もたっていないように見えたと塩売りは報告した。

従事官は間髪を入れず、軍士を舟論に送った。軍士は明方、甕焼き村にやって来た。軍士は影のように村に侵入した。犬も吠えなかった。軍士は眠っていた金介東と六本指の口をふさいで縛り上げた。

黄嗣永は土窟の中で眠っていた。枕元の文机の上に、絹地に書いた密書が広げてあり、その横に極細の筆が一本と硯が置いてあった。土窟の天井に開いた封窓から月光が差し込み、黄嗣永の寝顔を照らしていた。寝顔は清らかで穏やかだった。軍士たちが土窟の入り口をふさいだ甕を取り除くとき、黄嗣永は目を覚ました。たいまつを持った捕卒が土窟の中に這って入ってきた。捕校軍官がついて入ってきた。ここはどこかと訝(いぶか)りながら、黄嗣永は目を大きく見開いた。

――おい、アレクシヲ、おまえは黄嗣永だな。

捕卒が黄嗣永を引きずり出して縛った。捕校軍官が土窟の内部を捜索した。土窟の中は暗くて、軍官は絹に書いたゴマ粒のような文字を読むことができなかった。軍官は密書と硯、筆、文机、尿瓶と筆写した天主教理何冊かを証拠物件として押収した。

堤川で従事官は、黄嗣永と金介東、六本指を三者対面させた。従事官は黄嗣永の身元を確認し、金介東と六本指の奴隷転売過程を明らかにした。従事官は捕校軍官が密封して持ってきた密書を読んだ。従事官の顔が真っ青になった。従事官は密書を再び密封した。従事官はようやく眠りについた軍士たちを起こして、ソウルに馬を走らせた。

右捕盗大長の李パンスは黄嗣永の密書を読むと、即座に大妃殿に報告した。密書を報告する時間が遅れれば、なにか災難に遭うかもしれなかった。大妃は黄嗣永の密書を読んで倒れ伏した。大妃は密書を廟堂（朝廷）に下した。大妃は食を断ち、寝込んでしまった。

大妃は、ああ人が禽獣を生み猖獗しているから、禽獣再び人を生むだろう……と書き出した慈教を再び書こうとして、力尽きて押しやった。

判書らが黄嗣永一味に対する取り調べの内容を、逐一報告した。大妃は横になったままで聞きながら、呻き声を上げげた。大妃の呻き声は、訊問者を責め立てる怒鳴り声のように聞こえた。

報告が幾度も続いたとき、大妃が言った。

――これ以上なにが知りたいのか。背倫は極悪であり、すでに教化も望めない。われは恐ろしい。ときを待たず処断して、国法を示せ。

長引く訊問と悲鳴に疲れた刑曹は、急ぎ大妃の命を施行した。

王が百姓の命を始末することは極めて厳しい正法ではあるが、日の昇る東の方で行うには忍びないことであります。『書経』の中に「社で殺す」とあるので、国法で死を言い渡すときは、土地の祖先を祀った社稷の右側で施行せよという意味でございます。調べると、西大門(ソデムン)の外の城壁から、楊川(ヤンチョン)の方に十里ほど行ったところが、死刑場として適しております。これにより、周の掟が日ごとに、むしろ新しいことを感じることができます。

朝鮮建国のころ、ある礼曹判書*がそのように進言して、西小門の外の川縁が死刑場と定められたのだが、儒巾を被った識者たちも、その由来を記憶していなかった。

西小門の外の死刑場は都城に近かった。仁王山と安山から流れ出る川の水が、麻浦の方の漢江に達するあたりにセリ畑が広がっていた。畝間(うねま)は大きくはなかったが、西海の満ち潮と引き潮がそこまで押し寄せてきて、水辺は湿地でぬかるみ、磯の香りをはらんでおり、その両側に魚売り、野菜売り、卵売り、膳売りらが集まって、市を形成していた。死刑囚を運んで行く牛車は、西小門から都城を出て、市を成す民の村を過ぎて刑場へ向かった。死刑場を社稷の右側に定めた国初の意味を知る者は、だれもいなかった。

首切り役人が獄の床に倒れていた黄嗣永を肩に担いできて、牛車に乗せた。黄嗣永は牛車の上で膝を抱えた。首切りが黄嗣永の二本の腕を開いて木の枠に縛り、髪を上に吊るして柱に釘で打ち付けた。黄嗣永の頭が持ちあがった。首切りが黄嗣永の両耳に矢を刺した。矢を刺すとき、黄嗣永の口が大きく開いた。首切りは驚いて口を塞いだ。矢は脳の中まで深く刺さった。黄嗣永の牛車の後ろに、金介東と六本指と南大門の外の甕売り崔（チェ）カラムを乗せた牛車が続いた。金介東は両腕を開いて縛られ、怒った目で四方を見据え、六本指は膝をついて座ることができずに、車の上でのびていた。六本指は鼻と目を火で焼かれてなにも見えなかった。

女獄からは吉乫女、姜詞女、呉東姫、児利が車に乗せて来られた。女囚たちはみな、へばっていて顔を上げることもできず、柱に縛られていた。牛車ごとに首切りが一人ずつ乗って、牛を操りながらにやにや笑った。

牛車の隊列は朝、西小門を出た。牛車が民の村を過ぎるとき、商人たちが道に出て、息をひそめて見物した。セリ畑を過ぎて川を渡ると、砂浜が広がっていた。そこが刑場だった。

馬路利は先に連れて来られて、縛られていた。首切りが死刑囚を牛車から引きずり下ろして、死刑具にしばった。死刑具は黄嗣永を先頭にして、一列に並んでいた。槍を持った捕卒らが刑場を取り囲んで陣を張り、その向こうに見物人が集まってきた。

首切りが口に含んだ酒を噴き出しながら、刀踊りを舞った。首切りは刀踊りで刑場を一周しながら、黄嗣永に近づいた。首切りは縛られてうつぶせになっている黄嗣永の首に刀を当てて、まさに切ろうとした瞬間に、刀を納めた。首切りはまた口に酒を含んで、刀踊りを舞った。

真昼の太陽が降り注ぎ、地面が土の匂いを吐き出した。死刑具にうつぶせになった黄嗣永は、土の匂いを嗅いだ。土の匂いの中から、遠い野原に響く牛の声が聞こえた。牛の鳴き声が流れて山川をなでてゆき、こっちの田の牛とあっちの畑の牛が互いに呼び合っていた。牛の鳴き声ののっぺりとした声が流れてゆき、その声は低く柔らかい野原に変わり、そこでもまた牛たちが鳴いていた。

土の香りの中で、遠い海が広がり、青い煙を吐きながら船が沿岸に近づいていた。旗が翻り銅色の大砲が陽光に輝いていた。船は仁川（インチョン）、富平（プピョン）、素砂（ソサ）、安山（アンサン）、平澤（ピョンテク）、唐津（タンジン）の方に近づいていた。

黄嗣永はつながれたまま顔を上げた。向こうで馬路利が、刑具につながれてうつぶせになっていた。うつぶせの馬路利の背と手足は、馬とそっくりだった。首が長く胴が長く、手足が長かった。馬路利はつながれていても、走って行けるように見えた。

黄嗣永は刑問を受けるとき、馬路利が鞭打たれて失神しながら、堤川舟論の山奥の隠れ家を吐いた事実を知った。吐いたというよりも、風が漏れるように、記憶が言葉になって漏れ出たものだった。刑問中に黄嗣永は、密書を馬路利に渡して北京に送ろうとした事実を吐いた。馬路利からはすでに耶蘇の母の像が出てきたのだから、馬路利は生きる道はないはずだった。黄嗣永と馬路利は、行く道が分かれてはいなかった。

馬路利が顔を回して、黄嗣永を見つめた。遠くて目を合わせられなかったが、顔は見えた。馬路利よ、お前に頼んだその遠い道を、今度は私が行くのだな。馬路利よ、私がヨハン馬路利だ……。

首切りが再び一周してきて、黄嗣永の横で留まった。首切りは白い歯を出して飛びあがった。首切りは降りながら、刀を振るった。黄嗣永の頭が落ちて砂浜に転がった。

血を見た首切りの刀踊りは、興奮の極みに達した。足が地面を蹴ると、埃が上がった。首切りは馬路利の方に近づいた。

馬路利は冷や汗を流しながらあえいでいた。北京の教会で洗礼を受けたときのように、首筋と後頭部がかゆかった。馬路利は自分が失神して、黄嗣永の隠れ家を吐いたことを刑問中に知った。また北京に行く密書を届けることになっている事実を、黄嗣永が吐いたことも知った。刑問中に黄嗣永と馬路利は、二度対面した。馬路利は、黄嗣永が鞭をたくさん受ける前に吐いてほしいと願ったが、つながれていて、その願いを伝えることはできなかった。

首切りが再び遠ざかった。首切りが刑場を一周して戻った。馬路利は伏せたまま地面を見つめた。刀踊りを舞う首切りの影が近づいた。

遼東を渡る山道と野の道が、馬路利の心の中に広がった。吹雪に覆われて向こうが見えなくなった冬の野の、道と道が出合う場所にある村が、馬路利の胸に蘇った。道と村は鮮明な地図を描いていた。道は続いて山脈を越え大陸を渡って行き、また戻って来た。義州に戻った夜、銀貨一つを渡して抱いた女の体の匂いも思い出された。甘く生臭い匂いだったが、その匂いの中で、免賤して酒幕を設けたかった。それは黄嗣永が教えてくれた天主の教理のように、簡単ではっきりしていた。馬路利はうつぶせたまま、そのはっきりしたもののことを考えた。首切りが近づき、馬路利の周りを回りながら踊った。馬路利の首は太かった。首切りは刀を高く振りかざして、二本の腕に力を入れて垂直に振り下ろした。馬路利の首は二度目に落ちた。

姜詞女には十二歳の娘がいたが、だれもそれを知らなかった。姜詞女は見つかった財産もあれば、見つからなかった財産もあったのだが、娘は乞食同然だった。へその緒を借りただけで、母との縁はなく捨てられた子に違いなかった。姜詞女の娘は刑場に来て、刑具につながれた母を見て泣いた。娘は見物客の間を回りながら物乞いをして、葉銭五枚を集めて、自分の懐にあった葉銭五枚と合わせた。娘は葉銭十枚を首切りに渡して、自分の母を先に殺してほしいと頼んだ。首切りはまず姜詞女を切った。姜詞女は娘が来たことも知らずに死んだ。姜詞女の娘は、母の首が落ちるとどこかへ消えた。

児利と吉乫女は死刑具につながれる前に、すでに死んでいた。牛車に乗せられて来るとき、体が垂れ下がって荷物のように揺れた。刑吏は二人の女が死んでいることを知っていたが、首切りに執行を命じた。首切りは二人の女が死んだことを知っていたが、まだ生きているように刑具につないで、刀踊りを舞って首を切った。執行は夕暮れどきに終わった。刑吏は、死刑囚をすべて正法で執行したと右捕盗庁に報告した。承旨が法を正しく行った結果を、大妃に申し上げた。大妃は壁に向かって伏せていた。

黄嗣永の頭は、竹の三角台に吊るされてさらし首になった。首が切られた死体は、砂浜に散り散りになった。朝、乞食の子どもらが刑場にやって来た。乞食の子らは、切られた死体に縄をかけて村に引いて行った。首を切られた死体は、生きているときにだれだったのかもわからなかった。乞食の子らは民家の入口に死体を押し込んで、飯をねだった。家の主人はおののいて、飯をやった。

【礼曹判書】朝鮮時代に政を六つの部門に分けた六曹の中の一つが礼曹で、礼学、祭祀、宴享、外交、科挙などを担当した。判書はその長。

鶏の声

丁若銓は、黄嗣永の死をだいぶ後になって知った。三年後か四年後か、丁若銓は覚えていない。陸地から来た官員が、黄嗣永とその一味の死を島に伝えたが、丁若銓はそれからまただいぶたって、その消息を聞いた。黄嗣永はいつも生きており、生きて隠れており、隠れて明るく笑っていた。黄嗣永が死んだという消息を聞いた後も、嗣永はあちこちで、都会と山奥と海辺で、そして現世の空間と関連のない場所で、時間の痕跡が染みついていない虚空で、生きているかのようだった。

黄嗣永が死を迎えてから、妻の命連は大静(テジョン)村の官婢となって済州島に引っ張られて行き、二歳になる息子の景漢(キョンハン)は母の背に負ぶわれて済州島に向かったが、命連が船頭に金を渡して、船を楸子島(チュジャド)に寄らせて、楸子島の祠のある丘に降ろして行ったという話も、丁若銓はだいぶ後になってから聞いた。黄嗣永の息子の景漢も、父のようにどこかで生きているはずだった。命のつながりや途切れとは関係なく、その息子は生きているはずだと、丁若銓は海辺の岩でそう考えた。

　順毎は春に息子を産んだ。泣き声は大きく、髪の毛も豊かだった。黒山のワカメが順毎の産道をすぼめてくれた。順毎は乳がよく出た。子どもは六月(むつき)で寝返りをうち、十月(とつき)で這った。一歳の誕生日を過ぎると子どもは立った。

　子どもは
　立っち立っち立っち
　で立ち上がり
　ついてついてついてついて
　で歩いて来た。

　丁若銓は魚の姿形や生態を書いた文を集めて、『茲山魚譜(ジャサンオボ)』と名付けた。茲山は黒山とは異なる名前だった。『茲山魚譜』の中で魚たちは湧きあがって舞い上がり、水の中に隠れた。魚たちは小さな内臓を動かして遠洋を渡り、島に近づいた。魚たちは、体で波を掻き分けた紋様を青い背に刻んでいた。昌大は『茲山魚譜』という題に微笑した。

　子どもが一歳の誕生日を迎えた春の日、丁若銓は沙里(サリ)の港が見下ろせる丘に書堂を建てた。黒山水軍鎮の別将呉七九が転任のために島を離れるとき、丁若銓の居所の板の間に置いて行った五十両に、村の風憲らがワカメや魚を集めて売って五十両を補充した。その金で木や瓦を買い、村の若い衆が労役を行った。書堂は板の間一つと部屋が二つあり、庭は広かった。石の垣根の穴ごとに海が見え、風が渡った。

風憲たちの子弟と漁師の子弟が五、六人集まって、丁若銓に文字を習った。子どもたちは親の仕事を手伝うために書堂に来られないことも多く、文字の会得にもばらつきがあった。丁若銓は『千字文』と『小学』を同時に教えた。

『小学』の教えは水を撒いて庭を掃き、呼ばれたら答えることだ。

元亨利貞(げんこうりてい)*は天の法則であり、仁義礼智は人間の本性だ。

丘の上に立てた書堂は港の方からも見えた。初夏、文風世の船が黒山にやってきた。船には黒山に赴任する水軍の別将が乗っていた。中年の武官で、黒山が初任だった。新任の別将は軍官二人を従えていた。

船が港に近づくと、新任の別将は舳先の方に立って、掌を額にかざして島を眺めた。港では村の風憲たちが島の住民を連れて出て、旗を振り鉦を鳴らして新任の別将を迎えていた。黒山の水軍鎮の軍士たちも船着き場に並んだ。文風世は、丘の上に新しく立った書堂をじっと見つめていた。

船が船着き場に着くと、鉦の音はさらに大きくなった。文風世の雄鶏が、村の方に向かって長くときを告げた。

【元亨利貞】天が持つ四つの徳。万物が生まれ育ち実を結び収獲することを言う。

著者あとがき——血を流し歩んだ人々を怖れ、苦しみながら

十五年前に一山（イルサン）に引っ越してから、自由路から漢江に沿って、ソウルに出かけるようになった。帰宅する夕方には、河口の方の夕焼けが広く深かった。昔の楊花津（ヤンファジン）のあった所に、川の水に向かってちょっと突き出た峰があるのだが、蚕の頭のようだといって、その名を蚕頭峰（チャムトゥボン）と言う。

一四〇年前に崩れようとしていた国の政治権力は、この峰で「邪学の群れ」の首を切り、その死体を川に投げた。殺された者は一万を超えた。西側から見慣れぬ時間が逆流してきた漢江は、血で洗われ、峰の名前は切頭山（チョルトゥサン）と替わった。地上の道を歩いて向こうに渡ることがとても難しくて、山川は血で染まった。一四〇年前ならば、とても近い過去でもある。

切頭山は自由路に寄り添っている。蚕頭峰は朝鮮時代に漢江の絶景とされて、謙齋（キョプジェ）はここを「楊花喚渡」という絵に描いたが、今の切頭山は煤煙に汚れた土の塊だ。雨の降る日には切頭山の崖が雨水でてかり、その下の自由路にはいつも車が渋滞している。自由路に沿ってソウルを往来するたびに、この一握りの土の塊が私の日常を強く圧迫した。この小

説は、その抑圧と不自由さの所産だ。

切頭山の下を通過して帰宅する日が長く続いた。私は黒山島（フクサンド）や南陽（ナミャン）の聖母聖地、舟論（ペロン）聖地のような邪学罪人の流刑地や、血を流した場所を踏査し、記録を探して読んだ。私は黒山に流刑され、魚を眺めて死んだ儒者の人生と夢、希望と挫折を思った。その海の広さと遥かさが私の考えを遮り、私はその隔絶の壁に私の言葉をぶつけた。新しい生を証言しながら死を迎えた者たちや、それに背を向けて現世の場所に戻ってきた者たちも、だれもが生を断念することはできない。

黒山のいくつもの島に出かけると、魚を見つめていた流刑客の痕跡は草むらに覆われ、過ぎた日の魚たちは今日の魚たちにつながって沿岸に寄ってきた。島で死んだ儒者の魂が魚になって、海中に湧き立っているのだと思った。

多くの研究者の学問的な業績に力を借りて、邪学罪人として死んだ多くの人々の生涯と訊問の記録を読んだ。その記録の一行一行は、私が小説や作文として手に負えるものではなかった。大部分の記録と事実を小説に引き入れることのできないまま、ただそのまま読むことしかできなかった。

私は言葉や文字で正義を争うという目標を持ってはいない。私はただ、人間の苦痛と悲しみと希望について語りたい。私は、ほんの、少しだけしか語ることができないだろう。だから私は、言葉や文字で説明することのできない、その遠くて確実な世界に向けて、血を流し歩んで行った人々を怖れ、また苦しんだ。私はここで生きている。

いつも、あまりにも多くの言葉を言い尽くしてしまったのではないかとふり返ると、恥ずかしさで背に汗が流れる思いだ。この本を書きながらもそうだった。一人で耐えた日々と、私の零細な筆耕の尽き果てた労働については、なにも語りたくない。

二〇一一年秋に

金薫記す

参考文献

この小説は、内容の一部を成す情報と状況、語彙とイメージの点で多くの書物に借りがある。借りた内容は、下のとおりだ。

*『備辺司等録』北朝鮮社会科学院　民族古典研究所　二〇一一
本文p23~25の書状の内容、p27の綸音、p76~78の衙前の不正、p100~101の西洋の船、p123~128、p205~207、p320~321の慈教は、『備辺司等録』の中の貞宗、純宗年間の記録を切り取って併せたものに、想像を加味して書いたものだ。『備辺司等録』は韓国内に国訳本がなく、出版社悦話堂の李基雄社長が北朝鮮で国訳した一五〇冊を持っていたため閲覧した。感謝を捧げる。

*『本利志』1、2、3　徐有榘著、鄭ミョンホン・金ジョンギ訳註、昭和堂　二〇〇八
本文p25で、『本利志』序文の中で、本と利に対する説明を私の意図に合わせて表現した。その他、農事に関連するいくつかの語彙と感覚を『本利志』から引いた。

*『辛酉迫害資料集』Ⅰ、Ⅱ、Ⅲ、趙光編著、卞ジュスン訳、韓国殉教者顕揚委員会　一九九九

*『訳註史学定義』Ⅰ、趙光訳註、韓国殉教者顕揚委員会　二〇〇一

*『韓国天主教史』1、2、3、韓国教会史研究所　二〇〇九

*『韓国天主教史』上、中、下、シャルル・ダレ―著、安ウンリョル、崔ソグ訳註、韓国教会史研究所　二〇〇〇

*『己亥・丙午迫害　殉教者たちの業績』崔ヤンオプ神父訳、ベティ―史跡地編、天主教天主教区　一九九七
己亥・丙午迫害は丁若銓が連座した辛酉迫害から四〇年後に起こったが、監獄の様子と拷問の技法などを引いて書いた。

*『天主教要理問答』盧キナム編集兼発行、カトリック出版社　一九五九
この問答にある教理は一九世紀初めにも正統なものであるので、小説の本文p216~217に引用した。

*『辛酉迫害と黄嗣永帛書事件』韓国殉教者顕揚委員会　二〇〇三

*『辛酉迫害研究の方法と史料』韓国殉教者顕揚委員会　二〇〇三

*『殉教者と殉教遺物』韓国殉教者顕揚委員会　二〇〇三

*『朝鮮王朝の法とキリスト教』ウォン・ジェヨン著、ハントゥル出版社　二〇〇三

*『茶山散文選』丁若鏞著、朴ソクム訳註、創作と批判社　一九八五

丁若鏞の書いた「緑岩　権哲身墓誌銘」がこの本に収録されているが、権哲身の家の雰囲気が描写された部分（p82～83）に私の想像を加えて新しく書いたものを本文p66～67とp167に入れて、丁若鉉の家として移し替えた。
*『丁茶山とその時代』姜萬吉他四名著、民音社　一九六六
*『丁若鏞と彼の兄弟』1・2、李トギル著、金栄社　二〇〇四
*『茶山紀行』朴ソクム著、ハンギル社　一九八八
*『玄山魚譜を探して』1・2・3・4・5、李テウォン著、チョンオラムメディア　二〇〇八
海の魚と鳥に関する多くの情報と知識をこの五冊から得た。本文p130～131のカモメ、p134のカニの足、p185のトビウオ、p186のホラ貝、p188～189のサバとニシンの生態を描写する際、この本に大いに助けられた。李テウォン氏の文章の意図を傷つけたり逸脱しない範囲で、文章を新たに作った。魚を探して黒山島に二、三度出かけ、鷺梁津水産市場にもよく出かけたが、私の目には魚は見えなかった。李テウォン氏に感謝する。
*『島の少年たち』黄ヨンヒ、メントプレス　二〇一〇
*『玆山魚譜』丁若銓著、チョンムンギ訳、知識産業社　一九七七
*『上解玆山魚譜』チョンソクチョ上解、新安郡　一九九八
*『雲谷雑著』1・2　李ガンヒ著、新安文化院　二〇〇四
李ガンヒの文集『雲谷雑著』1巻には丁若銓が書いた『松政私議』が入っている。松の懲伐の問題と島で起こる剝民の風景を記述するため参考にした。
*『金イス伝記』崔ソンファン編集、新安文化院　二〇〇八
島の住民に負荷される租税と賦役の実情を知ることができた。
*『格菴遺録』南師古伝授、姜トクヨン訳解、同伴人　二〇〇四
牛の鳴き声のイメージを本著から得て、本文p103などで使った。
*『鄭鑑録』李ミンス訳註、ホンシン文化社　二〇〇八
外国の大型船と海島真人を約束する讖言が、本書に記されている。
*『逆行の社会史』金泰俊他六名。京畿文化財団　二〇〇五
北京に向かう使行の風景を描写するのに大いに役立った。
*『漂海録』張ハクチョル著、金ジフン訳、知識を作る知識　二〇〇九
遠くて見えない海を赤い海、白い海、黒い海と表現しており、その表現をそのまま本文に引いた。

年代記

『朝鮮王朝実録』を含む様々な文献から関連資料を集め、(本著の出版元である) 學古齋編集部で整理したものです。

◆**一六二八年　仁祖六**　「真人が南海から鶏龍に来れば、創業を知ることができる」という『鄭鑑録』の流言を挙げて、柳孝立らが謀反を企てる。

◆**一六四四年　仁祖二二**　清の人質となった昭顯世子がイエズス会のシャル・ホーン・ベル神父と親交を結ぶ。

◆**一六七一年　顕宗一二**　京畿、忠清道に民乱が起こる。全国的な大飢饉で、ソウルの米一石が八両まで暴騰する。

◆**一六八三年　粛宗九**　対清貿易で富を築いた鄭晩益、朴箕寧ら逆官らが、往十里に住む武士らと逆謀を論議する一方で、卜者（易者）たちに挙事の吉凶を占わせた事実が発覚する。南人粛清を巡って西人が強硬派である老論と穏健派の少論に分党する。

◆**一六九七年　粛宗二三**　ソウルの庶孼出身の李榮昌が金剛山にいる僧侶の雲浮や黄海道、平安道一帯の盗賊の首魁としてその名を知られた張吉山と手を結び、勢力を広げる。

◆**一七〇三年　粛宗二九**　忠清道天安、京畿道抱川、全羅道西興地方で民乱が起こる。

◆**一七二八年　英宗四**　三月李麟佐の乱。政権から排除された西人と南人出身の名門家の子孫らが忠清道と慶尚道、全羅道でそれぞれ挙兵し、清州城を占領する。都巡撫使の呉命恒がそれを討伐する。

◆**一七三三年　英宗九**　南原で金元八らが掛書事件を起こす。予言書『南師古秘訣』が押収される。

◆**一七三八年　英宗一四**　右議政の宋寅明が、近頃、黒山島に定配（流刑）する者が多いのは妥当ではないと、英宗に申し立てる。

◆**一七三九年　英宗一五**　西北の辺境に『鄭鑑録』などの讖緯書が広く伝わっていることについて、朝廷の家臣が焼却して禁じることを申し立てる。

◆**一七四八年　英宗二四**　清州の没落両班である李之曙が清州と文義で兵乱を予言する掛書を掲げる。一一月京畿道麻田地域の難民たちが守禦庁屯田の穀物を奪う。

◆**一七五八年　英宗三四**　丁若銓が京畿道廣州（今の南楊州郡鳥安面陵内里）で生まれる。

◆**一七六四年　英宗四〇**　嶺南で李麟佐の乱の残党である李達孫が池勤萬らと共に占いを利用して流言飛語を流布し、逆謀の罪で誅殺される。

◆**一七六八年　英宗四四**　湖南の人趙明誠と申弼朱が「奇門堪輿の雑説」で民心を惑わせ逆謀を謀った嫌疑で英宗から訊問を受ける。

◆**一七七五年　英宗五一**　黄嗣永がソウルの阿峴房（今の

阿峴洞）で生まれる。

◆**一七七六年　正祖元年**　正祖即位。

◆**一七七九年　正祖三**　権哲身、丁若銓、李蘗らが京畿道廣州の走魚寺で天主教の教理を討論する。

◆**一七八一年　正祖五**　嶺南の凶作で正祖が災害民を慰労する綸音（詔）を下す。

◆**一七八二年　正祖六**　黄海道の平民、文人房の逆謀事件が起こる。『鄭鑑録』の「草浦潮生（鶏龍山麓の村である草浦に海水が生じる）」という部分が、罪人から言及される。

◆**一七八四年　正祖八**　二月に李承薫が北京の北堂でイエズス会のグラモン神父から洗礼を受ける。三月、李承薫が天主教の書籍を持って帰国後、李蘗、権日身らが明礼堂（今の明洞）にある金範禹の家で定期的に集会を開く。

◆**一七八五年　正祖九**　一月、李承薫が丁若銓、丁若鍾、丁若鏞三兄弟と権日身親子ら一〇名が集会中、李蘗の教えを聞いているときに、秋曹（刑曹）官吏らに発覚した（秋曹摘発事件）。これによって天主教の存在が朝廷で公式に言及される。両班の子弟らは釈放され、中人（両班と良民の間の階級）金範禹のみ訊問を受けて流刑となり、翌年に死亡。三月、忠清道の平民である文洋海が洪福栄、李律と共に術師の言葉を信じて逆謀を企て、金利容の告発により発覚し嚆矢となる。

◆**一七八七年　正祖一一**　ソウルの泮村（今の恵化洞あたり）で李承薫と丁若鏞が若者たちに天主教の教理を説くことについて、洪楽安が上訴し断罪を主張する（丁未泮會事件）。両班の族譜に名前を挙げて軍役を逃れる現象が増える。五月、フランスのラ・ペルーズ一行が済州島沿岸を測量し、鬱陵島に接近する。この後、西洋の汽船と艦隊の出没が頻繁となる。

◆**一七九〇年　正祖一四**　五月、朝鮮教会を代表して李承薫らが北京の教会に司祭の派遣と西洋船舶を要請する書信を送る。通訳官尹有一が祖先の祭祀を禁止するクベア（Ｇｏｕｖｅａ）主教の書簡を持って帰国する。七月、琉球国の船が全羅道洪陽縣三島と済州島の帰日浦に漂着するが、帰還させる。九月、黄嗣永が進士試に合格する。一〇月、丁若銓が増廣文科に応試し、丙科に及第する。その後、兵曹佐郎まで進む。一〇～一二月ごろ、黄嗣永が丁若鉉の長女命連と結婚。

◆**一七九一年　正祖一五**　二月、民間商人たちの建議を受けて六矣廛を除くその他の市廛の特権を廃止（辛亥通共）する。五月、黒山島民らが楮を糧餉庁に納める弊害について銅鑼を叩いて無念の思いを訴える。一一月、全羅道珍山郡のソンビである尹持忠（丁若銓の外従兄）が母の葬儀で位牌を置かず、天主教式に葬礼を行う。この事件が朝廷に知られ、尹持忠と外従兄の権尚然は現在の全州に位置する殿洞聖堂のある場所で斬首される（珍山事件）。弘文館に所蔵されている漢文の西学書を焼却し、清から西学書を購入することを禁じる。

◆**一七九二年　正祖一六**　一〇月、清の使節団の費用を、規定の八〇〇〇両を超過せぬようにする。一一月、少論李東稷が正祖の文体反正論に便乗して、南人李家煥を批判する。

◆**一七九四年　正祖一八**　一月、水原城の築造が始まる。一二月、中国人の周文謨神父が中人の楽士池潢、通訳官の尹有一ら朝鮮信者の案内で義州を通じて入国する。当時、天主教の信者は四〇〇〇名で、一八〇〇年に至ると一万名にまで増加する。

◆**一七九五年　正祖一九**　一月、ソウル桂洞にある崔仁吉宅に旅装を解いた周文謨神父が、ソウルと地方を行き来しながら宣教活動を始める。黄嗣永が崔仁吉宅で周神父に「アレクシヲ（アレクサンドル）」という名で洗礼を受ける。六月、新入りの教徒である韓ヨンイクの告発により周神父の逮捕令が出される。周神父の入国を助けた池潢、尹有一、崔仁吉が捕盗庁で鞭打ちにより処刑される。

◆**一七九六年　正祖二〇**　周文謨神父が黄沁を北京天主教会クベア主教のもとに秘密裏に派遣。八月、全羅道新安荏子島の馬牧場をなくして耕作地として開墾する。表訓寺、神勒寺の改築のために空名僧帖二五〇枚を発行する。義州地方が洪水で一〇〇〇余戸が倒壊または流出し、二〇〇余名が死ぬ。九月、還穀と軍布の過酷な徴収で、平安道郭山の戸数が五〇〇〇戸から一七〇〇戸に減る。一一月、『華城城役儀軌』完成。

◆**一七九七年　正祖二一**　六月、承旨丁若鏞が正祖に、西洋の邪説におぼれていたことを悔いるという上訴を行う。済州島大静縣に漂着した琉球人七名を帰国させる。七月、燕巖朴趾源が天主教徒の多かった唐津地域の内浦沔川の郡主として赴任する。九月、（釜山の）東莱府に一六門の大砲を装着したイギリス軍艦プロビデンス号が現れ、天主教の信者玄啓欽が乗船する。玄啓欽は黄嗣永に「この船一隻は我が国の戦艦一〇〇隻を相手にできる」と伝える。一一月、姜世晃の孫である姜彝天が周文謨と接触し、彼を「真人」と呼び、「海島に強壮な兵馬がいる」などと『鄭鑑録』の予言をもとにした言葉で民心を惑わせたことで、刑曹の弾劾を受ける。

◆**一七九九年　正祖二三**　一月、全国的に伝染病が蔓延し、一二万八〇〇〇余名が死亡する。五月、正祖が旱魃と流行り病の猖獗について言及し、西学の拡大についての対策を重臣らと論議する。丁若鍾が天主教のハングル教理書『主教要旨』を著述。

◆**一八〇〇年　正祖二四**　六月、正祖崩御。

◆**一八〇一年　純祖一**　一月、天主教信者崔必恭が逮捕さ

れる。二月、大王大妃貞純王后金氏が天主教の信者を逆賊と定め、五家作統法を施行して信者を探し出し処罰せよとの禁教令を出す（辛酉迫害）。令が下されて九日目に教理書と聖物の入った丁若鍾の行李が発覚し、京畿道と忠清道に迫害が拡大する。三月、李家煥、洪樂敏、丁若鏞、李承薫が逮捕されて訊問が始まり、権哲身、丁若鍾らが義禁府に囚われる。

四月、丁若鍾、洪樂敏、崔昌顕、洪教萬、李承薫、崔必恭の六名がソウル西小門外で斬首され、李家煥と権哲身は獄死する。丁若銓は全羅道の薪知島（莞島）に、丁若鏞は慶尚道長鬐に流される。四月末、周文謨神父が義禁府に自首する。五月、周文謨神父がセナムトで軍門梟首される。一一月、黄嗣永が舟論で逮捕され、信仰の自由を求めて西洋軍艦の派遣などを要請する内容の「帛書」も押収される。丁若銓と丁若鏞が呼び出されて訊問を受ける。一二月、黄嗣永、西小門外で凌遅処斬（手足首を切り落とす処刑）される。黄嗣永の妻丁命連は済州大静縣の官婢として追われる船で、二歳になる息子景漢を助けるために楸子島に下ろす。丁若銓は黒山島へ、丁若鏞は康津に流される。

◆**一八〇二年　純祖二**　一月、貞純王后の斥邪綸音発表で、辛酉迫害が終結する。朝廷の公式記録では、処刑された信者一〇〇余名、流刑になった信者は四〇〇余名と記録されている。七月、北京の主教クベアが朝鮮教会の実情をフランスに伝える。

◆**一八〇四年　純祖四**　貞純王后が垂簾政治を中断する。李達禹らの謀反事件と関連して、朝廷を誹謗する秘記がソウルの四大門に貼り出され、歌になって広まる。

◆**一八〇五年　純祖五**　一月、貞純王后死去。金祖淳が執権し、安東金氏の勢道政治が始まる。

◆**一八〇七年　純祖七**　二月、西海に津波が起き、倒壊した家五一一〇戸、死者二三名にのぼる。

◆**一八一〇年　純祖一〇**　九月、丁若鏞は康津から故郷に放免される。

◆**一八一一年　純祖一一**　五月、ソウルに盗賊が横行する。一二月、洪景來らが指揮する乱軍が蜂起。「南道」「真人」など『鄭鑑録』の中に文句のある檄文を布告する。朝鮮教会の密使李如真が北京の教区長と教皇に、宣教師の派遣を要請する手紙を持って北京の教会に伝える。

◆**一八一二年　純祖一二**　三月、洪景來の乱軍が義州、咸従などを襲撃する。四月、乱軍が抵抗していた定州城が官軍によって陥落し、洪景來は戦死する。乱軍約二〇〇〇名が処刑される。

◆**一八一四年　純祖一四**　二月、洪景來の乱以後、生活苦によって平安道の人口が六六万四〇〇〇余名から四〇万二〇〇〇余名に減少する。五月、ソウルで食糧枯渇のために暴動が起こり、盗賊が横行する。六月、咸鏡道で大洪水。七月、慶尚道の大洪水で民家五六〇〇余戸、住民九四名が被害を受ける。

◆**一八一五年　純祖一五**　凶年で餓死者が続出する。慶尚道青松の信者たちの共同体で物乞いをしていた者が、信者の財産に目をつけて官衙に密告し、青松と原州などの天主教の信者七一名が逮捕される（乙亥迫害）。七月、慶尚道咸安などで大洪水が起こり五七〇余名が死に、民家二〇〇〇戸が倒壊流出する。丁若銓が『玆山魚譜』を完成させる。

◆**一八一六年　純祖一六**　丁若銓が黒山島で死ぬ。丁若鍾の息子丁夏祥が北京を訪問し、朝鮮教会の消息を北京教区長スーザ・サラエバ主教に伝える。

◆**一八一七年　純祖一七**　六月、三南地域の大洪水で一三〇余名が死に、家屋四〇〇〇余戸が流失または倒壊する。

◆**一八三六年　憲宗二**　一月。モーバン神父が西洋の宣教師として初めて、義州の辺門を経て朝鮮に入国する。

◆**一八四五年　憲宗一一**　八月、金大建が朝鮮初の司祭を叙品される。翌年、西海からの宣教師の入国ルートを探索していた金大建神父が巡威島で逮捕され、セナムトで軍門梟首される。

◆**一八五五年　哲宗六**　一月、メストロ神父が堤川の舟論に聖ヨセフ神学校を設立する。

訳者あとがき

八年前に初めて『黒山』を読んだときの胸の震えは、翻訳を進める間もずっと続いた。絶海の孤島に流された儒学者、澄んだ瞳を持つ島育ちの青年、顔の長い馬子、甕売りの男、飯屋の女将、逃げ出した奴隷、荒波を越えてゆく船頭……。幾人もの登場人物が、私の頭からいつまでも離れていかないのだ。一人一人が鮮やかなイメージで胸に迫ってくるのは、まさに金薫(キムフン)が得意とする「切実な生の営み」が克明に描写されているからだ。

押し寄せる波のように反復される文体に引きずられながら、深みへとはまってゆく。読了後も、もうしばらく小説の中の世界にとどまっていたいと切実に願った。

ようやく手ごわい歴史小説の翻訳を終えて作家と会ったとき、私は晴れやかな気持ちで、よれよれになった韓国語の原著にサインをもらった。

『黒山』は一八八〇年ごろの朝鮮の現実を背景に、その時代に生きた人々の欲望や絶望や望みを、様々な角度から描いている。

作品中、黄嗣永の手を取った王は、日本でもドラマで知られている第二十二代王の正祖

（イサン）。その跡を継いだ幼い純宗（スンジョン）に代わって権力を握った大妃（貞純王后）は、世の乱れの原因は怪しい邪学にあると決めつけた。天主教徒（カトリック信者）たちは、王朝の根本を覆す悪の集団だと忌み嫌われた。全国で信者が捕らえられ、殺された。それが本書の背景となる「辛酉迫害」（一八〇一年）だが、それ以前から、そしてその後も、「乙亥迫害」（一八一五年）、「丁亥迫害」（一八二七年）、「己亥迫害」（一八三九年）と弾圧は続き、およそ百年の間に一万人もが殉教したという。

同じころ、朝鮮では天災による飢饉や疫病が蔓延し、各地で民乱が相次いだ。当時、民間に広く流布した予言書『鄭鑑録』には、新しい世を拓く「海島真人」が登場するのだが、苦しさに耐えかね見たことのない新しい世を渇望したのは、なにも天主教の信者だけではなかっただろう。

海の向こうから、否応なしに押し寄せてくる近代化の波。旧態依然の儒教制度をかたくなに守る朝鮮王朝。権力の中枢に安住する官僚たちは腐敗し、地方官吏は民を虐げ踏みつぶすことをいとわない。

祖先の墓を捨て故郷を離れ、ただ命をつなぐためだけに放浪する民は、弾圧を逃れて北の辺地へと向かい、やがて満洲の地に至ったのだろう。そんな民の群れが、私が三十年来追い続けている中国の朝鮮族につながっていったのか。

私の住む仁川(インチョン)の町は、海の向こうから大きな船がやって来て、朝鮮でいち早く近代化の洗礼を受けた「開港場」だ。仁川駅の近くにも、天主教の信徒たちが首を切られた「殉教聖地」がある。連綿と続く歴史のうねりの中に、今、自分が立っていることを思い知らされた。

『黒山』を書いたきっかけを金薫に訊ねた。著者あとがきにもあるが、金薫は毎日のように、ソウル市麻浦(マッポ)区合井洞(ハプチョン)にある切頭山(チョルトゥサン)脇の川縁の道路を通りながら、そこで首を切られた人々を思い浮かべていた。

「切頭山の丘に立って、下を流れる漢江にジャボンジャボンと投げ捨てられた人の頭を思いながら、どうして人間は、そんなことができるのかと考えた。

天主教の弾圧は、朝鮮が西洋からの近代化を受け入れながら起こった、数多くの悲劇のうちの一つだ。しかし私が書きたかったのは、信仰の世界ではない。背景は信仰だが、主題はこの地で営まれた世俗の暮らしにある。だからこれは、宗教者が期待するような宗教小説ではない。むしろ霊的な価値が世俗の中でどう作動し、裏切られるかを書いたものだ。背教者もたくさん登場する。背教者の真実や痛みも、信仰者と同等の役割を持っている。

天主教迫害の歴史については、韓国ではよく整理されているので、資料探しには苦労しなかったが、膨大な資料をどう消化するかが問題だった。信仰の世界に埋もれずに、俗世に戻ることが難しかった。

黒山島に出かけてみると、百年ほど前に建てられた美しい聖堂があった。そこに、つたない諺文(オンムン)(ハングル)で書いた祈禱文が保管されていた。どうか私たちが鞭打たれないように、飢えないように、親兄弟と一緒に住めるようにして下さいと書いてあるのを見て、ああ、民衆の思いとはこれだったのかと確信した。天国に行きたいとか、来世で救われたいとか、そんなことよりもまず、今の暮らしの中にある望みのために、人々は神にすがって祈ったはずなのだ。

私は、朴チャドルのような人物が好きだ。彼は背教者だが、自分なりの真実を持っており、その真実を暮らしの中に築こうとした。天の国ではなく、地の上の暮らしの中に自分なりの真実を建てようとし、そして失敗した」

百四十年ほど前の激しかった迫害を今に伝える「殉教聖地」は、韓国の各地に存在している。

百人を超えるカトリック教徒が殉教したという西小門(ソソムン)の処刑場跡には、薬峴(ヤッキョン)聖堂が建っている(ソウル市中林洞(チュンリム))。そこに「西小門殉教聖地展示館」があって、黄嗣永(ファンサヨン)の「帛書(はくしょ)」

が展示されていた。白の絹地に、豆粒よりも小さな文字がびっしりと並んでいる。舟論（ペロン）の土窟の中で、ほのかな灯りをたよりに書かれたものだ。

　西洋の軍艦を呼びよせ、朝鮮王朝を倒してほしいと要請するその文書は、ほとばしる思いに突き動かされて書いたはずなのに、一糸の乱れもない。背筋を伸ばして細い筆を握りしめた若いソンビの姿が、目の前に浮かんでくるような気がした。

　薬峴聖堂に近い西小門歴史公園には「西小門聖地歴史博物館」という立派な施設がある。平日でも多くの観覧客が展示物に足を止め、記念写真を撮っていた。

　斬首された丁若鍾（チョンヤクチョン）の五人の家族も、その後続いた迫害によって全員が殺された。丁若鍾の息子、丁夏祥（チョンハサン）を追悼する礼拝室の脇には、斬首された殉教者の頭を抱く韓服姿の女の彫塑があり、「ピエタ」とタイトルが付いていた。十字架から降ろされたキリストを抱く聖母マリアを、そう呼ぶのだ。

　この博物館にはまた、黄嗣永の墓から出土した器類も展示されている。手、足、首をバラバラにされた遺骸は、信徒たちの手によって葬られたのだろうか。それとも遺骨のない仮墓だったか。墨を入れた蓋つきの白磁の墨池は、黄嗣永がソウルの家で使っていたものだろうか。さきほど見た「帛書」と重なって、胸が疼いた。

金薫は二〇一一年に『黒山』を発表した後、二〇一五年に『ラーメンを作りながら』、二〇一九年に『鉛筆で書く』という二冊のエッセイを出版し、どちらもベストセラーになった。深い思索とユーモア感覚、そこはかとなく漂う哀しみ。金薫の読者たちは、その味わいを愛してやまないのだ。

金薫は、手書きで原稿を書く作家としても知られている。

「鉛筆で書けば、私の体が文字を押し出していく感じがある。この生きている肉体の感じが、私には大切だ。この感じがなくては、一行も書けない。この感じは、苦痛だが幸せだ。体の感じを自らが調律しながら、私は言葉を選び、音を加えて、消してはまた書き、破り捨てる」（『ラーメンを作りながら』より）

　私が金薫を好きな理由の一つに、単語の選び方がある。漢字語を多用する作家だが、韓国でよく使われる日本語由来のものではない漢字語に、はっとさせられる。そのことを金薫に問うと、

「よく使わない死んでいる言葉を生かして活用することで、文章に力が出る。しかし、古人の名言を引いて自分を正当化してはだめだ。私は、他人の言葉を引用したりはしない」という答えが返ってきた。常に刃を研ぎ澄まして文章と対峙する金薫の厳しさが、独特の文体を生み出すことを知った。

金薫は一九四八年生まれ。長く新聞や雑誌の記者を務め、本格的に作家活動を始めたのは五十歳を目前にしたころだった。

今や、韓国を代表する作家である金薫の作品は多様だ。小説には歴史物と現代物があり、時論、エッセイ、紀行文、童話もある。

韓国で百万部を超えるベストセラーになったのは『刀の歌（カレノレ）』（邦題は『孤将』、蓮池薫訳、二〇〇五年、新潮社）という歴史小説だ。この『黒山』も刊行以来、韓国でロングセラーとなっている。埋もれていた史実にこだわり、膨大な資料を読み込み、登場人物に命を吹き込んでいく歴史小説こそ、金薫文学の真骨頂と私は信じる。

金薫の略歴を見ると、「自転車レーサー」と併記されている。自転車で各地を巡った紀行文も有名だが、レーサーを自称する理由はなんだろうか。

「五十歳から自転車に乗り始めた。私をライダーだと言う人もいるが、私は一度、障害物レースに出場したことがある。二十代の選手たちと一緒に走って、落伍してビリになったが、それでもレースに出たから私はレーサーだ」と金薫は笑った。一山（イルサン）にある仕事部屋の入り口には、二台の自転車が置いてあった。

大きな机の上に手書きの生原稿が散らばっているのを見て、私は胸が高鳴った。もうすぐ、金薫の新しい小説を読むことができるのだ。サイドテーブルにはレポート用紙や歴史文化事典などが雑然と積まれている。その部屋を金薫は、「風化庵」と呼んで笑った。「ここにあるすべては風化していく」と。

壁には、安重根（アンジュングン）が旅順監獄で死刑になる前、白い寿衣（スウィ）（経帷子）を着て撮った写真が掛かっている。金薫は、死刑台に上る息子のために自ら経帷子を縫った安重根の母、趙マリアの話をした。「安重根の資料はたくさん読んでいる」と言うから、いつの日か、金薫作の安重根の物語を読む日が来るかもしれない。

机に向かった作家が、部屋の入口の方を見るたびに目につく場所には、司馬遼太郎の書が掛かっていた。「ふりむけば　また咲いている　花三千仏三千」。学生時代から日本文学を数え切れないほど読んだという作家に、私は深く頭を下げて仕事部屋を後にした。

『黒山』は金薫にとって、日本で発表される二冊目の小説となる。骨太な作家の文体が、どうか日本の読者にそのまま伝わってほしいと願いながら、震える思いで私はこれを世に出す。

二〇一九年　一二月　　　戸田郁子

キム・フン〔金薫〕

1948年ソウル生まれ。
高麗大学政治外交学科に入学後、英文学科に転科したが、
父親の逝去と経済的な困難により中退し、韓国日報に入社。
以降、数々のメディアで記者として長く活動した。
『文学紀行』(朴来富との共著) などの初期のエッセイ作品に続き
1995年に発表された『櫛目文土器の思い出』から小説に軸を移し始める。
韓国で百万部を超えるヒットとなった『狐将』(新潮社、2005年) をはじめ
歴史を小説の題材にすることが多く、
独特の筆致と重厚な世界観で読者を魅了している。
他の代表作に短編「化粧」(2001年、李箱文学賞受賞作)
長編『南漢山城』(2007年、映画「天命の城」原作)、
エッセイ集『鉛筆で書く』など。

戸田郁子〔とだ いくこ〕

韓国仁川在住の作家、翻訳家。
1983年に韓国に留学し近代史を学ぶ。中国ハルビンに留学後、
中国朝鮮族を取材。著書に『80年前の修学旅行』(韓国・土香)、
『中国朝鮮族を生きる　旧満洲の記憶』(岩波書店)、
『ふだん着のソウル案内』(晶文社) など。
仁川の旧日本租界に「仁川官洞ギャラリー」を開いた。

黒山（フクサン）

新しい韓国の文学20

2020年2月29日　初版第1刷発行

〔著者〕金薫（キム・フン）

〔訳者〕戸田郁子

〔編集〕松尾亜紀子

〔ブックデザイン〕文平銀座＋鈴木千佳子

〔カバーイラストレーション〕鈴木千佳子

〔DTP〕アロンデザイン

〔印刷〕大日本印刷株式会社

〔発行人〕

永田金司　金承福

〔発行所〕

株式会社クオン

〒101-0051

東京都千代田区神田神保町1-7-3 三光堂ビル3階

電話　03-5244-5426

FAX　03-5244-5428

URL　http://www.cuon.jp/

ISBN 978-4-904855-92-8 C0097